La esencia de la lluvia

La esencia de la lluvia

Carina Vernet

Círculo Rojo

EDITORIAL

Primera edición: mayo 2019

ISBN: 978-84-1331-173-9
Impresión y encuadernación: Editorial Círculo Rojo

© Del texto: Carina Vernet
© Maquetación y diseño: Equipo de Editorial Círculo Rojo
© Imagen de cubierta: DepositPhotos.com

Editorial Círculo Rojo

www.editorialcirculorojo.com

info@editorialcirculorojo.com

Impreso en España - Printed in Spain

El papel utilizado para imprimir este libro es 100% libre de cloro y, por tanto, **ecológico**.

Sobre la autora

Carina Vernet (Badalona, 1967). Desde muy pequeña le gusta la palabra y le han fascinado los grandes relatos. Lectora contumaz, los libros le permiten vestir otras pieles y atisbar otras realidades. Puedes encontrar sus lecturas favoritas en Goodreads. Su vocación literaria la recuperó pasados los cuarenta, cuando sus hijos ya habían crecido lo suficiente como para tener tiempo al llegar a casa tras una dura jornada laboral. Se apuntó a un taller literario y, tras meses perfeccionando el relato corto —que puedes encontrar en Wattpad, se animó a escribir su primera novela, basada en historias de la familia, que ahora publica Círculo Rojo.

En su blog *Qué pasaría si…* reflexiona sobre el proceso creativo.

La puedes encontrar también en redes sociales:

carinavernet

CarinaVernet

CarinaVernetOficial

A mi padre, *in memoriam*

Índice

1

Badalona, Mayo de 1898

¿Qué le pasaba a su padre? ¿Qué estaría tramando con el notario? Carmeta estaba preocupada. Isidro siempre había tenido la mente ágil y la determinación de un risco frente a la tempestad. Desde hacía unas semanas, contemplaba desolada cómo su padre se marchitaba de forma repentina y acelerada: con frecuencia lo encontraba ensimismado y, aunque las peleas con Juan no habían cesado, ni siquiera las cada vez más alarmantes noticias sobre la guerra de Cuba, que un pillo voceaba cada tarde para poder vender los ejemplares del diario, lograban arrancarlo de sus cavilaciones. Carmeta bajó la calle del Mar pensativa. No se fijó en los escaparates, su pequeña afición de todas las tardes cuando salía de casa para hacer recados. Sujetaba con fuerza su bonete de paja. Esa ala elevada lo hacía demasiado difícil de pilotar contra el vendaval. El olor a tormenta y a salitre se acanalaba por la calle. Al llegar a la bombonería, ni siquiera se detuvo a revisar las novedades de su escaparate preferido, siempre lleno de exquisitas tentaciones. Empujó con suavidad la puerta de cristal adornada por hojas y volutas de latón. La puerta cedió con brusquedad impulsada por la corriente. Entró con precipitación y tuvo que pelearse con Eolo para volver a cerrar la puerta. En la tienda estaban una dependienta y una parroquiana. La una con cofia y delantal almidonados, sobre un vestido verde agua fruncido en la parte posterior, y la otra lucía, con cierta elegancia pasada de moda, una falda de entredoses de encaje y tul, una visita de sarga con canesú y un sombrero tipo capota de seda con lazada y plumas. Carmeta sonrió a la parroquiana en busca de su simpatía. Era mucho más joven que ella misma, que ya estaba bien entrada en la cuarentena, y no podía recordar de qué se conocían. Sería una de las señoras que asistían a diario a rezar el rosario en los padres Carmelitas, una amiga común se la habría presentado o incluso podría ser la hija de alguno de los industriales con los que se relacionaba su padre. Aunque no se pudiera llegar a saber dónde, ni cómo se habían conocido, con sus dieciocho mil habitantes, ocurría en Badalona lo que suele pasar en las ciudades pequeñas, uno es capaz de saber la vida y milagros de casi cualquier vecino. Ambas mujeres la habían saludado y la estaban observando. Se acomodó el sombrero con un gesto de fastidio y, tras devolverles el saludo con la cabeza, aventuró:

—Después de todo, parece que la tormenta va a pasar de largo. Espero que el viento amaine, suficiente tengo yo con tener que ajustarme este trasto, como para encima tener que preocuparme de que no arranque a volar —dijo Carmeta señalando su sombrero.

—Sí, un martirio y eso que hace unos días hacía tanto calor —contestó la vecina.

—¡Hay que ver qué loco está el tiempo! —dijo la dependienta.

—Todos los años ocurre lo mismo —la corrigió Carmeta—, la primavera siempre viene con estos cambios bruscos. Yo vengo a por unos bombones, los últimos de la temporada creo, porque dentro de nada volverá el calor y cuando empiezan a ponerse blandos no hay quien se los coma.

—Ya veremos —contestó la vecina con un tono displicente.

—Aquí tiene el chocolate en polvo para sus niños y la barra de chocolate con almendras —interrumpió la dependienta pasándole un paquetito envuelto en papel de seda de color crema y atado cuidadosamente con un lazo marrón.

La vecina abrió el monedero y pagó. Parecía dispuesta a marcharse, pero enarcó levemente la ceja izquierda y una sonrisa maliciosa se dibujó en su cara. Se dirigió a Carmeta con voz atiplada, la entonación un poco impertinente:

—Por cierto, ¿cuándo termináis las obras?

Carmeta dudó un momento y, al ver que la dependienta la miraba, decidió primero hacer su pedido. Una demostración de fuerza era su forma de marcar las distancias.

—Ponme un quilo, creo que esta semana voy a optar por un surtido variado. Ya sabes que los de licor tienen que estar todos envueltos en papel rojo, que dice mi padre que solo le gusta el de coñac, pero luego nunca se los come él —recalcó. Y volviéndose a la vecina—: Solo queda por acabar el jardín. Mi padre se ha empeñado en llevar la contraria al arquitecto, ya sabes cómo es, así que se está retrasando.

—¡No sé cómo puedes vivir en esa casa! A mí me daría miedo.

—Pues es bastante cómoda. Tenemos luz de gas en toda la casa, puedo leer hasta en mi cuarto si me apetece ¡y sin destrozarme la vista, que ya tengo una edad!

—Pero con esos dragones en las rejas y esas flores de piedra en la fachada —continuó envidiosa la vecina—, ¿no tienes pesadillas?

—Pues a mí me encanta el tejado —intervino la dependienta—, esos colores verdes y azules, parecen tal que las olas del mar.

La vecina enarcó las cejas en señal de sorpresa y extrañeza, entreabrió la boca como si fuera a añadir algo más, pero optó por despedirse.

—Me voy a casa que el pequeño seguro que me echa de menos —se excusó—. Hasta más ver.

—Hasta otro día. Pásate cuando quieras y te enseño la casa —contestó Carmeta, y con cierta sorna añadió—: De día, por supuesto.

—Seguro. Lo que es a mí, no me van a descubrir por el olor —añadió. Y al posar la mano sobre la manilla, la puerta se abrió bruscamente sobresaltándola, por poco no le da un golpetazo.

—Cuidado con ese aire, no se te vaya a volar el sombrero —dijo Carmeta.

Guiñó un ojo a la dependienta y le dio instrucción para que cargaran la compra a su cuenta. Mientras observaba cómo colocaba con precisión los bombones en la caja, mudó de expresión y preguntó:

—¿Qué ha querido decir con lo del olor?

La dependienta relató casi en un susurro:

—Han encontrado a la Sra. Comas muerta en su casa. Al parecer llevaba días, fíjese usted y nadie la había echado de menos. Claro, como ahora su protegido anda siempre por Barcelona... Un vecino se quejó del fuerte olor y al final tuvieron que ir los carabineros y forzar la puerta. La encontraron en su habitación, vestida con una extraña bata de seda con dragones bordados o no sé qué.

—¿Y la doncella?

—Había ido a casa de su cuñada a pasar unos días. Y resulta extraño, porque no iba demasiado a menudo. Pero bueno, ya se sabe que con la edad las personas se reconcilian con su familia.

Había terminado la primera capa. Puso un papel de seda y empezó a colocar la segunda capa de bombones. Entonces, frunció el ceño y, como si hubiera recordado algo de repente, añadió:

—Aunque usted debe saber más del asunto. Me imagino.

—¿Por qué lo dice?

Carmeta había percibido cierto retintín y sentía curiosidad.

—¿No era amiga de su padre?

16

La situación cada vez le resultaba más extraña. Carmeta apenas había oído hablar de la señora Comas en un par de ocasiones y no recordaba que Isidro la hubiera mencionado nunca. Aunque su padre no era demasiado dado a hablar de su pasado, sí conocía a la mayoría de sus amistades. Otra pieza por encajar en el rompecabezas de la historia de los Sabater, otro apunte de un pasado que ella solo podía adivinar a partir de las vaguedades que Isidro le contaba, otro misterio que añadir a la larga lista de incógnitas sobre la familia. ¿Qué escondía su padre? ¿Tendría algo que ver esa muerte con las cavilaciones en las que se había sumido desde hacía algunos días?

La dependienta terminó de envolver con cinta marrón la caja con papel de seda serigrafiado con el emblema de la casa y se lo entregó a Carmeta:

—Aquí tiene, señorita Sabater, ¿no prefiere que se lo lleve el chico?

—Gracias, creo que voy a poder yo sola —contestó Carmeta que sopesaba el paquete—, y además así no salgo volando.

La dependienta se sonrió y salió de detrás del mostrador para abrirle la puerta. Se despidió y sujetándose el bonete con la mano izquierda enfiló por la calle del Mar. Al llegar a la calle de la Soledad, observó cómo las nubes ya se habían retirado hacia la Conrería y, anotándose su pequeña victoria contra esa vecina ignorante, perfiló una media sonrisa y puso rumbo a su casa. La luna menguante se asomaba entre las azoteas y recordó la novela de Julio Verne que había terminado la noche anterior.

Al llegar a su casa ya se le había olvidado por completo la conversación. Dejó su capelina y el bonete sobre la banqueta de terciopelo malva del recibidor. Se fue a la cocina para dejar el paquete en la despensa y en seguida entró en la biblioteca con la intención de elegir un nuevo libro, una vez que había terminado con las aventuras de *Barbicane* y los miembros del *Baltimore Gun Club*. Comprobó con horror el estado de desolación que lucía la hermosa caja de cristal tallado; los envoltorios arrugados al fondo del cuerpo abombado y restos parduzcos desluciendo los dibujos geométricos al gusto neoclásico de la tapa. Moviendo la cabeza en señal de desaprobación, tomó la bombonera y se la llevó a la cocina para que la doncella le devolviera su esplendor original. Su padre no tenía remedio, se comportaba delante de un dulce como si fuera un niño del arrabal, con modales impropios de un anciano burgués.

A la mañana siguiente, la bombonera relucía de nuevo sobre la mesa de madera que ocupaba el espacio central de la cocina. Carmeta fue colocando los bombones. El proceso implicaba una precaución extrema para que no se chafasen. Calculó con precisión milimétrica la disposición más efectiva para su posterior consumo: los de licor con sus envoltorios de colores abajo, luego los negros de sabor intenso, alternando con los rellenos de *nougat* y arriba de todo los más dulzones de *praliné*, sobre los que su padre se abalanzaría primero sin duda. Sabía que esos cálculos resultarían nuevamente infructuosos frente a un anciano incapaz de poner freno a su pasión por el dulce.

Era finales del mes de mayo, pero a esas horas de la mañana el fresco que se colaba por la ventana se hacía notar. Cruzó el enlosado de baldosines negros y blancos para cerrarla y vio al jardinero que trabajaba los parterres plantados a la espera de que se aclarara el diseño final del jardín. Al concluir el mes de las flores, tocaba sanear los magnolios, rododendros, lilos y glicinas, además de podar las rosas marchitas, para asegurar una nueva floración. Prefería en lo posible disfrutar de las flores en todo su vigor al natural; incluso cuando se iban marchitando tenían su encanto. Pero, como había que revisar las distintas matas para devolverles su forma y algunos ejemplares seguían floreciendo, en primavera, al igual que en la poda de las ramas de ciruelo florido a final de invierno, se permitía hacer grandes ramos que luego colocaba en el recibidor, a modo de bienvenida, sobre el mármol de Carrara de la consola.

—Lleva una semanita que... No sé qué se le ha metido en la cabeza con el jardín. El arquitecto quería plantar un bosquecillo al fondo, es una zona umbría y no van a crecer las flores —dijo Carmeta, mientras abría la puerta de la despensa—. La tía hubiera querido flores.

—¡Ay, la señora María Rosa, que en paz descanse! A ella le gustaría esta casa, seguro, tan luminosa y con el comedor de verano directamente al jardín.

—Aunque papá no le habría dejado cuidar las flores. ¡Qué manía! Que no eran cosas de señora, decía. Y no sé a qué viene ahora toda esa trifulca con que quiere «abarcar todo el jardín con la mirada», pero si a él no le importa un pimiento. Él quería una casa moderna, y ya la tiene. Él quería que los badaloneses se admiraran al pasar por delante y ¡vaya si lo ha conseguido! No se habla de otra cosa. Ayer mismo en la bombonería, va y me preguntan que si no tengo miedo de vivir en esta casa. Como si los dragones y las flores de piedra de la fachada fueran a cobrar vida, vamos.

—Pues yo he visto a más de uno que se desvía por nuestra calle para ver la casa. Sobre lo de la admiración, no sé yo. Me parece a mí que no acaba de gustar mucho tanto colorido en el tejado y luego está lo de las rejas.

Eufrasia llevaba una vida con ellos. No recordaba en qué momento su tía María Rosa la había contratado y empezó a trastear por la antigua casa. Paseaba su cuerpo enjuto y silencioso por la vivienda, como si tuviera miedo a molestar a Isidro, pero al llegar a la cocina se adueñaba de ella un espíritu parlanchín, y entonces se mostraba dispuesta a dar su opinión sin que nadie le preguntara. Aunque siempre estaba atenta a todo lo que le ordenaba su señora y trataba con ternura a los pequeños de la casa. Desde que Carmeta se había convertido en la señora de la casa, al morir su tía María

Rosa, Eufrasia la trataba de forma ambivalente, como si se le olvidara a veces que ya estaba entrada en la cuarentena.

—Lo que más me gusta a mí es poder leer por la noche con tanta luz —continuó Carmeta, mientras cerraba la puerta de la despensa y dejaba sobre la encimera de mármol la caja de hojalata para guardar el resto de los bombones.

—Pero en la otra casa ya teníamos luz en el salón, que su padre siempre ha sido muy partidario de los adelantos.

—Ya me pasé yo suficientes años leyendo a las tejedoras con la luz que entraba por el ventanuco del patio. Lo que de verdad adoro de ésta es poder encerrarme en mi cuarto después de cenar y quedarme con mis libros hasta las tantas.

—Ahí tengo que darle la razón. ¡Eso sí que es moderno y un lujo de verdad!

La cocinera había preparado la bandeja del desayuno; las dos rebanadas perfectamente cortadas sobre un platito de porcelana decorada con flores, la leche humeante en el tazón con hilo de oro y la tacita de plata para el café. La doncella, que había entrado hacía un momento, las interrumpió con una leve genuflexión:

—Todavía no he conseguido servirle el desayuno a su padre y se está enfriando.

Carmeta suspiró:

—Ve, que le gusta bien caliente. Yo tengo que pasar por la biblioteca a dejar esto —dijo y señaló a la bombonera, y para sus adentros añadió—: Y a ordenar el último pedido que ha llegado esta mañana. A ver qué me ha conseguido el librero.

Al pasar por delante del comedor de verano, vio que acababa de llegar su hermano Juan. Le mandó un beso en el aire y él le devolvió el saludo, alzando las cejas. Continuó hacia la biblioteca y, cuando hubo colocado la bombonera en su sitio, desenvolvió con cuidado el paquete y se dejó vagar por los títulos: «El Gaspar y Riambau», «Atlas céleste, comprenant toutes les cartes de l'ancien atlas de Charles Dien» de Camilo Flammarion y, por fin, el ejemplar que ansiaba desde hacía tanto, «Hypothesibus Motuum Coelistium a se Contitutis Commentariolus» de Copérnico.

La formulación de la teoría copernicana en 1543 había iniciado una revolución en la ciencia dominante desde el medievo, al cuestionar la cosmología ptolomeica, la física aristotélica y, como verdad suprema, las Sagradas Escrituras. Inicialmente solo fueron reconocidos los principios matemáticos destinados a calcular la posición de los planetas, pero hacia final del s. XVI, partiendo de una Tierra inmóvil, se aceptó que el resto de planetas giraban en torno al sol. El único que se había adherido con entusiasmo a la teoría heliocéntrica fue Giordano Bruno, pero al ser un filósofo y, a pesar de costarle un enfrentamiento con el estamento religioso, su impacto en la comunidad científica fue menor. Kepler, Galileo, Newton, Kant y Laplace acabarían de desarrollar los pilares de la física y la astronomía moderna. Sin embargo, el *Commentariolus*, un corto tratado donde Copérnico exponía su teoría heliocéntrica no había sido publicado hasta 1878.

A Carmeta el cielo le había fascinado desde pequeña. Identificar y poder nombrar las estrellas había sido su afición hasta llegar a la adolescencia, mientras mantuvo la libertad para corretear por las calles de noche y se acercaba con sus hermanos a la playa para contemplar la bóveda celeste: Antares, Sirio, Vega, Altaír, Arturo, Ríguel, Betelgeuse, Aldebarán. ¡Cómo le alegraría descubrir que fue precisamente la observación de la ocultación de Aldebarán el 9 de marzo de 1497, una de las claves que llevó a Copérnico a cuestionar el sistema geocéntrico!

Se le consideraba ya una solterona a sus veintisiete años cuando su padre volvió a enviudar en 1878. Carmeta tenía cuatro hermanos: ella, Fina y Juan eran hijos del primer matrimonio de Isidro con Mercè; Rosita y Eduardo fruto del segundo matrimonio de Isidro con María Rosa, hermana de su difunta. Al estar sus dos hermanas pequeñas casadas, a Carmeta le tocó hacer las veces de anfitriona y acompañar a su progenitor a fiestas y recepciones. En una de ellas conoció a Camil Fabra, un gran aficionado a la astronomía con quien su padre mantenía negocios desde que inaugurara su fábrica textil unos años atrás.

—En realidad, algunas estrellas podrían ser galaxias lejanas —dijo el primer Marqués de Alella.

—Acaso estén más allá de la Vía Láctea —propuso ella.

Se consideraba una mujer prudente y no solía significarse demasiado, pero se había dejado llevar por un tema que la apasionaba y, sin haberlo pretendido, se encontró de pronto siendo el centro de toda la atención. Al tomar consciencia del revuelo que sus comentarios habían causado en la mesa, enmudeció azorada. Camil parecía conmocionado por la propuesta que ella acababa de aventurar, puesto que todavía pasarían algunos lustros hasta que se descubriera que la Vía Láctea era una galaxia más dentro del universo. El silencio era expectante y las miradas se habían dirigido del marqués a ella. Esperaban que la desacreditara y así tener motivo de regocijo durante un rato. No había despreciado su propuesta, ni la había calificado de descabellada como todos esperaban.

—El desarrollo del espectroscopio está permitiendo averiguar mucho sobre las estrellas —intervino Camil por fin—. Todos los días se arroja nueva luz sobre los misterios del universo. Lo que usted afirma es una opción plausible, quién sabe si algún día tendremos que darle la razón.

Ni se la había dado, ni se la había quitado, lo que sí había dejado bien patente era que los comentarios de Carmeta eran dignos de ser tenidos en cuenta. Aquel fue el inicio de una amistad en la que Camil, que le llevaba casi veinte años, ejercía de mentor y ella de acicate para que el marqués diera su apoyo financiero a la cosmología. Camil la guiaba para que profundizara en el estudio de una ciencia que los antiguos dominaban de forma rudimentaria, y que desde la aceptación generalizada de las tesis copernicanas, había tomado un nuevo impulso en su desarrollo. Esa relación parecía orbitar con el calculado equilibrio de los cuerpos celestes sobre los que centraban sus conversaciones, cometas que se acercaban peligrosamente al sol hasta salir expelidos hacia los confines del sistema solar, asteroides que esquivaban la catástrofe para acabar desintegrándose en una fina lluvia de estrellas, astros lejanos y fríos que resultaban ser más ardientes que nuestro propio astro rey y algún que otro meteorito dejando su huella indeleble sobre la superficie terrestre. Carmeta se emocionaba con cualquier nuevo descubrimiento y planteaba cuestiones que obligaban a los miembros de la Real Academia de Ciencias y Artes a estar en contacto con los más prestigiosos centros de investigación internacional. Sin embargo, tenía una herida abierta.

—Entonces, ¿no vas a apoyarme?

—Todavía recuerdo la cena en la que nos conocimos. Una cosa es que las mujeres participéis en las tertulias y opinéis de cualquier tema que salga a discusión —contestó Camil en tono de reproche— quizá para dinamizar la conversación o evitar que una confrontación dialéctica termine por arruinar la velada, pero no se espera de vosotras ninguna contribución trascendente. He hecho cuanto estuvo en mis manos.

—Sueles tenerlas más largas de corriente.

—Sabes de sobra que un apoyo demasiado enérgico por mi parte hubiera levantado todo tipo de recelos y habladurías.

Seguía resentida por no haber logrado ser admitida en la Academia y, cuando el marqués tomara finalmente la decisión de financiar el observatorio astronómico de Barcelona, solo unos pocos conocerían su intervención decisiva. La solemne inauguración del edificio en el Tibidabo y con la presencia de Alfonso XIII tendría lugar en abril de 1904. A la ceremonia asistiría ella en un flamante automóvil Benz. Pero eso sería muchos años más tarde.

Estaba emocionada, pensando en cuánto habría disfrutado de niña con ese Atlas en las manos y ansiosa por leer el *Commentariolus*. Pero primero tenía que ordenar sus recientes adquisiciones, así que dirigió todo su interés a la primera estantería de la derecha, donde fue colocando las novedades editoriales. Habitualmente dejaba vagar su atención por todo el material que tenía pendiente de degustar. Con la cabeza ladeada saboreaba los títulos, de vez en cuando elegía un volumen, lo extraía como si fuera una joya delicada y hojeaba hasta encontrar alguna frase que captara su interés. Respiraba un momento, sopesando una difícil decisión, negaba imperceptible con la cabeza, lo colocaba de nuevo en el mismo hueco y luego con el índice lo alineaba perfectamente con el resto de títulos. Por momentos, tenía que parar su inspección para reordenar algunos, buscando una armonía que habría escandalizado a cualquier bibliotecario; una clasificación estricta por tamaños y colores, sin ninguna consideración por la autoría o la temática de las obras. Si alguien le hubiera objetado que ese no era un criterio demasiado científico, quizá hubiera depuesto su actitud.

Pero tenía cierta prisa por encontrar el hueco preciso para los dos ejemplares que no iba a leer de inmediato y que estaban sobre el escritorio de madera de cerezo junto al ejemplar de «De la tierra a la luna» que había dejado el día anterior. Tenía que devolverlo a su sitio, en las estanterías que se encontraban en el lado izquierdo de la habitación, junto a la chimenea con un dragón tallado en piedra. Mientras buscaba un hueco en la zona correspondiente al bermellón, vio con asombro un libro más pequeño y abultado que destacaba sobre la sucesión aleatoria de lo más granado del panorama literario, científico y filosófico de la última centuria. Estaba sin ordenar, apoyado sobre la cubierta, en contraste con la hilera perfectamente alineada en altura decreciente. Lo sopesó, contempló el corte hilado en oro, sus tapas de cuero cuarteado, las diminutas letras doradas, la cubierta labrada. Olió el intenso aroma a melancolía y humedad. Era un breviario. Lo cogió y abrió los cierres dorados para encontrarse con una obra escrita en latín y repleta de ilustraciones. Estuvo pasando las finas hojas de pergamino y revisando algunas de las miniaturas. Al ir a cerrarlo, urgida de nuevo para concluir su tarea de clasificación, una inscripción en la primera página hizo que se olvidara de lo que estaba haciendo y saliera de forma precipitada de la habitación, el libro bajo el brazo.

La corredera que separaba el descansillo del comedor de verano la formaban dos hojas de vidriera, cada una con un óvalo central de cristal esmerilado enmarcado por ramas de rosas rojas unidas en lazadas turquesa. El marco de caoba se curvaba de forma sinuosa y los dos pomos de latón imitaban una rama. Se acercó y empuñó las dos ramas dispuesta a entrar, pero se detuvo ya que la conversación entre su padre y su hermano Juan se colaba por la vidriera a raudales como los rayos incipientes de la mañana; quería entender qué causaba tal agitación y valorar su próximo movimiento.

—Comprenda usted que con la guerra en Cuba y Filipinas, las cosas se están poniendo muy complicadas. Si luego no liquidan la deuda a tiempo, nos dejan en una situación difícil. Este mes tenemos que hacer frente al pagaré de los Vehils —decía Juan con tono de frustración.

—¿Me vas a enseñar ahora cómo tengo que administrar mi dinero? —contestó su padre—. ¿Te olvidas de que soy uno de los hombres más ricos de la ciudad? ¿Que he fundado un Banco?

—A usted lo respeto...

—¡A veces pienso que no sois conscientes de cuánto he sufrido para llegar hasta aquí —dijo su padre algo más calmado—, ni de todo lo que he hecho por esta familia!

—Lo respeto como empresario —continuó Juan y, después de hacer una breve pausa, añadió—: Y como padre. Lo que pasa...

—Te diré yo, lo que pasa —dijo su padre en tono didáctico—. La juventud os pensáis que sabéis más que nadie. Se os llena la boca de números y balances. ¿Y dónde queda el honor? ¿Te crees que un contrato arregla nada? Lo que importa es la madera del que tienes delante, hijo. Hay árboles como las olmas que, aunque parezcan carcomidas, resisten por siglos y siguen echando ramas y hojas todos los años. Y luego, te encuentras uno de esos pinos, de los que lucen lozanos y altivos, arrancado de la tierra después de una tormenta. Los hombres son iguales y, cuando se habla de negocios, lo que cuenta no es solo la calidad de la madera, sino si sus raíces van a sostenerlo o no.

Se había hecho un silencio espeso. Carmeta intuía la agitación de su hermano que, como socio y gerente de Hilaturas Finas, querría defender lo que él creía más conveniente para el negocio, pero era difícil llevarle la contraria a su padre. Su aparición podía suponer un cierre en falso a una discusión que parecía trascendente para el futuro de la empresa. Decidió esperar.

—¿Y bien? —preguntó su padre algo más tranquilo.

—La palabra dada es importante... —empezó Juan.

—Imprescindible.

—...para empezar cualquier trato —continuó su hermano con voz pausada—. Y la honradez es una garantía de la intención de devolver el crédito. Pero en los negocios la intención no es suficiente. Necesitamos avales, tal como están las cosas...

—No me vengas con generalizaciones. Vayamos paso a paso. A ver, dame esa ficha que tienes ahí. ¿De quién es?

—Cipriano Brugué.

—Conozco a Cipriano desde que éramos niños. Y no te olvides que fue uno de nuestros primeros clientes.

—Las últimas facturas las ha pagado tarde, padre —insistió Juan.

—¿Las ha pagado o no?

—Nos debe las de febrero y marzo, que ya están más que vencidas. Aquí tengo los detalles...

—Pero, ¿las ha ido pagando o no? —interrumpió su padre de nuevo, y cogió la ficha—. A ver, aquí veo que en 1896 hizo un pedido mensual y compró un total de setenta y dos piezas. En 1897, fueron noventa y cuatro. El año pasado bajó a ochenta y cinco, pero hizo menos frío del habitual. Este año va por cuarenta y cinco. Un buen cliente, diría yo.

—Pero él ni siquiera tiene negocios en ultramar...

—Si Cipriano dice que pagará, pagará. Y no se hable más —zanjó su padre.

Carmeta decidió que era el momento de intervenir, antes de que su hermano alargara un conflicto que tenía difícil solución. Si Isidro había tomado una decisión, no había nada que hacer. Respiró profundamente y abrió la vidriera que se deslizaba con suavidad hacia el interior de la pared.

Los dos hombres la miraron con agradecimiento al poder terminar con una conversación que era evidente que no les llevaba a nada. Se acercó primero a su padre y le dio un beso en la frente, luego rozó levemente la mejilla de su hermano y le sujetó con firmeza el brazo, para hacerle entender que lo comprendía, pero que no había mucho más que hacer y, sin soltarle, dibujando esa sonrisa que solía apaciguar el ánimo de los hombres de la casa dijo:

—Se le está enfriando la leche, padre.

Sucedía, como suele ser habitual en personas entradas en años, que Isidro había encajado en sus costumbres y rutinas diarias toda una compleja coreografía. El proceso de ingestión de cualquier sopa u otro alimento que se sirviera en plato hondo o en tazón, era un verdadero ritual que se prolongaba durante más de un cuarto de hora. La leche tenía que estar casi hirviendo y no debía rebasar los tres quintos de la capacidad del tazón. La porcelana fina que utilizaban, con sus dibujos y filigranas ayudaba a la cocinera a determinar esa cantidad con bastante exactitud. Lo primero que hacía Isidro era servirse tres cucharaditas colmadas de azúcar y remover enérgicamente, casi batiendo el líquido caliente. Luego le tocaba el turno al pan, que desmenuzaba a conciencia para lograr unos pedacitos homogéneos del tamaño de la uña de su meñique. Ese aspecto era importante, ya que permitía que se impregnasen de leche sin que ésta bajase demasiado la temperatura. Él consideraba que era un desperdicio utilizar pan fresco, así que cada noche la cocinera tenía buen cuidado de separar dos rebanadas para el siguiente desayuno que él desmigajaba con sumo cuidado. Antes de proceder a su degustación, lo sazonaba con canela o cacao en polvo, y ese era el único aspecto que dejaba al azar o al capricho del día, como si esa mínima decisión atestiguara su postura ante la vida: orden sí, pero, por encima de todo, libre albedrío.

Tras la partida de Juan hacia la fábrica, cabizbajo y algo malhumorado, a pesar de su intervención, Carmeta tuvo que llamar a la doncella para que le volvieran a calentar la leche a Isidro y, mientras esperaba, dudaba en cómo encarar la conversación.

—Ya llegó el último pedido de libros —dijo.

—¿Alguno que pueda interesarme? —preguntó él recobrando el humor.

—Pues le diré que he conseguido un Atlas celeste. ¿No dice siempre usted que hay que comprender el mundo para poder progresar? —contestó a la defensiva.

—No te pongas así, hija mía, que ya sabes que pago puntualmente todos tus caprichos.

—No son caprichos, es ciencia —insistió.

—¡Para llevarnos a la luna! No me digas más —continuó Isidro burlón.

—Pues algún día iremos, y viajaremos en el tiempo.

Regresó la doncella con la bandeja.

—¿Cuánto tiempo llevas en esta casa, Isabela? —le preguntó Isidro

—Bastante.

—¿Cuánto tiempo es bastante? ¿Cinco? ¿Seis años?

—Han sido ya ocho años y siete meses, señor —contestó Isabela con un hilo de voz—. Más o menos.

—Pues para llevar sirviéndome el desayuno ocho años y siete meses, parece que todavía no has aprendido que me gusta la leche humeante —le dijo el padre mirándola a los ojos y añadió con voz impostada—. Más o menos.

Luego se enfrascó en sus gachas, cuyo alto poder nutritivo y aspecto de rancho para jornaleros contrastaban con el frágil tazón de porcelana de Limoges. Carmeta se puso a hojear el breviario, deteniéndose de vez en cuando a traducir alguna frase del latín, un lenguaje que le resultaba vetusto y entrañable.

—Aquí hay algunas páginas marcadas, padre.

—¿Cómo? —preguntó. Y al levantar la vista para ver qué leía, dejó la cuchara en un lado y con el semblante rígido dijo—: ¿Dónde lo has encontrado?

—En la biblioteca —contestó observando el interés de su padre—. Aquí pone Casanoves. Era de mi abuela, ¿verdad? Nunca nos cuenta nada sobre ella.

—Os he contado lo que tenía que contar —respondió el padre con brusquedad.

—¿Esto es de su etapa de monja?

—Sí, y lo único que me queda de ella —contestó haciendo ademán de recuperar el libro.

En ese momento, el jardinero subió por la escalinata del jardín con las tijeras de podar en una mano y en la otra unas flores que acababa de cortar. Llamó a la puerta de cristal del comedor que abría al porche. Ella aprovechó la distracción y consiguió retener el breviario.

—Hace una mañana estupenda —dijo el jardinero al entrar.

—A ver si mis hijos se dan cuenta y dejan de mortificarme —contestó su padre. Parecía aliviado por la oportuna interrupción.

—Veo que no ha terminado el desayuno, les dejo no vaya a enfriarse —dijo el jardinero dispuesto a volver a su tarea.

—No se preocupe. Ya estaban casi frías y poco necesito para alimentarme.

—Padre, come como un polluelo —intervino Carmeta.

—Sí, como uno de esos gorriones que anidan en el alero de la cochera —contestó él con sorna.

—Pues le diré que esta mañana corría por aquí un jilguero —dijo el jardinero—. Sé que al señor le gustan mucho los pájaros.

—Me ha parecido oírlo trinar —dijo ella.

—¿Dónde estaba? —preguntó Isidro.

—En la higuera, es el único árbol crecido que tenemos —contestó el jardinero.

—Cada vez resulta más difícil ver jilgueros o petirrojos —respondió Isidro—. En cambio los mirlos son unos descarados y se acercan hasta mis pies cuando me siento en la mecedora del porche.

—Cuando éramos pequeños cogíamos los huevos —añadió el jardinero.

Isidro asintió con la cabeza, pensativo.

—Gracias a Dios que ya llega el buen tiempo —continuó el jardinero—. Este año está tardando algo más de lo normal.

Carmeta puso los ojos en blanco. Los comentarios inexactos que tanta gente se empeñaba en hacer sobre botánica, meteorología o astronomía la sacaban de quicio. Esta vez se contuvo y no intervino. Le venía bien esa conversación para que su padre se olvidara de la discusión y del breviario. Lo guardó cuidadosamente en su regazo.

—Con las lluvias de hace quince días, todavía encontré un par de polluelos muertos —añadió el jardinero.

—Por cierto, padre, no sé si se enteró usted de que falleció Lidia Comas, viuda de Serratosa —interrumpió Carmeta tras una asociación de ideas—. Creo que la conocía —y al ver la cara demudada de Isidro, frunció las cejas extrañada—. Padre, ¿está bien?

Esperaba otra reacción de su padre, aunque solía dar largas cuando se le preguntaba sobre su niñez, era mucho más expresivo y daba a entender a las claras cuáles eran los temas tabú. Sin embargo, al cabo de unos minutos seguía sin contestar, con la mirada extraviada. Decidió no insistir; una vez más, poca información sacaría. Le hizo una seña al jardinero para que le diera las flores y se retirara. El jardinero se despidió con un saludo efusivo y se alejó ladeando la cabeza al no obtener respuesta de Isidro. Carmeta se acercó a su padre y le dedicó un beso cariñoso que no consiguió arrancarle ni siguiera un mohín. Cogió el tazón y antes de marcharse a la cocina le preguntó:

—¿Le digo a Isabela que recoja la bandeja del desayuno?

—Lidia —murmuró Isidro cuando ya su hija abandonaba el comedor de verano, como si estuviera en otro lugar, quizá incluso en otro tiempo—. Todo lo que importa se desvanece.

2

Alella, Febrero de 1834

El tazón de leche seguía humeando y se quemó los labios por segunda vez cuando intentaba sorber la espuma que se asomaba en la superficie. Al soplar para enfriar la bebida, Isidro derramó un poco de leche sobre la mesa de la cocina. Su tía lo había regañado, la leche se agriaba y luego olía mal todo el día. Le había dolido en su orgullo el capón que le propinó.

Era curioso que, a sus más de setenta años y delante de un tazón de gachas frías, la mención a la muerte de Lidia le hubiera recordado ese incidente mínimo. Aunque si lo pensaba mejor, en realidad podía recordar cada detalle de esa jornada, en la que unas horas más tarde tendría que despedirse de la niñez, su vida reducida a la nada, una nada de la que tardaría años en emerger. La edad, obstinada en convertirse en señora del olvido, solo le permitía esa precisión con determinados acontecimientos del pasado remoto. Venían a él como en un soplo, para llenar la estancia donde se encontrara de sonidos, olores e imágenes que le permitían revivir esas situaciones.

Recordaba que su primo Vicente, algo mayor que él, estaba sentado enfrente en la mesa de la cocina. Su tía Lola cortaba hogazas de pan, las untaba con tomate y luego colocaba unos buenos cortes de longaniza. Le tocaba esperar, por lo que puso esa curiosidad suya a observar el humo que se elevaba hacia el techo y se deshacía en volutas justo antes de alcanzar las vigas.

—¿Has visto cómo danza el humo? —preguntó a Vicente—. Si soplas, se forman remolinos. Mira.

—¿Qué nos has puesto para comer hoy? —preguntó Vicente mirando a la tía Lola.

—Con el humo de la chimenea es más divertido —continuó Isidro—, pero mi madre no me deja.

—¿Cómo te iba a dejar? Si la última vez casi quemas la casa —terció la tía y le tendió el hatillo a Vicente—. Aquí tienes tu almuerzo, cariño.

—Yo solo estaba prendiendo la lumbre como me había enseñado padre —protestó Isidro—, pero saltó una chispa cuando soplaba para que se avivara.

—Está visto que no sabes hacer nada, ni soplar —añadió su primo, y le hizo una mueca a modo de burla.

Isidro se concentró de nuevo en su tazón de leche, para disimular las lagrimillas que se le iban formando. Se puso a sorber con timidez. Entonces reparó en la tostada: ahí estaba, su pequeña victoria, que podía celebrar sin que le descubrieran. La mojó y cerró los ojos para saborear mejor la manteca que se fundía en su boca, el crujir del pan y sentir como sus muelas molturaban los diminutos cristales del azúcar. Mientras evocaba la sensación de triunfo al añadir otra cucharada colmada de azúcar, pensó que la tía Lola no debió reparar en él. Hacía solo unos minutos, ese pequeño gesto había ocasionado una pequeña trifulca entre su madre y la tía. Lola reprendía a su cuñada Paulina porque le estaban malcriando, según Lola le daban demasiados caprichos a Isidro cuando su padre era un simple mayoral.

Paulina entró empujando la puerta con la cadera. Su cuerpo menudo casi no podía con el capazo; Lola no hizo ningún gesto para ayudarla a traspasar la puerta, ni a depositar la leña junto al hogar.

—¿Todavía no has terminado? —le preguntó su madre a Isidro mientras apilaba la leña—. Tu padre bajará en seguida y no le gusta esperar.

—Ha estado jugueteando con la leche en lugar de desayunar. Está todo el día holgazaneando, en lugar de ayudar en la masía que ya tiene edad.

—Tiene que estudiar, mujer. Mosén Aymerich dice que es uno de los más listos de clase.

—Siempre leyendo libros, lo vas a convertir en una nenaza. No sé qué te crees, mi hijo bien que ayuda a su padre desde hace ya tiempo. ¿Acaso lo vais a meter a cura? Porque al paso que va, no va a ser de ningún provecho.

—Deja que eso lo decidamos su padre y yo —intentó zanjar Paulina.

—Mientras viváis bajo este techo, creo que algo tendremos que decir, ¿no te parece?

—No te preocupes que pronto estará acabada nuestra propia casa y ya no os molestaremos más.

Paulina, desvió la mirada y se dispuso a preparar el almuerzo.

—Te refieres al anexo que está construyendo tu marido en nuestra finca, ¿no?

—En la finca de la familia, que aunque el tuyo fuera el heredero, algún derecho conservamos también nosotros.

—¿De qué derechos hablas? Francisco y tú estáis aquí porque nosotros lo consentimos, que no se te olvide.

Lola se abalanzó sobre Paulina, que le sostenía la mirada con la cabeza altiva, y se paró a menos de un palmo. Isidro podía oír su respiración agitada. No sabía qué iba a ocurrir a continuación, debieron ser unos segundos, pero a él le parecieron eternos. Fue haciéndose pequeño en la mesa. Vicente también estaba callado, pero lo miraba jactancioso. De pronto, la tía se dirigió hacia Isidro y le arrebató el tazón de leche. Se quedó petrificado.

Las dos mujeres seguían sosteniéndose la mirada, la tía Lola todavía con el tazón en la mano, cuando su padre entró en la cocina dispuesto a recogerlo y marcharse. Su madre se acercó a Francisco nerviosa. Hubo un intercambio de gestos que Isidro no había sido capaz de interpretar; posiblemente su madre entornó sus ojos glaucos y arqueó las cejas, en esa señal suya de que era mejor no decir nada. Ya conversarían aquella noche. Paulina le tendió un tazón con café a Francisco y le hizo señas a Isidro para que cogiera el sayo del zaguán y se fuera preparando. Cerró los dos hatillos con el almuerzo y se los pasó a Francisco.

Al traspasar la puerta del zaguán, Francisco había comentado cómo los rayos se reflejaban en la escarcha de los campos y los viñedos, se despidió de Paulina con una caricia en la mejilla, cogió a Isidro por el hombro y partieron.

Isidro iba él solo a la escuela parroquial todos los días, excepto los martes en que su padre solía bajar al pueblo para cerrar algunos tratos con los asentadores, a llevar alguna herramienta a reparar o a comprar en la botica. Su tío tenía el dominio útil de unas tierras cedidas en enfiteusis a la familia hacía más de un siglo. Al ser el primogénito, el derecho civil lo reconocía como *hereu* y establecía que se quedara con el patrimonio familiar. Sin embargo, confiaba en Francisco para las cuestiones de negocios, a pesar de que la tía Lola nunca había visto con buenos ojos el poder que se dejaba en sus manos. Francisco había destacado de pequeño en álgebra y ganaba en cualquier juego donde el ingenio tuviera un papel preponderante. En eso, Isidro se parecía mucho a su progenitor, aunque le faltaban la envergadura y su salud de hierro.

El camino hasta la casa parroquial lo llevaba por la riera Coma Fosca. En esa época, discurría entre algunas masías que habían prosperado recientemente y todavía podía visualizar las veredas con arbolitos enclenques que entonces aparecían desnudos bajo la escarcha. Le intrigaba pensar cómo podían verdecer aquellas ramas escuálidas, de niño fantaseaba que sería cosa de la dama del bosque.

—Padre, padre, ¡mire cómo sale el vaho de mi boca! Es vapor de agua, ¿lo sabía?

—¿De dónde sacas estas cosas, hijo? —contestó Francisco divertido.

—Mosén Aymerich me ha dejado un libro. En el aire hay agua en disolución, al respirar se calienta a la temperatura de nuestro cuerpo, unos 37 grados y al exhalar a una temperatura más fría, como admite menos humedad, se condensa y así se produce el vaho. Con la escarcha pasa algo parecido, no es más que rocío que se ha helado por las bajas temperaturas. Mira cómo se va evaporando, parece niebla, pero no lo es.

Su padre lo apretó con fuerza, lo cubrió bien con el sayo y sonrió. Francisco apenas había ido unos años a la escuela parroquial para que le enseñaran letras y los cálculos básicos. Se mostraba siempre orgulloso de que Isidro supiera sobre tantos temas y, aunque a veces manifestaba sus dudas sobre la utilidad que tendría todo eso, el mosén le animaba para que le dejara seguir yendo a clase, en lugar de dedicarse a los negocios de la familia, como correspondería a un chico de doce años. Estaba convencido de que su falta de condición física, siempre fue pequeño para su edad, y una salud más bien delicada, alentó a sus padres a prolongar su escolarización; después de todo, algo práctico sacó Isidro de todos esos libros.

—La escarcha también protege la tierra —continuó—. Pero es cuando nieva que las cosechas salen mejor.

—La escarcha no sienta demasiado bien a la vid —dijo su padre.

—Nosotros tenemos sobre todo viñas, ¿verdad?

Su padre le había contado cómo el abuelo, consiguió ahorrar para adquirir los derechos de algunas de las viñas colindantes y ampliar su explotación. Siempre hay que prosperar, era su máxima. Su padre había ayudado desde muy joven al abuelo, no ya en las labores del campo, sino en observar qué prácticas de poda ayudaban a tener mejores cosechas y a alargar la vida útil de las cepas. Pero lo que lo hizo indispensable en la familia, fueron sus oportunos consejos en alguna de las negociaciones con los enfiteutas colindantes. Se lo imaginaba como un sabio que formulaba preguntas sofistas para llevar a los demás a sacar sus propias conclusiones. El abuelo fue una persona avanzada a su época, y su padre intentaba inculcarle la idea de progreso y él, a su vez, la había aplicado en múltiples ocasiones. Francisco era un segundón, y el que hubiera peleado sus derechos sobre las tierras familiares en los tribunales, era algo insólito en esos tiempos. Isidro se daba cuenta de cuánto habían influido esa última conversación con su padre en muchas de las decisiones que había tomado a lo largo de su vida. Recordaba haberle preguntado en una de esas largas charlas:

—¿Quieres decir que no podemos conformarnos con lo que nos viene dado?

—Nuestro Señor dispone si lloverá o habrá sequía, pero nos corresponde a nosotros haber trabajado la tierra para que ésta fructifique. Si nos quedamos protestando o maldiciendo cuando la cosecha es mala, no conseguimos avanzar en nada. Además una mala cosecha, también encarece la mercancía y hay que saber empezar la negociación a tiempo.

—¿Y qué pasa si la cosecha es abundante entonces?

—Habrá que comprar más botas y envejecer el vino sin que se malogre. En eso andamos. Estamos probando distintas técnicas para que el vino aguante más de un año.

—¿Y por qué no se hacía hasta ahora?

—Para mucha gente, hacer las cosas como siempre se han hecho es casi como ir a misa, ni se cuestiona. La tradición es un arma peligrosa. Hay que conocerla, respetarla y saberla usar en tu propio beneficio, pero no puedes convertirla en algo sagrado y que te impida progresar. Ante las dificultades, siempre tenemos que buscar un camino para sobreponernos y, muchas veces, son estas mismas dificultades las que nos permiten llegar hasta donde nunca hubiéramos imaginado.

Aquel martes, como tantos otros, al llegar a la rectoría su padre le pasó el hatillo y, tras comprobar que no les viera nadie, le dio un beso como despedida. Si cerraba los ojos, podía sentir sus espesas patillas sobre su rostro. Francisco alejándose hacia la plaza era la última imagen que conservaba de él. Luego había entrado en el zaguán y subió a saltos la escalera hasta la casa parroquial, sin presentir la facilidad con que la dicha se desvanece.

Por aquel entonces, a la escuela parroquial asistían los niños y niñas del pueblo desde los seis años hasta que sus familias los reclamaban para participar en las tareas de la casa: cuidar de un hermano pequeño, ayudar con las gallinas o desbrozar pámpanos. Solo los hijos de las familias ricas como los Pujades, los Riera-Lleonart, los Casals y por supuesto los Mata, señores de Alella, habían tenido una educación formal. Y a menudo los trasladaban a las Escuelas Pías de Mataró en régimen de internado. Aunque la constitución de 1812 establecía por primera vez que la organización y financiación de la educación eran función del Estado, y que la Educación Primaria debía llegar a toda la población, no había sido hasta 1857 con la Ley Moyano cuando se logró llevar la instrucción pública a la práctica. Durante ese período se habían sucedido los planes, en función de los avatares políticos, y el analfabetismo seguía siendo corriente entre la gente humilde. Aunque no saber de letras no constituía motivo para avergonzarse. El conocimiento de la tierra, la meteorología local y el cuidado del ganado, eran todo lo que se requería para asegurar la subsistencia en una sociedad todavía anclada en los atavismos.

El clima benigno de la costa acariciada por el Mediterráneo dejaba lluvia en el suave invierno, protegía los tiernos brotes que habrían de quedar al amparo de las heladas primaverales en las regiones interiores y hacía los veranos soportables con las brisas térmicas. Solo era temible en otoño, cuando se llevaba ilusiones y proyectos torrente abajo, hasta dejar sus arañazos impresos en las rieras y en el recuerdo de sus paisanos. Las tormentas podían descerrajarse con profusión de truenos y relámpagos zigzagueantes, de los que había que protegerse. Algunas trombas marinas habían también causado estragos, pero pocas veces se internaban más allá de la playa y Alella, a media legua del mar, quedaba protegida de los fenómenos costeros.

Aunque las tormentas en invierno no solían ser tan dañinas, era sabido que a un atardecer rojizo le sucede un día ventoso o un buen aguacero. Así que aquel día que él recordaba amanecido de un azul vibrante, se tiñó primero de blanco y luego los sombríos nubarrones se habían desplegado hasta oscurecer el mediodía.

En la escuela parroquial aquel día prendieron los velones mucho antes de lo corriente. Desde los dos ventanales orientados al sur que daban sobre el jardín de la rectoría, entraba una luz mortecina. Recordaba cómo unos gorriones se iban posando sobre las ramas desnudas de una morera. Un pájaro negro, un mirlo seguramente, perseguía unas migas entre las piedras del patio, pero se le escapaban embestidas por el viento, mientras los cipreses se doblegaban a los azotes del terral.

Mosén Aymerich, había dispuesto su tarro de canicas, el platillo con los garbanzos y desplegado el mapa de España. Iba señalando los principales ríos y afluentes, por cada respuesta correcta, obtenían un garbanzo y el que más conseguía podía elegir la canica que quisiera. En un tiempo en que no había confiterías, aquel tarro lleno de bolas de colores era lo más parecido a un escaparate lleno de dulces y caramelos. Hacía unos días, se habían fijado en una canica metálica, iridiscente, de la que no podían apartar la mirada. Durante toda la hora del patio Quimet estuvo comentando, soñador, los estragos que sería capaz de causar a sus rivales si lograba hacerse con esa canica metálica.

Le tocó a Quimet empezar. Se sabía de carrerilla todos los detalles de los ríos y los cantó con precisión hasta que el mosén alteró el orden y señaló el Llobregat, saltándose el Ebro sin que el chico se diera cuenta. Sus compañeros estallaron en risas, y la jarana fue mayúscula cuando mosén Aymerich le propinó una colleja. Isidro había dejado las observaciones ornitológicas y se sonreía del despiste de su amigo, siempre tan aplicado, que vencía su timidez derramando información y conocimiento hasta la extenuación. Deseaba que, a pesar de ese desliz, pudiera ganarse la canica.

—Chicos, ¡atención! —intentó calmarlos el profesor—. Si no os tranquilizáis, nos quedaremos aquí hasta que llegue el segundo diluvio.

Pese a la negrura de la tarde, su amenaza apenas surtió efecto y continuaron con las chanzas a ver quién sería el siguiente en dejar su ignorancia expuesta ante los demás. Ya estaba el mosén haciendo danzar la vara como si fuera un director de orquesta, cuando la barragana entró y con expresión seria le pidió al mosén que saliera un momento.

—A ver, Cipriano, quédate al mando de la clase —ordenó el profesor a un chicarrón grande y brutote—. No quiero oír ni el crujir de una chinche.

El mosén se equivocaba al pensar que el tamaño y temperamento rudo que en el patio le valían a Cipriano el respeto de todos ellos, serviría para aplacar el estado de jolgorio generalizado. Cuando volvió a entrar al cabo de un par de minutos, se había desatado una guerra de bolitas de papel y el griterío era tal que más que una escuela parroquial, aquello parecía una revuelta popular, quizá como señal premonitoria de las luchas en las que alguno participaría en el futuro. Él observaba divertido y alejado del grupo desde su rincón al lado de la ventana. Tardó en darse cuenta que Mosén Aymerich se había detenido y observaba pensativo, como si estuviera considerando el mejor curso de acción para poner fin a aquel desmán. Luego se cruzaron sus miradas y vio cómo su expresión de bonachón se ensombrecía.

Al quedarse callado y meditabundo en el quicio de la puerta, el mosén había conseguido un efecto que Isidro utilizaría años más tarde, cuando decidió cambiar la forma de tratar a los trabajadores, tradicionalmente basada en la represión y la mano dura; esto es, que el silencio y la determinación pueden tener un efecto balsámico. El gentío, aunque empeñado en cuestionar la autoridad en cuanto tiene ocasión, en el fondo se siente subyugado a ella y proclive, por tanto, a dejarse someter. Mosén Aymerich parecía sorprendido, sin recurrir a su voz de barítono desafinado, recompuso su postura y con un aire de solemnidad se dirigió a él:

—Isidro, ¿puedes salir un momento? —y lanzó una mirada severa al resto, antes de añadir— Espero de vosotros un mejor comportamiento esta vez.

Se levantó y cruzó la sala sabiéndose contemplado con curiosidad por el resto de sus compañeros. No pudo sentir la incomodidad que verse protagonista acostumbraba a producirle. Una extraña desazón se había apoderado de él, de alguna forma había podido leer la gravedad del asunto que tenían que comunicarle. El mosén dejó la vara encima de su mesa, se acercó a él en silencio y apoyó la mano en su hombro. Al salir cerró la puerta tras de sí con sumo cuidado, como si intentara no dejar rastro.

El corredor que los llevaba hasta el recibidor parecía más angosto y oscuro que nunca. Mientras cruzaba el pasillo aquella tarde de febrero, se fijó en la tabla de San Félix: un pellejo demacrado y sufriente, con una rueda de molino colgada al cuello y a punto de ser lanzado al mar desde un acantilado. Volvió a empequeñecer. Al llegar al recibidor, se oía el leve rumor de la lluvia repiqueteando en el empedrado de la calle de la Iglesia. Les esperaba un mayoral que reconoció como un amigo de su padre. Lo había visto otras veces, espesas patillas, la frente ancha y surcada por el sol. Estaba plantado en medio de la estancia, la barretina en su mano izquierda sujetada con firmeza, la cabeza baja. Lo saludó, pero rehuyó su mirada al decir con la voz quebrada:

—¿Cómo vas, chico? ¿Eres tan bueno como dicen?

—Ven siéntate —le dijo el mosén—. Tenemos que darte una mala noticia.

Negó con la cabeza, con aprensión, no quería oír lo que iban a decirle. El mosén tragó saliva y continuó.

—Ha habido una pelea en la taberna; la información que tenemos no es muy clara, pero al parecer han herido a tu padre.

En un primer momento se resistió a tomar asiento en el banco de nogal y pretendía una entereza que no era propia de su edad, pero luego las piernas le flojearon. Las lágrimas acudieron a sus ojos, las restregó con la manga de su camisa de percal y recomponiéndose miró a ese mayoral que vivía cerca de la masía familiar; quería adivinar si la cosa era grave de verdad.

Todavía podía evocar cómo se había sentido, el amigo de su padre mirándole de soslayo, la barragana que intentaba ocultar sus lágrimas y ese semblante, mezcla de ternura y preocupación, que nunca antes había visto en la cara del mosén.

—Lo han matado, ¿verdad? —dijo Isidro con voz suplicante.

—En realidad..., quizá... —empezó el mayoral.

El hombre estaba alterado, seguramente era incapaz de afrontar la situación. Mosén Aymerich lo reprendió con su mirada antes de intervenir:

—Hijo, piensa que todo ha sido muy rápido.

—Quiero verlo —contestó él.

—¿Dónde lo tienen? —preguntó el mosén.

—Estaba en la taberna todavía cuando me he venido para aquí —dijo el vecino—, los carabineros ya habían llegado y estaban levantando atestado.

Atestado. Era la primera vez que Isidro oía esa expresión y supo que bajo esa jerga se escondían todas las vilezas del hombre por cubrir aquellos acontecimientos ante los que se sentía impotente.

—Pues vamos a la taberna. ¿Dónde está mi sayo? —dijo Isidro con resolución.

Al abrir la puerta de la vivienda para bajar al zaguán, una corriente helada subió por las empinadas escaleras. Seguía sujetando el pomo de la puerta con ademán de salir, a pesar de que se oía cómo la lluvia había subido a intensidad de aguacero.

—Vamos, chico, ahora no hay quien se aventure fuera —intervino el religioso, y cerró la puerta de nuevo.

Luego, posó la mano en su hombro con suavidad. Al sentir el contacto humano, no pudo mantener su firmeza y rompió a llorar. Mosén Aymerich lo abrazó y mientras le acariciaba el pelo, pidió a la barragana que trajera un poco de leche caliente y unas galletas. En ese momento, se dio cuenta de que no se oían gritos al fondo del pasillo. Sus amigos estarían distrayéndose con algún juego, no parecía que el profesor fuera a ocuparse de ellos por ahora.

El mosén lo acomodó en el banco y se sentó a su lado, le mecía los tirabuzones en un movimiento hipnótico que consiguió calmarlo. La barragana apareció de nuevo con un tazón de leche espesa y humeante:

—Le he echado tres cucharaditas de azúcar, que sé que a ti te gusta muy dulzón —dijo—. Ten cuidado que no te quemes.

—Gracias, Filomena —musitó.

Mientras gorgoteaba cada sorbo de leche, sentía cómo los tres mayores lo contemplaban con ternura y compasión. No se cansaban de decirle que era un chico listo y trabajador, pero ellos sabían que quedarse huérfano a esa edad significaba ponerse a trabajar para ayudar malamente a la economía doméstica y que la merma en sus ingresos lo llevaría casi a la miseria. Era conocido, además, el enfrentamiento que Francisco había tenido con su hermano, al haber peleado por su parte en la herencia. Se solía testar a favor del *hereu*, quien recibía la mayor parte del patrimonio, la legítima quedaba limitada a una cuarta parte y el desconocimiento de los pequeños productores hacía que muchos de ellos no la solicitaran. Francisco había reclamado la legítima que le daba el dominio útil de parte de las viñas, pero acordaron con el tío que trabajarían la masía entre ambos de forma que pudieran compartir los aperos, contratar a jornaleros y vender la cosecha conjuntamente. Su tío había aceptado la propuesta porque, entre otras cosas, reverenciaba a Francisco, no solo por ser su hermano pequeño, sino por el carácter resolutivo y sus habilidades negociadoras. Le parecía más que evidente que la tía Lola, en cambio, no estaba dispuesta a compartir lo que ella había considerado como suyo al celebrar el matrimonio, convencida de que una dote más que razonable para una familia de payeses le debía garantizar cierta holgura económica, difícil de conseguir si tenían que alimentar tres bocas más. Al faltar su padre, Paulina y él se convertían en una carga y era fácil intuir que tendrían una vida complicada en Can Nara.

Los detalles bailaban en su memoria; recordaba como en un sueño cómo el vecino empezó a relatar lo que había ocurrido esa tarde en la taberna, sin que nadie se lo hubiera pedido.

—Tu padre y yo estábamos en una mesa con un grupo de mayorales. Hemos terminado de almorzar y nos estaba proponiendo llegar a un acuerdo para vender conjuntamente las producciones de nuestras respectivas masías. Así podría negociar mejores precios y condiciones con los arrieros que llevan las cosechas al Borne, en Barcelona. Alguno ha mostrado su reticencia, quería garantías. Nos hemos enzarzado en eso un buen rato, pero luego empezamos a discutir sobre política. Tu padre defendía la libertad de comercio.

—¿Libertad de comercio, dices? —El religioso meneó la cabeza—. Francisco nunca ha entendido que, por mucho que los liberales estén tomando posiciones en el gobierno, esto es un entorno rural, la gente es conservadora.

No era capaz de recordar los detalles que se contaron sobre esa discusión, porque no había comprendido en ese momento muchas de las cosas que relataba el amigo de su padre y que ya no iban dirigidas a él.

—El Nano estaba de espaldas en la mesa contigua a la nuestra, cuando se ha hartado de oír lo que consideraría sandeces, ha intervenido sin darse la vuelta y ha dicho que lo que hacía falta era firmar el tratado con Inglaterra y dejarse de pamplinas. «Eso si hay hombría suficiente para apoyar al Infante Don Carlos». Francisco le ha respondido que eso podría interesar a los grandes terratenientes, pero que a los pequeños productores no nos resuelve nada y, en cambio, perjudica mucho a la industria catalana.

—¿Y Francisco le ha plantado cara al Nano? —dijo Filomena asustada.

Al oír ese nombre y al ver la cara de Filomena, dejó el tazón de leche en el suelo y se encogió en su asiento. El Nano era un personaje conocido por sus negocios sucios y por su actividad como sicario, a menudo al servicio del señor de Alella. Lo recordaba perfectamente, la cabeza pelada, la voz cascada y un caliqueño humeante colgado en los labios.

—El Nano ha dicho «Y tú, ¿qué sabes de industria, si lo más que has visto es una azada?». Y que a los *cristinos* les faltan cojones para defender nuestra tierra y que levanten el Decreto de Nueva Planta.

—Pero Francisco, era partidario de recuperar los fueros—protestó el mosén.

—Sí, pero ha insistido en que nuestras masías prosperan porque en Barcelona hay muchos jornaleros que tienen que comer y beber. De repente, el Nano se ha dado la vuelta y ha apoyado sus manos en nuestra mesa. El resto de parroquianos se han quedado callados, aunque algunos habían asentido antes a las afirmaciones de Francisco. El Nano ha paseado su mirada vidriosa por efecto del humo y el licor a modo de advertencia, y luego ha dicho que no le veía la relación y que si los precios de la cosecha subían por el tratado con Inglaterra, ¡que se murieran de hambre los barceloneses! Luego ha lanzado una carcajada que me sonó poco convincente, a ver si los demás le seguían. Ha habido alguna risita forzada, pero seguía reinando el silencio. Francisco le ha preguntado que si había pensado alguna vez de dónde salían las revueltas y el Nano ha dicho que esos eran unos miserables *quemaconventos* que no respetaban ni lo sagrado.

—¿*Quemaconventos*? —preguntó él.

—Es complicado, hijo —dijo el mosén que lo había soltado hacía un rato, atento a las explicaciones—. Algunos exaltados la han tomado con los religiosos cuando escasea la comida o ha habido levas forzosas.

—¡No sé dónde iremos a parar! —exclamó Filomena, y se santiguó.

—¿Y padre los defendía?

—No, Isidro —interrumpió el mayoral—. Dijo que no valía la pena seguir discutiendo, por lo que el Nano se enfureció y le soltó «Yo te diré si vale o no la pena». Tu padre ni le contestó, se ha dado la vuelta y le ha preguntado al tabernero qué se debía y que cargara también lo que se había tomado en la otra mesa. Abonó las rondas, se levantó, se despidió de nosotros con un gesto y se dirigió hacia la puerta. La mayoría de los presentes había dado la discusión por zanjada y reanudaban la conversación. El Nano se ha puesto en pie y antes de que tu padre llegara al umbral, su voz ha atronado sobre el bullicio «Lo que os decía, un cobardica, como todos los liberales». Tu padre ni siquiera hizo ademán de darse la vuelta y añadió, casi para sí mismo, un «no seas simplón». La reacción del Nano ha sido tan rápida que ninguno advertimos que había cogido la navaja del cinto cuando se ha abalanzado sobre Francisco.

El mayoral iba a continuar con los detalles, pero el religioso debió cortarle con algún gesto, porque se interrumpió. Él seguía observando al vecino en silencio, a la espera de que añadiera algo más, que ese no fuera el fin de la historia, como en aquellos cuentos que le contaba su madre alguna tarde de invierno. Al escudriñar aquel rostro, pudo vislumbrar la desolación y la impotencia, no hacía falta que le contara más.

A lo largo de los años, se había imaginado la escena muchas veces: su padre sin tiempo de reaccionar, notando como el filo se hundía en la base de sus costillas en el costado izquierdo, se llevaba la mano a la herida y sentía cómo la sangre fluía caliente y letal. Caía primero sobre sus rodillas, luego miraba sus manos manchadas de granate antes de desplomarse sobre una efusión de sangre.

Recordaba todas las miradas fijas en él, arremolinado en el banco. El vecino concluyó:

—Tu padre es un gran hombre.

—Y ¿qué han dicho los carabineros? —preguntó el mosén.

—Van a investigar lo ocurrido, pero de momento casi nadie quería comentar nada.

—Ya encontrará ese quién lo disculpe —añadió Filomena.

La lluvia había amainado y el recibidor se había ido oscureciendo y enfriando. El mosén miró en dirección al fondo del pasillo, desde donde podía oírse a sus compañeros. No parecía que hubiera mucho desbarajuste, pero iba siendo hora de acabar con las clases.

—Anda, chiquillo —dijo Filomena mientras lo atraía y lo abrazaba para que entrara en calor—, mejor será que os vayáis a casa. A estas horas tu madre ya se habrá enterado y seguro que va a necesitar consuelo.

Continuó inmóvil donde lo había dejado Filomena, hasta que lo cubrieron con el sayo y el vecino lo empujó suavemente hacia la puerta. Bajó las escaleras, cabizbajo y pensativo, al llegar a la calle, el empedrado estaba húmedo y se habían formado pequeños charcos, pero así como otras veces correteaba entre ellos y los saltaba, ahora avanzaba con cuidado, tenía que proteger aquellas alpargatas de la humedad como fuera, si no lo conseguía su madre lo regañaría al llegar a casa.

Las semanas siguientes fueron extrañas. No estaba acostumbrado a ser el centro de todas las miradas. En el velatorio había tenido que soportar las opiniones de familiares y allegados, que no entendían que a su edad todavía no se ocupara de la masía. Su tío intervenía de vez en cuando para defender que era un buen estudiante y que algún día sería alguien importante. Las miradas eran de extrañeza, no parecía que nadie estuviera dispuesto a comprender que hubiera algo más importante que sacar adelante las tierras propias o, como se encargaba de resaltar la tía, mientras entraba y salía ahora con unas galletas, luego con un poco de vino rancio o unos frutos secos, contribuir a su propio sostenimiento y al de su madre.

En el funeral estuvo atento a las vidrieras de la iglesia, siguiendo con detenimiento los haces de luz que incidían oblicuos sobre las escaleras del altar. Se concentró en traducir a su primo las frases que mosén Aymerich pronunciaba en latín y así capear la tormenta que se desataba en su interior. Cuando enfilaron con destino al cementerio, una rabia que no había conocido antes salió de lo más profundo de sus entrañas:

—¿Por qué no habéis dejado que venga mi madre?

—Las mujeres no van al cementerio, hijo —intervino su tío.

—Y esas mujeres, ¿qué hacen?

Las plañideras se desgarraban en sollozos sobre el frío de la mañana.

—Eso es distinto —continuó su tío.

—No veo qué de distinto puede haber. Hay una mujer que es mi madre, que quiero que esté a mi lado, que quiere despedirse de su marido y no la dejáis —arremetió, casi sin respirar—, y luego están éstas a las que no les importamos ni mi padre, ni mi madre, ni yo, pero que cobran por hacer ver que todos estáis tan preocupados por nosotros. ¡Es todo una mentira!

—Vamos, Isidro, ven —dijo su tío.

Lo atrajo hacia sí con intención de tranquilizarlo. Rechazó el abrazo y arrancó a llorar.

Cuando estaba en el pueblo, en todos lados sentía que le escudriñaban, como si cientos de ojos se clavaran en su piel; pero él no se atrevía a mirar. Entonces no sabía que no iba a encontrar comprensión ni buenos deseos y tardaría mucho en entender de dónde procedía esa inquina.

También en casa notaba más el calor de su tío que el de su propia madre. Ya había empezado a perderla, pero seguía sentándose a sus pies, como cuando ella le contaba cómo debía comportarse o charlaban de cualquier cosa. Solo que ella ya no le hacía caso, se pasaba el día encerrada en su cuarto y ya ni protestaba cuando su tía arremetía de nuevo con que algo habría que hacer con el chaval, demasiadas bocas que alimentar. Su tío insistía en que debía seguir estudiando, que esa había sido la voluntad de su hermano Francisco y pensaba respetarla costase lo que costase.

Ya casi en primavera, unas heladas tardías malograron parte de la cosecha. Ese año sería difícil y sin la ayuda de su padre para negociar, su tío temía que no alcanzaría para mantener a la familia. En cuanto la tía Lola supo que quizá habría que echar mano de los ahorros guardados en la trampilla de la cocina, empezó su cruzada para que Isidro y Paulina abandonaran la casa y que algún familiar los acogiera. Los vecinos se apiadaban de ellos, pero estaba claro que no se podía esperar que se hicieran cargo de dos bocas, y menos cuando el chico podría trabajar. La solución la plantearía mosén Aymerich una tarde que se ofreció a acompañarlo a casa.

—¿Cómo van las cosas? —preguntó el mosén mientras subían por la riera Coma Fosca.

—Madre está muy triste y casi ni come.

—Y tú —continuó el mosén—, ¿qué has pensado hacer?

—He pensado en reclamar el huerto que era de la familia de mi madre y trasladarnos a vivir ahí, hay una casa de labranza. Mi tío me ha dicho que no me precipite, pero yo podría arreglar la casa.

—Chico, pero ese huerto, aunque grande, es muy umbrío, y está abandonado desde que se extendieron los viñedos. Y la casa no llega ni a cabaña. Sería una lástima que un chico tan listo se malograra en unas tierras que nunca han dado mucho fruto.

—Pero tengo que encargarme de mi madre. Eso es lo que toca.

—Deja que hable con tu tío, veremos qué se puede hacer —sentenció el mosén.

Las tardes empezaban a alargarse, pero todavía refrescaba. Los pámpanos se adivinaban en las arrugadas cepas, petirrojos y jilgueros desplegaban sus cantos por la campiña y las gallinas volvían a corretear por las eras. Can Nara ofrecía su fachada principal orientada al sur con un esgrafiado de cenefas rojizas.

—Padre lo mandó construir —dijo, mientras señalaba con la cabeza al reloj de sol.

—Sí, se habló de ello en el pueblo —contestó el mosén. Y al entrar en la casa, gritó el saludo de rigor—: ¡Ave María!

—¿Es usted, mosén? —se oyó una voz femenina en lo alto—. Suba, por favor.

Mosén Aymerich subió por las sencillas escaleras de piedra y, al llegar a la entrada, la tía los estaba esperando con sus pequeños ojos parduzcos y penetrantes.

—¿Qué se le ofrece?

—¿Está su marido?

—No, pero enseguida lo llamo —añadió algo confusa. Y se dirigió a él—: ¡Vamos! ¿Estás tonto? Ve a llamar a tu tío, no hagas esperar al mosén.

Salió corriendo en busca de su tío. A esas horas solía estar en el establo ordeñando a las dos vacas que tenían para su propio consumo. Cuando volvieron a la casa, oyó a la tía Lola que decía:

—Vamos a ver qué dice mi marido. Eso lo tiene que decidir él.

Entraron en la cocina. A su tía le chispeaban los ojos y en cuanto lo vio hizo un rápido gesto para indicarle que esa era una conversación de mayores. Pensó en ir a su cuarto y animar a su madre contándole lo de los jilgueros, pero finalmente decidió quedarse a escuchar.

Después de intercambiar saludos, su tío se dirigió a la tía Lola con cierta sorpresa y brusquedad:

—¿Ya le has ofrecido un poco de fuet y un vaso de vino a Mosén Aymerich?

—Así estoy bien, gracias.

—Quería hablar de mi sobrino Isidro, ¿no es así?

—Sí. ¿Le ha contado lo del huerto de la familia Casanoves? —preguntó el mosén.

—¡Ah! ¿Esa tontería? Entonces parece que no he conseguido quitárselo de la cabeza. Habría que hacer un muro de contención para la riera, levantar una casa, reconstruir el corral. Esos terrenos no merecen tanto esfuerzo y las crecidas de otoño tienen mala solución.

—Pues a mí me ha parecido que estaba bastante convencido.

—Es un testarudo, como Francisco, en paz descanse. Cuando se le mete algo en la cabeza, no hay manera.

—Pero algo habrá que hacer con ellos —interrumpió la tía Lola.

—Ya veremos qué se puede hacer, de momento que siga estudiando —la acalló su tío.

—Pues mosén tenía una idea muy buena —dijo ella.

—Yo no soy quién para meterme en los asuntos de nadie...

—Mosén, no me venga con esas —atajó el tío—. Si no fuera a meterse no se habría molestado en recorrer la milla que separa esta casa de la rectoría. Ya sabemos que los curas se meten en todo y sobre todo tienen opinión. Por otro lado, si no quisiera escucharle, estaríamos hablando de la cosecha y del tiempo hasta que se acabara de tomar ese vaso de vino que ha rechazado. Dígame lo que haya venido a proponer y no se ofenda si me tomo la libertad de consultarlo con la almohada.

—Está bien, hijo. Ya sé que tú no eres muy de misa, pero sabes que a Isidro me lo aprecio mucho y lo que tengo que proponerte es para su bien.

—Ande, pues suéltelo ya.

—He pensado que como el chico vale para las letras, podría recomendarlo para que lo admitieran en el seminario de Valldemía.

Se sintió aliviado y confuso. Sabía que las tierras de su madre, aunque eran extensas, darían mucho trabajo y muy poco retorno, por eso estaban abandonadas y ni siquiera el señor de Alella habría ofrecido nada por quedarse con ellas. Aun así, estaba dispuesto a explotarlas, conseguiría hacerse un hombre de provecho, como antes lo habían logrado su abuelo y su padre. Todo esfuerzo le parecía poco con tal de no tener que malvivir trabajando las tierras de otro. Sin embargo, seguir estudiando, ser un bachiller, eso no se lo había planteado nunca.

3

Montornés del Vallés, Octubre de 1838

Una cara alargada, un caliqueño que colgaba de la boca torcida, los dientes macilentos por el tabaco, el inconfundible bigote recortado a modo de cepillo sobre una quijada hundida y una frente huidiza. Quién hubiera imaginado que la siguiente vez que lo volviera a ver, sería su vida la que corriera peligro.

—El Nano —dijo Jesús.

Podía volver a oír la voz de su compañero aquella tarde de octubre de 1838 en Montornés del Vallés que le confirmaba sus temores, incluso sentir su palmadita en un intento fallido por reconfortarlo. Contemplaba la escena desde el bosque, agazapado con dos de sus compañeros de la cuadrilla de leñadores a la que se había unido tras escapar del seminario. Jesús Vilalta tenía la mandíbula cuadrada que contrastaba con sus facciones infantiles y el flequillo recortado en triángulo le caía sobre la frente. Fruncía el ceño como si siempre estuviera rumiando. Era al que todos escrutaban si había que tomar una decisión difícil. Por eso, y por su gran envergadura que lo hacía indispensable en la cuadrilla, se había convertido en el jefe a pesar de su juventud. Les acompañaba el Meco, un chaval orondo incluso en la escasez con la que sobrevivían los leñadores, inquieto y con cierta tendencia a la imprudencia. Para no perderlo de vista, Jesús lo había nombrado su «asistente personal».

Isidro hacía años que dormía en colchones de lana, bien aireados todos los días, recompuestos cada año, cubiertos por sábanas con olor a jabón y con mantas de lana en invierno. Pocos con los que trataba habían conocido la dureza del oficio de leñador: dormir a la intemperie, procurar descansar entre el frío y la rugosidad del terreno. Los leñadores dejaban un fuego encendido para ahuyentar las alimañas: jabalíes y zorros solían merodear por el campamento en busca de algún resto de comida, aunque en una época en que la fauna todavía era diversa, solían rehuir al ser humano, demasiado grande, demasiado peligroso. Por la mañana la hoguera amanecía en cenizas entibiadas, que costaba reanimar para calentar algo de agua. Desayunaban lo que se podía, solían cocinar unas sopas de pan duro al que añadían salvia, romero o cualquier hierba; si estaban cerca de alguna masía de la que proveerse, podrían tomar algo de pan tierno y queso al que acompañaban con leche caliente o vino. Luego empezaba el trabajo de revisar los árboles que habían elegido la víspera, calcular hacia dónde había que apuntar la caída e iniciar la tala del ejemplar. Isidro y el Meco se encargaban de dejar el tronco limpio de ramas y de desmenuzar éstas en hatillos que servirían como rastrojos. También les tocaba ir a por agua a la fuente más cercana para contribuir al avituallamiento y acompañaban a alguno de los mayores a alguna masía cercana para comprar provisiones.

Esa tarde, al regresar de una incursión exploratoria para localizar buenos ejemplares para la tala, encontraron su campamento saqueado y ni rastro de sus compañeros. Rastrearon las numerosas huellas. Serían al menos una veintena de caballos y otros tantos caminantes. Siguiendo esa pista sombría, hallaron un cuerpo desgarrado por una bayoneta y con un tiro en la frente. Tenía el pie desollado y llegaron a la conclusión de que, ante la imposibilidad de continuar con el camino, los asaltantes habían optado por deshacerse de él. Jesús, el Meco y él habían dado sepultura entre lágrimas de impotencia al que, tan solo unas horas atrás, era uno de sus camaradas.

Las partidas carlistas actuaron desde sus inicios de forma descoordinada, a pesar de los intentos del Pretendiente por organizar el frente y de alguna victoria importante como las conquistas primero de Solsona y luego de Berga convertida en capital del carlismo catalán. Sin embargo, en octubre de 1838 los oficiales habían conseguido, una vez más, que fuera destituido el mando de Cataluña y eso había llevado a la disgregación del ejército en partidas que se dedicaron al pillaje. Anochecía cuando llegaron a la ribera del Mogente y vieron cómo una partida carlista de más de medio centenar de hombres levantaba su campamento en las ruinas de lo que había sido una próspera masía antes de la guerra del francés. Tenían una veintena de prisioneros atados de dos en dos. Aparte de sus compañeros de la cuadrilla, la mayoría eran hombres ya mayores que habrían andado durante horas a decir de las magulladuras y el cansancio que, más que el miedo, se traslucía en sus posturas descompuestas y sus cuerpos vencidos para resistir el frío que empezaba a sentirse.

Ahí estaba Miguel Gurri, conocido como el Nano, el asesino de su padre. Isidro lo observaba desde la falsa seguridad que le daba su posición en el bosque mientras debatía con el cabecilla Pedro Pujadas, que ostentaba el grado de comandante, y un cura. Se le contrajo el estómago y notó una acidez que le comía por dentro. Nunca antes había experimentado esa sensación que producen el miedo y el odio extremos. Se escuchó la voz ronca del Nano:

—¡Y a mí qué me importa que pasen hambre y frío esta noche!

—Las órdenes son de fusilarlos de inmediato —dijo el comandante.

57

—Pero habrá que confesar a estos hombres primero —objetó el cura.

—¿Confesarlos? Estos van a ir directo al infierno —contestó el Nano.

—La justicia última solo está en manos de Dios —sentenció el cura.

—Ya han sido juzgados. Y ni siquiera son hombres —insistió con desprecio al ver cómo algunos de los prisioneros sollozaban.

—Miquel, no es nuestro cometido cuestionar a la Iglesia —intervino el comandante. Y luego miró al cura—: Proceda según sea costumbre.

Mientras el cura ejecutaba su fatal cometido, los hombres se abrazaban, contaban sobre sus familias, sobre los haberes o deudas que dejaban atrás, se consolaban pronunciando los nombres de sus seres queridos como si fueran rezos. Algunos reclamaron papel y lápiz para despedirse de sus familias, muchos eran analfabetos y tenían que recurrir a sus compañeros para dedicar un último recuerdo a sus hijos o dar instrucciones a sus esposas. Morían inocentes y acongojados por la suerte que les esperaba a sus familias, abocadas en la mayoría de casos a la indigencia.

Isidro estaba petrificado por el dolor y el terror que lo mantenían pegado a la tierra, aunque ya casi no notaba el frío ni la humedad, a medida que el odio iba caldeando sus entrañas y se le nublaba el entendimiento. Luchaba por mantenerse cuerdo. Vio cómo los iban acercando a una tapia que todavía se sostenía en pie y cerraba un patio que él conocía de sobra. En ese refugio para cabreros y ganado, durante las lluvias de otoño, se habían guarecido del granizo en más de una ocasión. Se estremeció y miró a Jesús de soslayo para ver cómo debía actuar, éste le hizo señal de que estuviera bien quieto.

—No queremos vuestro dinero, lo que queremos es carne —contestó el Nano a un hombre que le ofrecía las monedas que llevaba encima.

Empezaron por los que estaban más abatidos, que anduvieron con resignación hasta parapetarse contra el muro que haría las veces de paredón. Un pobre viejo tiritaba, apenas cubierto por su camisa de sarga y sus pantalones raídos sujetos por un simple cordón. Ni cuando el pelotón cargó sus fusiles, ni cuando apuntaron, ni siquiera cuando la primera descarga se precipitó sobre el viejo, mudó el Nano su mueca entre el desprecio y la sonrisa de satisfacción.

Los prisioneros se despedían en medio de lágrimas y abrazos. Los ejecutaban de dos en dos con la pericia de un carnicero. Tras la segunda descarga el cura se mareó y tuvo que ser reanimado con un poco de aguardiente. Como la ejecución se alargaba demasiado, el comandante decidió acelerar el proceso y dispuso una segunda fila de soldados armados con bayonetas para que, tan pronto los primeros descargaran sus armas, sus compañeros tomaran el relevo.

Habría pasado casi una hora de angustia y sufrimiento. Tenían que hacer algo, pero se sentía paralizado, incapaz de pensar qué podían hacer para salvar a sus compañeros, aterrorizado por aquél hombre que ya había destrozado todo lo que importaba una vez. Se sentía diminuto y no conseguía que el miedo se transformara en la rabia que daba fuerzas para actuar. ¿Qué podía hacer él ante la ferocidad de la bestia?

Un par de carlistas revisaban los cuerpos para dar el tiro de gracia, revolvían en los bolsillos y se quedaban con el dinero o cualquier objeto de valor. La primera pareja de leñadores fue arrastrada a la fuerza hasta el paredón. Exaltados y animosos suplicaron el perdón de sus vidas: ellos no eran soldados, ni siquiera bandoleros. El Meco se agitó en su escondite y rompió en sollozos ahogados por los balazos y los ruidos del bosque. Advirtieron, entonces, que uno de sus compañeros se había desatado, saltaba una tapia y huía hacia la fronda donde podría refugiarse. El Nano dio instrucciones a un grupo de soldados:

—¡Batid todo el bosque! No quiero que quede ni uno vivo.

Le dispararon antes de que pudiera adentrarse en la oscuridad protectora del bosque. Lo arrastraron hasta los pies del comandante, que lo ejecutó de un tiro en la frente. El Nano era bastante alto para su época y, a pesar de cierta tendencia a ir encorvado, su paso era feroz. Preparó la bayoneta para destripar a su víctima y se ensañó con el cadáver como si fuera un estafermo.

El Meco no pudo contenerse más y profirió un grito:

—¡Bandidos!

Jesús enseguida le tapó la boca, pero ya un par de carlistas se habían dado la vuelta y señalaban en su dirección.

—¡Corred! No paréis hasta llegar a Vallromanas, pasado Can Maimó está la Roca Foradada, ¿la recordáis? Yo creo que cabéis los dos, os podéis refugiar ahí para pasar la noche. Por la mañana, continuad hasta Alella. Decidle a mi tío el barbero que os he mandado yo.

—¿Nos dejas solos? —preguntó Isidro.

—Éstos no van a parar hasta que nos encuentren y vosotros conocéis bien el bosque. Yo los atraeré hacia mí y ya buscare forma de evadirles.

—Tú corres más que nadie, pero si te pillan, ¿qué pasará? —protestó entre lágrimas.

—No saben cuántos somos, si le cogen se darán por contentos —dijo el Meco.

—¡No hay tiempo que perder, chicos! —insistió Jesús—. Todo irá bien.

Enfrentarse o huir. Eso es lo que había visto que hacían los animales ante un peligro. Se había castigado durante muchos años por su cobardía, pero sabía que su decisión había sido la única posible. No era esa la ocasión propicia para vengar la muerte de su padre y, como pragmático que siempre fue, no cabía confundir el deshonor con la estupidez. Contaba con encontrar una situación más aventajada. Nunca pensó que ésta también se le escaparía unos años más tarde.

La cordillera litoral recorría la costa en una sucesiva serie de macizos y sierras. Él conocía cada palmo de ese tramo, denominado Sierra de Marina, con una altitud moderada que nunca llegaba a superar los seiscientos metros y, sin embargo, por su proximidad a la costa, con zonas de desnivel muy pronunciado. Eso facilitaba la formación de rieras y esos montes-isla que proporcionaban miradores naturales sobre la zona costera. El artigado para generar nuevos terrenos de cultivo y el carboneo habían reducido de forma significativa la superficie ocupada por el bosque primigenio y los alcornoques ocupaban grandes extensiones para la explotación del corcho. El bosque se parecía cada vez más a cómo lo podía observar desde la Badalona de fin de siglo, el horizonte dominado por el pino carrasco y el piñonero.

Correr por medio de la fronda con un sotobosque despejado resultaba fácil, pero la noche dificultaba identificar las piedras que provocaban caídas, las raíces que sobresalían como si quisieran sujetar los pies, las ramas y las hojas espinosas que ajaban los tejidos. La luna lucía su cuarto creciente que se colaba entre las ramas de los robles. Seguía al Meco que, desoyendo las instrucciones de Jesús, decidió atajar remontando la sierra hacia la costa. Se habían oído algunos disparos y se refugiaron en un frondoso madroño. Estaba atento, escuchando cualquier movimiento y distinguió unas voces apenas audibles, los bandidos no daban la búsqueda por finalizada y se acercaban. Sostuvo la respiración. Cuando hubieron pasado de largo, retomaron el ascenso con la agilidad y la determinación de los jóvenes. Desafiando el cansancio, el frío y el miedo que les atenazaban, buscaban las zonas libres de hojarasca para no revelar su posición. Al llegar a la cima, después de un desnivel de más de doscientos metros, la sierra se precipitaba de nuevo en un congosto. Miró a su amigo con una sensación mezcla de burla y hastío, actuaba bajo impulso y luego les tocaba apechugar. El Meco, sin pararse a pensar tampoco en esa ocasión, se precipitó en carrera hacia la riera de Vallromanas. Avanzó un buen trecho, hasta que resbaló y acabó rodando hasta el fondo del congosto. Isidro bajó tan rápido como pudo. Se desgarró las manos al sujetarse a una retama. Se dañó el pie derecho contra una roca que había utilizado para frenar su avance. Se rajó la otra mano al agarrarse de un acebo. Llegó maltrecho hasta donde estaba su amigo, pero se afanó a comprobar que estuviera bien. El Meco estaba tumbado en posición fetal, respiraba de forma agitada.

—¡Estoy bien! —susurró su amigo—. Solo tengo que recomponerme.

—Como las lagartijas.

El Meco se tapó la boca con el índice, en un gesto que demandaba silencio y atención. Se levantó, se sacudió la hojarasca y se quedó inmóvil de nuevo para escuchar los ruidos del bosque. Una mueca delató que no estaba tan bien como pretendía.

El viento se colaba entre las brozas. Se oía el siniestro ulular de una lechuza, las hojas crepitaban aquí y allí, como almas que vagaban por caminos ancestrales bajo la atenta mirada de la dama del bosque. La noche olía a humedad, pero el hedor que emanaban la pólvora, la sangre y el horror seguía incrustado en sus fosas nasales.

—Yo no les oigo—comentó en voz baja.

El Meco negó con la cabeza y le dio señal de continuar la marcha. Esta vez, Isidro decidió guiarse por el rumor casi imperceptible del torrente y, una vez llegado al curso de agua, continuar en dirección a poniente, para ascender el siguiente tramo por la torrentera que los llevaba hacia el Mas Coll. El Meco cojeaba, pero no quiso su ayuda. Habían retomado la ascensión. Un aullido se hizo sentir amenazador y cercano. Estaban todavía a unos buenos doscientos metros de la cima y sabían que una vez superada estarían a salvo. Ahí empezaban los dominios del hombre por los que, en una época en que la fauna era todavía suficiente para alimentar a los animales salvajes, los lobos no solían aventurarse.

«Ya casi no quedan lobos», pensó mientras se servía un vaso de limonada. En esos juegos de la memoria, todavía podía recordar pasajes del texto de uno de los libros de naturaleza que le dejó su querido mosén Aymerich. «El lobo ibérico vive en pequeñas manadas lideradas por un lobo y una loba, a la que se suman varias hembras subordinadas y los lobeznos de la pareja alfa.» «Su anatomía está diseñada para recorrer grandes distancias y se adapta casi a cualquier terreno.»

Dejó de nuevo el vaso en la mesa y pensó que desde que el *homo sapiens* salió de África le había disputado al lobo su condición de superdepredador en todos los hábitats que habían compartido.

Como leñadores, el Meco e Isidro solían andar bastante y aquel día no había sido la excepción. No habían tomado nada desde el almuerzo y aquella fuga estaba acabando con sus energías. Al Meco cada vez le costaba más moverse con soltura. Esos doscientos metros de desnivel suponían un gran esfuerzo. El aullido volvió a cubrir la foresta con su manto de amenaza inmemorial. Isidro sabía ya entonces que la velocidad de marcha de los lobos solía estar en los diez kilómetros por hora, pero eran capaces de alcanzar los sesenta y cinco y saltar más de cinco metros de distancia durante las persecuciones. Ese aullido feroz y cercano les dio el arranque suficiente para retomar la ascensión con brío renovado. Extenuados, sin resuello, con los pies lastimados por el roce de las alpargatas sobre la piel desnuda, con las camisas de sarga manchadas de la sangre de los innumerables rasguños, sin ninguna arma con la que defenderse, pero con el arresto de los jóvenes que no le tienen miedo a la vida, lograron culminar ese decisivo tramo.

El Meco detuvo la marcha. La Sierra de Marina descendía a sus pies, en un pequeño valle donde Alella descansaba ajena a sus cuitas. Más allá otro otero y luego el mar rutilante bajo el cuarto creciente. El rojo planeta vibraba a sesenta grados de declinación, la vía láctea proyectaba su espectro de norte a sur y las constelaciones propias del hemisferio norte, que tan bien le detallaría su hija Carmeta, se distinguían a la perfección. El Meco estaba calculando el mejor recorrido a seguir. Estaba claro que había que evitar acercarse al Mas Coll, demasiado cercano todavía a la zona de búsqueda que habrían seguido los carlistas, era mejor que nadie supiera que habían pasado por allí.

Se desviaron algo más hacia el sur para bordear la carena, eso alargaría su trayecto. Esta vez, el Meco aceptó el apoyo que le ofreció. La marcha se prolongó lenta y firme. Tras más de tres horas de periplo, descendieron hasta Alella por la Viña del Rey. La oscuridad todavía reinaba y el frío de una noche serena se clavaba en la cara y las manos. Cruzaron la Riera Coma Fosca y se adentraron en el pueblo. Se desplazaban con sosiego, pisando el suelo como si tuvieran miedo de desgastar la serenidad que desprendían sus calles quietas, sus plazas desiertas, las teyas que iluminaban la tierra seca. Isidro indicaba el camino a su compañero, se dirigió a la barbería tal como le había dicho Jesús, todos sabían en el pueblo que Marcelino sentía devoción por su sobrino. Se apretujaron en el escalón de la puerta a esperar a que clareara. La pelliza que usaban para resguardarse se había quedado en el campamento y las camisas de sarga poco podían hacer para protegerlos del relente, aun así quedaron vencidos por el cansancio.

Una sacudida lo devolvió a la gélida mañana de octubre. Isidro abrió los ojos para apreciar la incipiente claridad que despuntaba al este, los jirones de las nubes que empezaban a formarse teñían de carmesí el cielo. Le costó recordar qué hacían ahí. El barbero los cosía a preguntas. Las imágenes del horror vivido unas horas antes luchaban por tomar su consciencia. Recordó al Nano con un escalofrío. Luego a Jesús; esperaba verlo pronto bajando por la riera.

El barbero los despabiló y los hizo entrar en la tienda. Las nubes se habían adueñado del cielo por completo, empujadas por un levante fiero y húmedo, de tal forma que el descenso de la temperatura tras una noche estrellada se había acentuado. Mientras encendía el brasero, le dieron explicaciones atropelladas que Marcelino no parecía comprender. Les ofreció unas pocas viandas que había traído para almorzar y salió en busca de ayuda.

Aunque el Meco parecía haber entrado en calor, Isidro temblaba bajo la manta a pesar del vaso de vino caliente y un poco de pan con longaniza que había engullido con timidez.

—¡Testarudo como Francisco! —exclamó su tío al entrar en la barbería detrás de Marcelino.

—Espero que todos estén bien en casa —musitó Isidro.

—Me alegro de que al menos estés vivo, hijo —continuó su tío con cierto nerviosismo—. Estábamos todos muy preocupados. Creo que nunca habéis valorado lo suficiente lo que hacemos por vosotros. Ya sabes que siempre quise mucho a tu padre y que os acogimos a toda la familia. No comprendo vuestra actitud, sois unos malagradecidos.

—Yo no le he pedido ayuda —se reveló Isidro con timidez.

—¿Cómo te atreves?

Su tío le soltó un sopapo y se lo quedó mirando, el rostro encendido, como si dudara sobre cómo acometer una situación que le parecería importuna y desagradable a un tiempo. Respiró profundamente. Vio cómo buscaba a Marcelino con la mirada, supuso que esperaba conseguir su apoyo contra Isidro, quien era considerado como un sobrino díscolo e ingrato. Pero el barbero se había retirado a la rebotica, así que continuó:

—En todo caso, te llevaré a casa para que puedas comer, descansar y vestirte con ropas más abrigadas. Dentro de un par de días te acompañaré al seminario.

—No pienso volver a Valldemía —contestó, y bajó la mirada.

—¿Cómo dices? —bramó el tío—. ¿Desde cuándo tienes tú opinión?

Alzó de nuevo la mano e Isidro se cubrió con los brazos. En ese momento el barbero hizo aparición con un vaso de vino humeante en la mano. Su tío suavizó la expresión.

—Se lo agradezco, Marcelino. Tiene usted suerte de no haber tenido hijos y de que su sobrino Jesús sea un hombre de provecho.

El barbero hizo ademán de corregirlo, pero se quedó pensativo. Luego se lo quedó mirando un buen rato. Su tío seguía plantado en medio de la estancia. Aunque se habían hablado en tono correcto, recordaba la tensión que había entre los dos hombres. El barbero desvió su vista al instrumental que quedaba por afilar y limpiar antes de que empezaran a llegar los primeros clientes del día. Dio unos pasos en esa dirección y de repente, se le iluminó el rostro y se volvió con resolución:

—Podría quedarse de aprendiz. Ya se lo ofrecí a Paulina hace tiempo, ahora tiene más edad.

Su tío y él se miraron, incrédulos y desconfiados.

—No podré pagarte gran cosa, chico —continuó el barbero—, pero tendrás comida y podrás dormir en la rebotica. Las propinas que te ganes, serán todas para ti. ¿Qué dices?

—Seré el mejor aprendiz que haya visto usted jamás —contestó Isidro con la cara iluminada.

—Pues no se hable más.

El barbero contempló a su tío, que empezó a excusarse.

—No sé si se lo podré compensar...

—El chico va a mantenerse por sí mismo, pierda cuidado.

El tío le tendió la mano al barbero, dando la conversación por cerrada, y luego se dirigió hacia Isidro con intención de abrazarlo. Pero no pudo levantarse porque estaba demasiado débil. El tío se paró un momento, como si fuera a añadir algo más, pero el barbero lo miraba con una actitud clara de que no había nada más que hablar, entonces se dio la vuelta y salió de la barbería.

—¡Enhorabuena futuro degüella-cogotes y sacamuelas! —le espetó el Meco nada más oír la puerta que se cerraba sacudida por el viento.

—¡En cuanto a ti, tu padre ya está avisado! —fue la respuesta de Marcelino.

—Demasiado mayor para ser aprendiz, ¿a que sí? —contestó el Meco en tono de burla.

—No creo que tu padre consintiese una aventura más. Suficiente has tenido ya con largarte del seminario y enredar a este pobre chico.

—Yo no le pedí a mi padre que me encerrara para cura, fue cosa de mi madre. Además, Isidro se vino porque quiso. ¿No es verdad?

Isidro había caído en un sopor y las gotas que perlaban su frente hacían temer un episodio febril.

—Voy a llamar al médico —dijo el barbero y suspiró—. Está visto que hoy no he de llenar la caja.

La noticia le causó gran alarma, temía al funesto Dr. Juanich desde que contrajera el cólera en primavera de 1834, poco después de la muerte de su padre.

La mayoría de las casas de Alella tenían su propio pozo y disponían de letrinas, aunque fueran un neto orificio directo al estercolero, así que los casos de cólera que asolaron las grandes ciudades europeas entre 1832 y 1833 apenas llegaron a esos parajes. Podría decirse que la vida campestre y bucólica que los románticos glosaban quedaba a tres leguas escasas de Barcelona. Pero no para él. A primeros de mayo, Isidro estaba algo constipado y aceptó el ofrecimiento de un vecino para recorrer en carro la escasa milla que separaba el colegio de la masía. Sucedió que este vecino hacía las veces de arriero y unos días atrás había transportado algunos enfermos desde la Barceloneta a uno de los sanatorios que se habían establecido fuera de las murallas. Isidro, que ya estaba bajo de defensas, contrajo las fiebres.

El cólera no tenía cura, por lo que se sobrevivía solo si la ingesta de líquidos era suficiente para compensar la abundante diarrea. A principios de siglo XIX, aunque la medicina científica ya se estaba desarrollando con fuerza, convivía con múltiples prácticas más propias de curanderos. La suerte determinaba quien sucumbía y quien superaba la enfermedad. ¡Si incluso en aquellos días, y a pesar de que Pasteur había rebatido la generación espontánea en la Sorbona en 1864, en algunos círculos científicos todavía se cuestionaban la existencia de microorganismos!

La doctrina médica conocida como *brusismo* se implantó con fuerza en España entre 1820 y 1840, tras la divulgación en revistas médicas de la *médecine physiologique*. Isidro había sido siempre un firme defensor de la libertad de prensa, pero tenía que reconocer que también servía para extender patrañas. Según este sistema médico, todas las enfermedades eran irritaciones y la terapéutica se centraba en sangrías, dieta moderada o abstinencia, además de bebidas refrigerantes, emolientes y aciduladas. Isidro estuvo varias semanas debatiéndose por superar la enfermedad, mientras lo sostenían a base de caldos de gallina y aguas medicinales de sabores insufribles. Le aplicaron sanguijuelas en no menos de tres ocasiones y una sangría que lo llevó al borde de la muerte. A pesar de que la parafernalia científica le hacía pensar que todo eso tenía sentido, los continuos rezos y cánticos de su madre, observándolo atenta y angustiada, lejos de reconfortarle, incrementaron su temor. Recordaba lo que farfulló el mosén Aymerich cuando lo convocaron para que le administrara la extremaunción.

—Tanta ciencia y tanto experimento. Más os valdría que os dejarais de plegarias y le dierais algo de comida al chico.

A pesar de los presagios y de su fragilidad, Isidro superó la enfermedad. A finales de otoño, tras la convalecencia y habiendo recuperado un poco el peso, lo internaron en Valldemía. Nunca hubiera imaginado que llegaría a anhelar esos momentos en que había sido el foco de atención de todos los de la casa. Obsequiado por las caricias de su madre, mientras lo lavaba amorosa. Los cuentos populares que su tío aderezaba con pequeños detalles para arrancarle alguna risa. Incluso llegó a añorar la letanía de las voces de la tía Lola y sus primas al rezar el rosario.

En el seminario le tocaba servir a los pensionados. Él tenía derecho a recibir alojamiento y enseñanza a cambio de arreglar los camastros, barrer las aulas y fregar las cocinas. Aunque no estaba acostumbrado a ello y pese a su fama de chico débil, el trabajo no le asustaba, por duro que fuera. Incluso le divertía trajinar con algún monje en el huerto o recoger los restos de la poda para hacer leña. Lo que de verdad detestaba era ese afán de muchos de sus compañeros por demostrar que ellos eran más, que tenían más derechos e, incluso en el aula común a todos, que sus opiniones eran más dignas de ser tenidas en cuenta. Se sentía eufórico cuando trazaba sus planes de futuro. En pocos años se convertiría en bachiller y trabajaría en un gran palacio en Barcelona, como pasante de un notario o un abogado. Llevaría una casaca de terciopelo azul y una camisa de chorretones blanca. Comería carne todos los días y los domingos saldría a pasear con su familia antes de almorzar en las Siete Puertas o en otra de esas casas de comidas que sus compañeros más ricos llamaban *restaurant*.

Compartía la leonera con otros cinco chavales de familias humildes. Habían sido aceptados por tener sesera y un carácter afable y aquiescente. De ellos se esperaba una obediencia ciega, primer paso para poder acceder en un futuro a los votos y entrar en la recién creada orden marista para dedicarse a la docencia. Pero Isidro nunca había sido así, estudioso sí, pero no podía aceptar las cosas sin más, tenía que comprenderlas. Los contenidos académicos incluían la gramática latina y la retórica, materias nuevas para él y que, maravillado por el conocimiento, le permitían abstraerse de su otro día a día. El interés que demostraba por aprender cuanto se le ofrecía, despertó la admiración de algún profesor y, como cabría esperar, la animadversión de más de un compañero.

Muchos estaban como él internos a la fuerza, aunque aquellos que disponían de tierras o algún mayorazgo para asegurar su futuro sustento, no sentían necesidad real de aprender. Por eso, se tomaban su interés como una ofensa y más de uno se dedicó a martirizarlo. Merced a la protección de uno de los profesores, fue asignado a labores fuera del comedor y de las leoneras, así se evitaron las ocasiones de hostigamiento.

Uno de los chicos ricos, cuya familia tenía negocios en las Américas, pero que era problemático y que apuntaba maneras de calavera, era el Meco. Efectuaba trastadas de continuo, pero no había maldad en ellas, pareciera que las normas no iban con él. No tenía miedo a los curas, les contradecía sin parpadear si estaba en desacuerdo y discutía cualquier asignación si, a su entender, no le correspondía. La justicia para el Meco era cosa simple. Una norma era una transacción que tenía sus penalizaciones por incumplimiento. Parecía sopesar en cada situación, el riesgo de sufrir un castigo frente al beneficio cierto de contravenir las reglas. Ese tipo de valoraciones las hacía con desapego y sin profundas cavilaciones. Parecía conocer siempre cuándo merecía la pena exponerse y aceptaba estoico los castigos que se le imponían.

Isidro y el Meco simpatizaron de inmediato. Su amigo le contó que le resultaba graciosa la forma en la que él conseguía que el profesor palideciera al formular preguntas en apariencia sencillas, pero que le ponían en un serio aprieto. En una ocasión el profesor estaba hablando sobre Dios todopoderoso. Isidro levantó la mano.

—No entiendo lo de Dios omnipotente. Existe el mal.

—¿Cómo dices? —dijo el hermano.

—Si no puede contra el mal *ergo* no es todopoderoso.

—Él ha decidido que esté ahí para que nosotros sepamos elegir.

—Entonces no puede ser un Dios bondadoso.

Ese tipo de digresiones filosóficas no estaban al alcance de esos pobres hermanos maristas que se dedicaban a la formación de chicos y no a la teología. Al Meco tampoco le interesaban en absoluto, pero le divertía ver la cara de pasmo que ponían los profesores, amén de que la distracción les permitía un rato de asueto, así que le había dado un codazo en señal de aprobación. Era el único amigo que había tenido.

Las sopas que Isidro y los otros chicos pobres tomaban estaban aguadas, no tenían acceso al pan blanco y dormían bajo la cubierta, por lo que el primer invierno tuvieron que acurrucarse unos contra otros y compartir los jirones que hacían las veces de manta para poder dormir un poco bajo el frío y la humedad. Los sabañones escocían y las tripas crujían demasiado a menudo. ¡Qué lejos quedaba todo eso! Pero recordaba con claridad esas noches de soledad y sufrimiento. Lloró en silencio cuando le dieron una excusa vaga para permanecer en el seminario durante la Navidad, en lugar de pasar unos días con su familia. Se quedaron solos él y el Meco, que tenía a su familia en Cuba. Eso terminó de consolidar la amistad entre los dos y, mientras recorrían a sus anchas la propiedad, pudieron maquinar un plan de fuga.

La idea de la fuga fue del Meco. En contra de su engañoso aspecto rechoncho, era un hombre de acción. Parecía uno de esos felinos de los que decía haber visto en la Casa de Fieras de la Ciudadela y de los que hablaba a todas horas: temía que la vida monástica le llevara a la fosa. La mayoría de sus compañeros, podían salir los domingos cuando venía la familia a visitarlos. Tanto en la época de Navidad, como en verano volvían a la vida seglar. El Meco le contó que hasta que su padre no dejara sus asuntos en Cuba en manos de alguien de su confianza y se establecieran en Mataró, su encierro en Valldemía no tendría ningún receso, y para ello faltaban meses. La idea inicial había sido escaparse para darse una vuelta por el pueblo. El Meco pensaba ir a algún café e invitarlo a un chocolate, admirar alguna asomada y piropear a las sirvientas. Pero enseguida tuvieron claro que eso les reportaría un rendimiento pequeño y, a cambio, perderían algunas de las prebendas. En el caso del Meco sería limitarle el acceso a la paga que mandaba su padre cada mes y que le permitía disfrutar de algunos lujos. En el de Isidro, volver al comedor y a las leoneras para ser pasto de las humillaciones de sus acosadores.

Con el arrojo del Meco y la capacidad de Isidro para ponderar las opciones y prever las dificultades, trazaron un minucioso plan. Recordaba las tardes dedicadas a definir los detalles y a pensar de dónde obtendrían las provisiones. Pero terminaron las fiestas, sus compañeros regresaron y el plan fue olvidado. Semanas más tarde, durante una de las clases, Isidro fue un poco más osado de lo habitual con el profesor equivocado. Un hermano todavía joven y que no comulgaba con el precepto del fundador de la orden «para educar a los niños hay que amarlos», sino que buscaba en la enseñanza una forma de satisfacer su propio narcisismo. Su atrevimiento fue tomado como un envite y a la hora de la cena estaba sirviendo mesas, mientras el profesor espoleaba las pullas de sus compañeros. Uno de ellos, tiró el plato al suelo y lo culpó del suceso. Se quedó temblando, sin saber qué decir. El Meco no pudo aguantar más el escarnio del que era objeto. Se abalanzó sobre el culpable y se enzarzó en una descomunal pelea. Los tres acabaron delante del hermano mayor. Al Meco y al otro chico se les retiró la paga durante un trimestre, pero Isidro se llevó la peor parte al quedar denegado su acceso a la biblioteca. Esa noche y las siguientes las sintió más negras y gélidas que de costumbre, como si el invierno se hubiera recrudecido. Las pasaba en un duermevela y cuando conseguía conciliar el sueño, no le proporcionaba más que un sinfín de pesadillas que solo podía relatar a su amigo.

La decisión estaba tomada, tenían que salir de ahí. Isidro no estaba dispuesto a aceptar esa nueva humillación, no le asustaba trabajar duro y ya encontraría la manera de seguir progresando sin tener que doblegarse a los caprichos de nadie. Esperaron la ocasión propicia cuando las heladas remitieron a principios de abril. Una madrugada, saltaron la tapia, recorrieron las viñas limítrofes por el Camino del Medio, cruzaron la riera de Argentona hacia el oeste y llegaron a ese pequeño pueblo de interior. Desde ahí, ascendieron para adentrarse en la fronda de la Sierra Litoral. Iban pertrechados con dos hatillos, provisiones para tres días y una manta con que abrigarse por las noches. La primera la pasaron al raso, pero no pudieron pegar ojo entre el frío y los sonidos impenetrables del bosque: ecos, murmullos, golpeteos, crujidos, toda una cacofonía amenazante. Según lo planeado, encontraron el rastro de las talas al día siguiente. Avanzaron por la carena en dirección suroeste y las marcas en los tocones, todavía sin ennegrecer, hacían pensar que la cuadrilla de leñadores no estaría lejos. La siguiente noche encontraron una borda que los cabreros habían construido para refugiarse de las galernas. Durmieron a pierna suelta, con la falsa tranquilidad de estar a cubierto y la sensación de que las piedras que los resguardaban les protegían de las alimañas. Al atardecer del tercer día vieron una columna de humo, los leñadores preparaban el campamento para pasar la noche. A pesar de la sorpresa inicial y de que no llevaran pasaporte, fueron acogidos. Las continuas levas para hacer frente a los carlistas habían reducido de forma drástica la mano de obra disponible y cuando ellos propusieron incorporarse al grupo, no se hicieron demasiadas preguntas.

La aventura duró tres años y nadie les cuestionó por qué eran tan reacios a la hora de hablar de sus familias o preferían continuar en el bosque cuando llegaban fiestas. En determinados oficios y épocas, cada cual va a sus asuntos. Fueron años duros, en los que sus proyectos quedaron aparcados y su preocupación quedó reducida a procurarse el sustento diario y encontrar un sitio en el que pasar la noche. Quería hacerse un hombre, demostrarse que podía ser más valiente que nadie, pero cuando llegara el momento de encontrarse cara a cara con el asesino de su padre, no sería capaz.

Al llegar el médico, había caído en un sopor y no tuvo ocasión de apreciar que quien le atendía era un joven doctor. Se había dado la feliz circunstancia de que el Dr. Joanich había tomado cierto renombre y ya solo atendía en su consulta de la ciudad condal. El médico, discípulo del Dr. Juan Chape y Bethancour crítico con el *brusismo*, hacía poco que había cogido plaza en Alella y ante un diagnóstico de magulladuras y cansancio extremo, prescribió una semana de reposo y tisanas de sauce. La aplicación de una férula para recomponer el tobillo del Meco fue otra cosa. Pero sus padres enseguida lo pusieron en manos del mejor cirujano de Barcelona y consiguieron que solo una leve cojera quedara como testigo de su aventura. Más tarde supo que se había incorporado a la empresa familiar y estaba convencido de que el ahínco y la impulsividad que de adolescente habían dominado a su amigo, tornadas en resolución en su juventud, no debieron resultar mala cosa para el negocio. Sobre Jesús tardarían unos días en confirmar sus más fúnebres temores, conservaba de él una imagen desdibujada, con el tiempo lo había convertido en un símbolo. Muchas veces se había castigado a sí mismo por haber escapado, por no haberse enfrentado al asesino de su padre, incluso llegó a estar convencido que era un cobarde.

Sentado en su porche, ya no pensaba en venganzas ni en vanos sacrificios. Con el tiempo las cosas solían quedar en su sitio. La edad lo había hecho más desapegado a la vida y, al mismo tiempo, menos dispuesto a arriesgarla sin sentido. Pensaba en ese siglo XIX que se acababa y que había estado marcado en toda Europa por revueltas, alzamientos y guerras civiles. Los héroes de unas batallas se convertían en villanos en la siguiente, no solo por abrazar las causas o la bandera de los perdedores, sino también por esa tendencia natural en el hombre que lo lleva de la gloria a la barbarie con solo tener un poco más de barro en las botas, el estómago algo más huero, el alma recrudecida por demasiado inviernos a la intemperie y la sesera encallecida por la obediencia ciega. Apuró su limonada y se sirvió otro vaso, empezaba a hacer calor.

4

Alella, Febrero de 1839

El sol le daba de lleno en la cabeza y empezaba a ser enojoso. Isidro llamó al mayordomo para que retirara el balancín hacia la zona de sombra. Decidió que esa mañana no pasaría por la fábrica, según era costumbre. Un pajarillo se posó sobre la higuera, no distinguía bien qué podía ser. Desmigajó una galleta y la tiró para ver si se acercaba. Cayeron en los primeros escalones, demasiado cerca. Por primera vez en mucho tiempo, se sentía viejo y cansado. Los recuerdos seguían aflorando con fuerza, como si tuviera una deuda pendiente con ese niño encerrado en la trastienda de su memoria.

Lo cierto era que al cabo de diez días de reposo en casa del barbero, Isidro se había recuperado por completo y estaba listo para iniciarse en las artes del afeitado, el corte y las intervenciones bucales de urgencias. Se empapó de esas técnicas con el mismo ahínco con el que antes había aprendido latín o a identificar por sus trinos a los pájaros del bosque. Tenía que encaramarse a un taburete para llegar a la altura de las cabezas, lo que seguramente enternecía a los más rudos *menestrales*, pero que Isidro trataba de disimular adoptando un gesto serio y profesional. Marcelino alababa lo que denominaba «encanto natural» y le atribuía el aumento de clientela. Así era como su maestro justificaba que fuera generoso con él cuando le entregaba algo más que propinas «para que puedas arreglarte y comprarte alguna chuchería». Recordaba con cariño su esfuerzo por convertirlo, como siempre decía, en una persona recta en el trato con los hombres y sabia en el uso del dinero. Isidro por su parte intentaba aprender todo lo que su maestro le contaba. Ya no soñaba con palacios ni casacas de terciopelo, que además habían pasado de moda, sino en tener un oficio, casa propia y fundar una familia. Luego ya se vería.

Tras la noticia de la muerte de Jesús, Marcelino quedó muy afectado. Isidro sabía que no tenía hijos y que siempre había contado con que Jesús le sucedería en la barbería, cuando se le pasara «esa tontería de la vida salvaje en el bosque». Por eso, intentaba alegrarlo con comentarios gracioso sobre los clientes que entraban en la barbería. El rabasaire, que lucía un lamparón perenne en su camisa de lino blanco con pechera bordada, como si fuera un galardón. El carabinero, que quería que le dejaran el bigote bien atufado, algún día le sacaría el ojo a alguien. El mayoral, que pagaba con parsimonia, como si le doliera desprenderse de sus monedas. El pobre chico, que miraba con aprensión la navaja de su primer afeitado. Isidro siempre tuvo la habilidad de sacarle punta a cualquier anécdota del día y con eso conseguía arrancar a su maestro a risotadas. Poco a poco, se fue desarrollando un afecto entre los dos que, con el tiempo, les haría sentirse de la misma sangre.

Veía a su tío en contadas ocasiones, cuando aparecía para que le arreglaran el pelo y las patillas. Sobre su madre, no le contaron mucho, solo que había decidido ingresar en un convento de clausura. La desazón que esa noticia le causó había contribuido en su momento a su decisión de acompañar al Meco en la fuga del seminario. Pensándolo bien, se adentró en la vida silvestre de los leñadores para ocultarse de esa traición. No había vuelto a tener noticias de Paulina hasta que, a mediados de noviembre, Marcelino le insistió en que fuera a verla. Le dio largas.

Recuperó el contacto con sus viejos amigos Quimet y Cipriano. La mayoría de sus antiguos compañeros habían dejado la escuela y trabajaban las tierras que sus familias tenían en enfiteusis o, como rabasaires, replantaban cepas para que el señor de Alella no pudiera reclamar las tierras a su familia. Como el invierno era clemente, salían a corretear por los campos los domingos después de misa. Las aves abundaban y faltos de otras alternativas de distracción, se dedicaban a tirarles piedras. Cuervos y estorninos eran sus preferidos, por razones contrapuestas. Éstos porque resultaban fáciles de abatir dada su abundancia y las grandes bandadas que se agrupaban en los campos durante las migraciones estacionales. Aquéllos porque resultaban difíciles de alcanzar por su sagacidad. Sin embargo, a medida que los pájaros habían ido llegando de su refugio invernal en África, consiguió cerrar un pacto por el que jilgueros, petirrojos y oropéndolas quedaban fuera de las cacerías. Siempre le habían gustado sus cantos singulares y consiguió trasladar su pasión a aquella muchachada indolente. La diversión consistía en ver quién los reconocía antes por su trino. Sin embargo, no pudo disuadirles de la captura de huevos de mirlo. Los entregaban a modo de trofeo a sus madres y se los zampaban en tortilla, como le había recordado hacía unos días el jardinero.

Aunque tenía esos momentos de asueto y el trabajo en la barbería le exigía estar atento a múltiples detalles, desde rasurar a un cliente sin dejar ningún pelo ni ninguna señal, hasta ordenar el instrumental y barrer hasta el último cabello del suelo, las largas noches le dejaban tiempo para encerrarse en sus miedos y melancolías. Tras algo más de insistencia, aceptó visitar a su madre.

La abadesa solo lo había dejado entrar a él. Marcelino, que había insistido en acompañarlo, tuvo que esperar fuera. En ese momento, no comprendió el motivo del disgusto que su maestro intentaba ocultar. El convento observaba una clausura rigurosa, solo estaba permitida la entrada del sacerdote para decir misa y de un viejo que se ocupaba del huerto. Los altos muros no tenían otra apertura que una diminuta y robusta puerta de madera por la que se accedía a un patio. Una joven novicia que, como tal, todavía no había pronunciado sus votos, le condujo hasta el edificio principal. En el recibidor vio dos portones de madera que más parecían los de una mazmorra, el de la derecha conducía a la sala de visitas. La estancia lucía un único crucifijo en la pared opuesta a la entrada, sobre unas paredes desnudas. Todo el mobiliario permanente de la estancia lo formaba un banco corrido bajo un ventanal que dejaba entrar los rayos oblicuos de esa tarde de principios de febrero. La novicia había acercado una silla de enea y la puso frente a una cortina bermellón, luego la descorrió y quedó a la vista una celosía de madera.

Estaba receloso, expectante, observaba la soledad de la estancia, inquieto ante esa celosía que ocupaba todo el frontal. Dio varias vueltas, miró a través del alto ventanal, pero solo la claridad deslumbrante que reverberaba sobre el blanco de las paredes era visible. Se sentó en la silla de enea, se levantó, la acercó un poco más a la celosía. Cuánto deseaba poder abrazarla, oírla canturrear de nuevo, sentir esa mirada del color del Mediterráneo y esas manos suaves sobre su rostro. De pronto oyó un tenue gruñido y le pareció entrever una sombra tras el entramado de madera.

—¿Es usted, madre? No puedo verla.

—¡Estás más alto!

Su voz era suave, pero más que afecto o alegría, transmitía una serenidad que le sonaba distante.

—¿Se acuerda cómo me cantaba de niño?

Esperaba que su madre compartiera esos recuerdos, pero no hubo respuesta.

—La que más me gustaba era la del ladrón. No me acuerdo mucho de la letra, era bastante triste.

De nuevo, el eco de su voz se perdió entre las altas paredes.

—Yo conocí a unos bandoleros. Bueno, en realidad eran unos facciosos, pero se dedicaban a asaltar caminos y mataron a mis compañeros.

Se quedó callado. Quería decirle que el Nano era el más sanguinario de todos, pero no podía contarle que había sido incapaz de enfrentarse al asesino de su padre, se sentía un cobarde. Su madre interrumpió sus reflexiones:

—¿Cómo conseguiste escapar?

—Mi amigo el Meco y yo estuvimos corriendo toda la noche por el bosque y hasta nos persiguieron los lobos.

Enmudeció. Imágenes y sensaciones se agolpaban. No era capaz de invocar las palabras para describir cómo se sentía. Decidió cambiar de tema.

—Ahora estoy de aprendiz de barbero en el pueblo.

—¿Con Marcelino... El Sr. Bach?

—Es un buen hombre. Un poco mirado con el dinero, eso sí. Lo está contando a cada cliente que se va y solo comemos carne una vez por semana. Pero así aprendo la economía. Tampoco es que tenga grandes necesidades, como está usted aquí... Pero si quiere, yo puedo sacarla.

—Estás en buenas manos, hijo, y yo estoy bien.

A estas alturas, era notorio que no la iba a ver, que no le sería permitido siquiera abrazarla, pero lo que todavía no conseguía comprender era por qué su madre estuvo tan callada. Se quedó un momento en silencio, atento a ver si se decidía a hablarle. Podía oír su respiración, le pareció adivinar un gimoteo y no pudo contener su llanto.

—Madre, la echo mucho de menos.

Sollozó hasta quedarse sin respiración, abatido por el ansia de ese abrazo que no volvería a sentir. Seguía pensando en lo injusto que era y recordaba que en todo el tiempo que estuvo en el bosque, la imagen de su madre fue una presencia benefactora, que se había ido desdibujando y confundiendo con seres espectrales, como aquella dama del bosque ancestral de la que a veces hablaban. Cuando evitó ser capturado por los carlistas, fue a esa presencia a quien se había encomendado y no a la Providencia. Todavía le dolía la añoranza de ese abrazo, aunque hubieran pasado casi cincuenta años.

Tras la celosía, no afloraron palabras de consuelo y él no pudo ver más que un contorno, un fantasma que se negaba a confortarlo. No reconocía esa frialdad. Seguía sin entender qué pasó con su madre. La sintió más lejana que nunca. A menos de un metro de distancia, lo que los separaba no era siquiera esa celosía, era la muda determinación de su madre por excluirlo de su vida. Aunque pareciera un contrasentido, esa sensación de abandono le permitió recomponerse y tomar distancia él mismo. Estuvo un rato más en silencio hasta que sonaron unos golpecitos en la puerta. La novicia le indicaba con la cabeza que la visita tocaba a su fin. Se levantó, intentó adivinar una vez más a su madre tras la silueta desdibujada por la celosía y las sombras.

—Cuídate mucho, hijo. No apartes tus pasos del recto camino, el ángel de la guarda te guiará.

—Madre...

—Hasta que puedas reencontrarte ahí arriba con tu padre y, lo más importante, con el Eterno.

No tuvo tiempo de añadir nada más. Oyó cómo se cerraba una cancela y la celosía se tornaba opaca. La novicia extendió el cortinón que la dejaba oculta.

Volvió del encuentro muy triste y estuvo taciturno varios días, durante los que se le olvidaba preparar la mesa para el almuerzo e incluso dejó de canturrear mientras barría la barbería. Se pasaba el día abstraído y había dejado de atender a las conversaciones; ya no interrumpía con aquellas preguntas y comentarios que tanta gracia les hacía a los clientes. Marcelino no volvió a insistir en que repitiera la visita.

Se había entrevistado con su madre en esa única ocasión, si puede llamarse así a vislumbrar una sombra cubierta con un velo tras una celosía. Se hizo el propósito de labrarse un nombre y construir un legado para que, cuando formara una familia, sus hijos y sus nietos pudieran prosperar, con esfuerzo y tesón, por supuesto, pero sin las privaciones que él había sufrido.

El invierno había dejado unos cuantos muertos, trofeo de una guerra de la que los clientes hablaban cada vez con menor frecuencia a medida que el frente se alejaba hacia el Pirineo. Todavía faltaban unos meses antes de que el «abrazo de Vergara» sellara las condiciones por las que Maroto claudicaba ante Espartero a cambio de la reinserción en el ejército de sus milicias y del reconocimiento de los fueros. El tratado de comercio que Lord Palmerston intentaba imponer como condición a la ayuda militar al bando cristino había sido rechazado por el conde de Miraflores, sabedor que el perjuicio que supondría para la industria catalana solo podía desembocar en un nuevo alzamiento. Alella era un pueblo rural próximo por su geografía a la Barcelona industrial; pero sus inquietudes y desvelos, propios a su idiosincrasia rural, se desarrollaban muy alejados de la dialéctica de la gran ciudad. Marcelino mantenía la flema para evitar que su clientela diversa se enzarzara en discusiones que solo podían perjudicar el negocio. Su habilidad consistía en hacer declinar las conversaciones hacia los aspectos más escabrosos y bajar el tono inflamado de los tertulianos con anécdotas y cotilleos. En ese sentido, la boda morganática de la regente con un agraciado y vigoroso guardia de corps convertido en jefe de la camarilla de palacio era motivo de chanzas, incluso en un lugar tan apartado de la corte. Le había enseñado algunas coplillas que él cantaba a menudo:

Clamaban los liberales
que la Reina no paría
y ha parido más Muñoces
que liberales había

Llegó la primavera. Había crecido, pero era un muchacho inquieto y más preocupado por aprender todo lo que se le ofrecía que a disfrutar de las inquietudes propias de los chicos de su edad. Había conseguido que mosén Aymerich le continuara prestando sus libros y aprovechaba los ratos libres durante el día para leer y así economizar las velas al oscurecer.

Un mediodía había dispuesto el almuerzo sobre un tablero que hacía las veces de mesa en la trastienda. Les aguardaban dos platos de barro cocido con unas rebanadas de pan que él había untado con tomate, aceite y sal, y sobre las que había dispuesto unas lonchas de *bull* negro. El bodegón lo completaban el bermellón del vino tinto vibrante desde su porrón, el botijo abombado y unas naranjas con unas hojas relucientes en su verdor. Un cielo ennegrecido y perturbador había estado descargando en tormentas violentas durante toda la mañana, para retirarse y dejar sentir el calor del sol sobre la tierra húmeda de la riera. Un cliente entró, aprovechando que había despejado, justo en el momento en que se disponían a dar buena cuenta de su pequeño festín diario. Marcelino le dio instrucciones para que empezara a comer y había regresado a la barbería para atender a ese cliente tardío. No se podía desperdiciar ninguna ocasión para hacer caja.

Peló la naranja con un cuchillo que estaba algo romo, con cuidado de no cortarse. Al terminar, se limpió las manos en una jofaina, se secó con el delantal que llevaba puesto y se dispuso a entrar a la barbería. Tenía la mano en el pomo para abrir la puerta que separaba las dos estancias del establecimiento, pero la siguiente frase lo dejó paralizado:

—Insisto, lo que hizo la madre del chico no tiene perdón o ¿vas a ser tú el único del pueblo que la defienda?

—Todos sabemos de lo que el Nano es capaz.

—De todas formas, ella no debería haber testificado a su favor durante el juicio. Pensaba que cuando Paulina decidió casarse con Francisco, habías sentado la cabeza.

—No te metas donde no te han llamado. En todo caso, ¿qué culpa tendrá el chico de que Paulina no quisiera hacerle frente al Nano?

El barbero hablaba con un tono de voz más bajo de lo habitual, pero el parroquiano pareció ignorar la advertencia y prosiguió:

—Ya se sabe que los Casanoves nunca se han caracterizado por su empuje, ahí dejaron sus tierras baldías.

—Baja la voz, ¡por el amor de Dios! Tú deberías saber mejor que nadie que ese terruño es un pedregal, además demasiado húmedo para la vid porque está al lado de la riera y se anega con frecuencia.

—Tú sabes mejor que nadie que en esta vida nada se regala... El Nano salió indemne por su culpa, se negó a testificar contra él en el juicio, si incluso llegó a decir que las disputas entre Francisco y él venían de lejos. Dicen que lo hizo por miedo.

El parroquiano hizo una pausa.

—¿Qué son esos chasquidos?

Isidro continuaba con el pomo agarrado, sin advertir cómo la puerta vibraba con las sacudidas de su llanto. Recordaba el último encuentro con su madre y aunque la conversación entre Marcelino y el parroquiano había continuado, él ya no escuchaba. Se enjuagó los lagrimones con el revés de su camisa, volvió a empuñar el pomo de la puerta y entró en el salón. Un silencio insondable y espeso se materializó en un instante. Marcelino retomó el afeitado con la laboriosidad de un orfebre y el esmero de un cirujano. El parroquiano observaba sus uñas, algo ennegrecidas después de una mañana de trajín en su colmado, con la curiosidad de un científico, para iniciar el rescate de la roña como si la pulcritud fuera una virtud capital.

Contempló a ambos contertulios durante unos segundos y luego se dirigió al rincón opuesto de la sala con todo el aplomo que fue capaz de reunir. Cogió la escoba y se puso a barrer con firmeza los mínimos cabellos que habían quedado de los clientes de aquella mañana. Le costaría unos días digerir lo que acababa de oír, que su propia madre había traicionado a la familia.

Los dos hombres seguían callados, pretendiendo que sus respectivas ocupaciones requerían toda su capacidad de concentración. El parroquiano fue el primero en retomar la palabra:

—Se ha perdido el respeto por el orden, la tradición y la jerarquía. Pero yo sé bien que hay mucha gente honrada, dispuesta a defender el orden natural de las cosas y la ley divina.

—De todo hay, de todo hay —contestó Marcelino con voz apacible—. Aunque nuestros vecinos son gente modesta, preocupada por la cosecha y temerosa de Dios.

—¿Y los desbarajustes de las desamortizaciones? Tiempos funestos y enloquecidos nos aguardan. Se empieza quitando a la Iglesia lo que es suyo y se acaba quemando los conventos, como pasó en Francia. Ya lo verá.

—Hombre, yo no veo que eso vaya a pasar aquí.

—No sé qué manía tenemos con la modernidad, ¿qué puede traernos de bueno? ¡Si incluso la forma de hacer el vino nos quieren cambiar!

Isidro había continuado barriendo el suelo, como un autómata, absorto en sus pensamientos, como si no atendiera a la conversación. Al oír la mención al vino, interrumpió al parroquiano:

—Yo soy un Sabater, no sé si lo sabe.

Sujetaba la escoba sobre su mano derecha y sostenía la mirada de incredulidad del parroquiano. Su tono era firme, pero carente de la arrogancia típica de la juventud.

—¿No hablaba de tierras baldías? ¿No eran acaso baldías las tierras que mi abuelo consiguió? Unas tierras cuyos propietarios no se habían ocupado en explotar, por eso los enfiteutas reclamaron ser reconocidos como legítimos dueños. Mi abuelo pagó el canon todos los años y luego trabajó las viñas durante muchos años de duro sacrificio para que quedaran para la familia. —Tragó saliva y continuó—: Mi padre ayudó a que los pequeños productores consiguieran mejores precios por la cosecha de sus viñedos. ¿O es que eso tampoco cuenta?

Seguía agarrando la escoba con fuerza y notó cómo la caña crujía entre sus dedos.

—Yo nunca he pedido nada a nadie. He trabajado durante tres años como leñador y jamás me quejé. Y ahora me gano honradamente mi salario, como le podrá confirmar don Marcelino.

El barbero afirmó con la cabeza, quedo, con una expresión mezcla de sobresalto, desconcierto y afecto. El parroquiano le escuchaba cabizbajo, sin saber qué decir. Tras una breve pausa, sentenció en un hilo de voz:

—Yo soy un Sabater y por lo demás soy huérfano.

Su madre no supo estar a la altura de la familia. No solo lo había abandonado, sino que había defendido al Nano, al asesino de su padre, al hombre que había visto matar despiadadamente a sus compañeros de cuadrilla, al que suponía responsable de la desaparición de Jesús. Pero él era un Sabater y como antes su padre, y antes su abuelo, tiraría adelante. No había nadie ni noble, ni villano, ni pariente, ni extraño que fuera a pararle los pies. Después de tantos años, se sentía orgulloso de lo que había logrado, empezó como aprendiz de barbero hasta dirigir una empresa que exportaba sus tejidos por todo el ancho mundo. Era un hombre hecho a sí mismo, lo que había conseguido no se lo debía a nadie y podía medirse con cualquier señorito, de esos que en una leonera se sentían con derecho a maltratar a quien no había tenido los privilegios de la alta cuna, pero que luego se comportaban como mequetrefes en cuanto las cosas se ponían duras. Lloriqueando cuando estallaba la guerra o había un conato de revuelta.

Después de esa conversación, se esforzó todavía más en ser el mejor en su trabajo, en atender a sus clientes con esmero y en arrancarle alguna sonrisa a ese barbero que se había convertido en su única familia. Intentaba no pensar mucho. Dedicaba su tiempo libre a leer y los domingos solía quedar con sus amigos. Las diversiones fueron cambiando, de cazar pájaros a pedradas a perseguir a las mozas. Un buen día se dio cuenta de que la banqueta para llegar a la altura de las cabezas de los clientes había quedado en un rincón y de que era él quien se afeitaba los domingos antes de ir a misa; había que estar guapo.

Una mañana en que estaba sentado frente al espejo y Marcelino le aplicaba el jabón con la brocha, entró el cartero. Le traía una esquela de un notario de Badalona. No quiso tocar el sobre hasta el mediodía, cuando todos los parroquianos se habían ido y ellos dos se disponían a comer. Recordaba que el barbero le había acercado una silla y lo miraba con gravedad. Él hizo saltar el lacre y leyó la nota despacio; el notario le notificaba la muerte de su madre y lo citaba a su bufete. La noticia le golpeó, no solo por la pérdida, sino por la forma en que le había llegado, como si se tratara de un puro asunto oficial, un formalismo. Esa tarde no tuvo fuerzas ni para salir a dar un paseo.

Un crespón negro lucía sobre el balcón y el establecimiento llevaba cerrado dos días cuando partieron con la tartana hacia Badalona. El trayecto duró más de una hora. Durante la entrevista las sorpresas se sucedieron cuando le comunicaron en qué consistía la herencia. Estaba el terreno de los Casanoves que Isidro ya conocía, pero desconocía que le correspondía la cuarta parte del dominio de Can Nara por legado de su padre. Su madre conservó el usufructo durante esos años, pero su tío no le había comentado nada al respecto. Paulina se había beneficiado de las rentas, que utilizó para costear su ingreso en el convento, y no había guardado nada para Isidro. Se quedó en silencio un buen rato, intentando digerir esa sensación de impotencia, controlando unos sentimientos de rabia y desolación que pujaban por desbordar en forma de lágrimas. Se sentía un muñeco en manos de sus mayores, aquellos que se suponía debían cuidar de él. Cuando consiguió reponerse, anunció solemne que renunciaba a la herencia. El notario tuvo que aclararle que eso no era posible hasta su mayoría de edad. Paulina había nombrado albacea a don Marcelino Bach y Florejachs, el barbero, quien se encargaría de administrar sus bienes y rentas durante los pocos meses que quedaban hasta que cumpliera los veintiuno. Luego sería libre de hacer lo que él quisiera, aunque no veía qué beneficio le podría reportar esa renuncia y le sugirió que se dejara aconsejar por su protector. El notario le entregó un breviario. Su madre ni siquiera le dejó una nota; lo había abandonado.

Era curioso cómo el alma se amoldaba a lo que la vida le ofrecía a uno. Aunque no se sintió solo, porque tenía el afecto y la protección de Marcelino, las circunstancias lo habían endurecido y lo habían hecho un hombre fuerte, capaz de enfrentarse a lo que viniera. Aunque no estaba dispuesto a que algo así les sucediera a sus hijos y, a pesar de que el notario se empeñara en contradecirle demasiado a menudo, lo estaba recogiendo todo en sus últimas voluntades.

El dolor se amortiguó rápidamente y, cuando llegó el calor, parecía que quedaba lejano en el olvido.

Era el verano, época de romerías y verbenas. Las fiestas de San Félix, todavía lejos de la vendimia, constituían un evento mayúsculo. A primeros de agosto, se instalaba una feria en la explanada que formaba la confluencia de las dos rieras. Todavía recordaba la profusión de puestos ambulantes que ofrecían blondas, tejidos, menaje de terriza y juguetes. Luego estaban los charlatanes con sus ungüentos y sus ofertas de extracción de muelas a muy buen precio. Marcelino se indignaba al ver cómo la competencia desleal se instalaba a solo unos metros de su casa, pero él se lo tomaba a chanza; al fin y al cabo las fiestas duraban unos pocos días y el quebranto económico no podía ser muy importante. Siempre había quien aprovechaba la ocasión y luego les tocaba a ellos lidiar con alguna infección. Al no ser los causantes, esas intervenciones de urgencias les reportaban buenos emolumentos.

La verdadera atracción la constituían las casetas de los artistas, los fenómenos y los monstruos. Una vez superada la expectación ante la linterna mágica, las mongolfieras o cualquier otra novedad que se presentara, los payasos eran lo que más éxito tenía entre la muchachada, poco dada a escandalizarse con la mujer barbuda o los enanos. Las figuras de *pierrot* y *gilles* se habían popularizado en los teatros desde el siglo anterior. A los pueblos llegaba una versión grosera de esos personajes y el divertimento entonces, más que escuchar los burdos diálogos, consistía en lanzarles frutas y hortalizas podridas, afición de la que no recordaba haber participado más que como espectador.

Aquel verano en que llegaba a su mayoría de edad, él y sus amigos habían acabado la fiesta en unos campos. Retozaron con unas mozas tras compartir viandas y algo más de aguardiente del acostumbrado. El divertimento no llegó a mayores y Cipriano demostró su frustración por no poder culminar su lance. Quimet, que estaba siempre al corriente de cualquier novedad, ya fuera nimia o trascendente, propuso a sus amigos acercarse a una casa que conocía en la playa. Cipriano mostró su entusiasmo de inmediato y, a pesar del remoloneo de Isidro, quedó convenido que al día siguiente, tras acabar con sus oficios, se reunirían para ir a conocer a las nuevas odaliscas.

Al pie de la carretera real, una vez pasadas las masías fortificadas de la época de los piratas que se extendían cerca de la playa, se alzaba una edificación que parecía acabada con prisa y sin atender

90

a ningún plano. Estaba construida casi sobre la arena, al otro lado del camino y medio disimulada por el cañizal. Un emparrado protegía del sol una pequeña terraza, en la que había unas pocas mesas con algunos bancos y sillas. Dos parroquianos se reían con un par de chicas y bebían vino. Nubes amenazantes se ceñían sobre el horizonte y un mar de plomo bramaba como si reclamara su tributo en forma de naufragio.

Entraron. Puertas y ventanas estaban abiertas de par en par y, a pesar del bochorno, el aire que corría hacía soportable esa tarde de agosto. Se había quedado embobado viendo las olas romper sobre la playa, hasta que Cipriano le dio una colleja y le indicó con la cabeza que tomaran asiento. Eligieron una mesa que estaba pegada a la ventana y Cipriano ordenó moscatel que, según la costumbre, les sirvieron con frutos secos. Mientras sus amigos iniciaban una pícara conversación, alternada con risas, él observaba y asentía de vez en cuando. La sala estaba pintada de un verde chillón, con algunos desconchones por la humedad. No había cojines en las sillas de enea, ni lucían trabajo alguno en los respaldos. Le sorprendió que las paredes estuvieran desprovistas de iluminación, pensó que por la noche debían poner quinqués sobre esas mesas hechas con toscos tablones de madera, quizá estuvieran en la alacena que constituía todo el mobiliario de la estancia y de la que sacaban las piezas de una vajilla de simple loza. En otra mesa, la madama charlaba animada con lo que parecían un marino mercante y uno de sus hombres. Era una mujer entrada en carnes que, a sus cuarenta años, entonces le pareció mayor. Lucía un vestido extravagante con escote pronunciado y talle debajo del pecho, de los llamados «camisa» y populares en la época imperio. No reconoció la moda, puesto que había nacido después de la invasión napoleónica. Recordaba los múltiples zurcidos y alguna aplicación que más que adornos eran remiendos mal disimulados. Iba pintarrajeada y sus ademanes resultaban ridículos en su pretensión de elegancia. En conjunto, su aspecto era grosero. Tras esa primera impresión general poco halagüeña, sintió que algo desentonaba en esa miseria y tosquedad, aunque no lograba descifrar qué. Reparó de pronto en la pulcritud que se reflejaba en los cristales de las ventanas, en el suelo sin serrín, en las mesas sin restos de comida.

—Chicos, lamento haceros esperar, pero tengo a las niñas ocupadas —dijo la madama con voz meliflua.

Despertó de su ensimismamiento y retiró la silla para apartarse del busto que casi tenía sobre su cara.

—Si nos invitas a una copa, sabremos disculparte —intervino Cipriano, y atrajo a la mujer hacia sí.

—Si pagas por dos, te invito a las copas que quieras —le contestó la madama, y, al ir a sentarse en su regazo, estrelló la frasca de vino contra el suelo de baldosines de toba—. ¡Lidia! ¡Ven a recoger este estropicio!

La madama se incorporó de un brinco y empezó a maldecir, mientras trataba de sacudirse el vino para evitar que estropeara su vestido. Apareció una niña de unos catorce años, menuda, delgada, paliducha y vestida casi en harapos. Bajo ese frágil aspecto, unos enormes ojos negros fijaban su mirada en el suelo.

—¿Qué haces, tonta? ¡Límpiame el traje primero! —gritó la madama.

La chica llevaba un trapo húmedo en la mano e intentó que el vino no empapara la falda, pero el tafetán de algodón lo absorbía con rapidez. La mujerona, descargó su frustración en la chica.

—¡Qué haces, bruta! —gritó de nuevo, y le soltó un cachete—. Apártate, solo sirves para fregona.

Recompuso una sonrisa forzada, se disculpó ante la clientela y fue a cambiarse.

Volvió al cabo de un rato con un traje de corte romántico algo menos parcheado que el anterior. El escote barco no era tan pronunciado, así que llevaba las manos a su delantera a cada momento. Ese gesto mal disimulado resultaba chapucero, como todo en ella. Se acercó para anunciarles que las chicas estarían pronto libres. Al poco, fue apareciendo el resto de la tripulación. Se levantó el marino mercante y la madama los acompañó hasta el umbral. Pudo ver cómo acariciaba con lascivia las onzas del estipendio mientras se dirigía a su gabinete.

Las mujeres eran bastas y poco aseadas, con unos labios tan rojos que parecía que acabaran de beber vino. El juego de la seducción se reducía a un muestrario de gestos que pretendían ser sugestivos, pero que le resultaban obscenos y grotescos. A Cipriano y Quimet los recordaba muy alegres mientras dos chicas, que estarían en la veintena, pero que parecían una década más viejas, los conducían a la zona de habitaciones. Él se resistía ante una chica espigada que revelaba un incisivo medio roto tras su sonrisa impúdica. No podía dejar de pensar que su interés era solo una farsa. Notó las manos de la mujerzuela en su entrepierna y pensó que solo buscaba provocarle una erección para concluir cuanto antes el ritual.

Al fondo del salón, Lidia recogía la otra mesa. Se quedó absorto observando sus movimientos. Blandía el trapo. En dos movimientos zigzagueantes conseguía que no quedara ningún resto, le daba la vuelta y secaba la superficie con precisión. La chica que estaba con él puso cara de fastidio al observar que sus manoseos no causaban el efecto debido. La madama le hizo una señal para que lo dejara y se acercó.

—Parece que tenemos a un primerizo —le susurró a la chica al cruzarse. Y se dirigió a él zalamera—: ¿Te apetecen carnes más maduras, mocetón?

La miró sorprendido, no acababa de comprender lo que le decía, así de inexperto y torpón era por aquel entonces. En algún momento, desvió la mirada en dirección a Lidia, que había dejado su bayeta y estaba atenta a la escena. La madama, incapaz de reconocer un sentimiento de simpatía o compasión, malinterpretó su gesto.

—Lidia, acércate.

Trataba a la chica con una afabilidad que le pareció fingida; la madama pensaría que, una vez convertida en mercancía, era merecedora de mejor trato y buscó ponerla en valor delante de él, el cliente.

Lidia se acercó cabizbaja, con la obediencia de quien solo ha conocido órdenes y castigos. Al pasar por su lado, la chica espigada hizo ademán de zurrarla, pero una mirada amenazante de la madama paralizó su gesto. Él había palidecido. No era atracción lo que sentía, y estaba a punto de rechazarla cuando unos ojazos negros pidieron su compasión. Entendió que su desprecio solo serviría para aumentar las penurias de la niña. Se levantó, la cogió del brazo y pidió a la madama que le indicara el camino. Al entrar a uno de los cuartuchos, todavía pudo oír como ésta le decía a la otra chica:

—¿Qué pretendías, tonta? Alguien nos la tiene que desvirgar. No es fácil encontrar por aquí a los que pagan por un himen intacto, y ese tontaina va a pagarnos por educarnos a la criada.

Y las dos rompieron a reír. Cerró la puerta. Lidia se soltó del brazo y empezó a desvestirse. Temblaba. Él apartó la mirada y contempló el sórdido habitáculo: el camastro macilento pegado a la pared, las sábanas gastadas, una silla de enea con el vestido que Lidia había doblado con cuidado. Detuvo a la chica en un gesto de ternura. No hacía falta que se quitara las enaguas. La atrajo hacia sí y la abrazó. La sujetó con firmeza y empezó a acariciar su pelo. Se sorprendía del trato que le dispensaban, no podía entender cómo gente que pasaba tantas penurias desarrollara esa crueldad con sus semejantes, en lugar de ayudarse entre sí. Cerró los ojos. El olor a salitre y a humedad lo invadía todo. Aspiró el aroma tibio que desprendía el cabello de Lidia.

—No te preocupes, aquí estás a salvo.

—Lo sé.

Se apoderó de él una sensación nueva que lo abrasaba, como si le hubieran disparado en el pecho, a quemarropa. Todavía era

capaz de evocarla. Cuando se separaron, Lidia se había tranqui-
lizado.

—Estoy aquí para servirte —dijo ella.

Y le pareció adivinar una cierta picardía en esos ojos azabache.
¿Fue una insinuación? Lo atribuyó a la ingenuidad.

Se deshizo del lazo y se sentó en la cama. Le hizo un gesto a
la niña.

—Puedes sentarte a mi lado, no voy a hacerte daño.

Estuvieron varios minutos en silencio. Ella fue la que arrancó
la conversación.

—Siempre he vivido con ellas, no me importa que a veces se
burlen de mí o me den algunos cachetes. Me recogieron de pequeña y se han ocupado de mí. Tengo que pagarme la comida y
el sustento, pero soy la más limpia. Antes tenían una criada, que
era una mujer muy sucia a la que le faltaban varios dientes. Yo
sé que son muchas y a veces no llego a todo, pero me esfuerzo y
están contentas.

—¿Y tus padres?

—No los conocí. Quizá me dejaron en la puerta porque eran
pobres o me vendieron, no sé. A veces sueño con una mujer joven
que me acaricia, a lo mejor era mi madre.

Podía recordar la entereza con que lo contó, como algo que se
asume y no se cuestiona. Su lenguaje entonces era reducido, propio de quien no ha recibido instrucción y pocas ocasiones para
mantener una conversación que no fuera trivial.

—Aquí no se pasa hambre y, si soy buena, alguna de las chicas
me da un dulce o un vaso de vino. A escondidas, eso sí, porque
dice la madama que esos lujos son para los que pagan. Pero cuando no está en casa es otra cosa. —Le dedicó una sonrisa meliflua
que le resulto estridente—. A veces, hasta me dejan que me prue-
be los vestidos.

Tal como lo contaba, le pareció una chiquilla que no com-
prende lo que el destino le depara. Usaba un repertorio de ges-

tos que parecían naturales a ratos y estudiados en otros, como si hubiera ensayado delante de un espejo. Era enternecedor pensar que entonces él se creía capaz de adivinar miedos y anhelos tras esa intensa mirada.

Le tocó su turno de hablar, pero no sabía por dónde empezar. Aunque tras la muerte de su madre había continuado su vida con normalidad, se había adueñado de él una sensación de vacío y no se veía capaz de hablarle a Lidia de ello. Tampoco sobre ese breviario que despertaba en él sentimientos encontrados. Lo había envuelto en un retal de terciopelo y lo mantenía oculto en un baúl, fuera de su vista. A veces desenvolvía el paquete, acariciaba las tapas de piel y lo empaquetaba de nuevo como si fuera una mercancía de suma fragilidad. Nunca había osado abrir los cierres dorados del libro. Ignoraba dónde lo había encontrado su hija.

Se quedó pensativo un momento y al sentir una caricia sobre su mano, se volvió para ver la sonrisa de aliento que le dedicaba Lidia.

—Estuve en Badalona hace unos meses —empezó—. La actividad era frenética. A lo largo del camino real, se veían varias fábricas en construcción. Y están levantando casas nuevas; para los obreros, creo. Nunca había visto tanto ajetreo, parecía que todos tenían prisa. Eso es el progreso.

—Yo voy con la madama a la compra en El Masnou y sí me parece que desde hace un par de años hay más forasteros. Además oigo a los clientes que dicen que llegan gentes del campo. Muchos se emplean en la cordelería o el textil.

Lidia le contó que no había estado en otro pueblo que El Masnou, a cuyo núcleo urbano acudía solo para acarrear las compras. Su sueño era pasearse sola por los puestos del mercado, comprarse unas cintas para el pelo, tomarse una zarzaparrilla con hielo o negociar con el tendero. Criticaba a la madama, porque no negociaba suficiente los precios.

—Se cree que si paga un precio más alto se hará respetar. Una bolsa llena atrae a cualquier comerciante, pero va dada si espera que le hagan reverencias como a una señora. Cuando eres una mujer pública, ya se sabe... Además, los tenderos son unos pillos que a la que te descuidas te cuelan media libra más de la que has pedido y, a veces, se acaba llevando producto que no habíamos ido a comprar. Así de fácil es subir la ganancia para ellos. Pero yo he visto que si haces como que no te interesa la mercancía, consigues que te cueste menos.

A él le hizo gracia la pasión que había puesto y acertó al adivinar una vocación oculta en su amiga.

—De todas formas, yo creo que el futuro está en la industria.

—Lo que realmente interesa es el textil. Porque habrá que vestir a toda esta gente —dijo él con entusiasmo—. Tengo algunas rentas que estoy ahorrando y voy a montar mi propia fábrica. Algún día verás la chimenea más alta de toda la comarca, una fachada de ladrillo enorme y en letras bien grandes «Isidro Sabater e Hijos».

Se quedaron callados. Los gemidos del viento llegaban a través del cañizal y el aguacero arrancaba quejidos a las tejas mal colocadas. Arreciaba. Lidia miró hacia el techo, como si temiera que fuera a venirse abajo en cualquier momento.

—Las tormentas de verano, aunque intensas, suelen durar poco —dijo él para tranquilizarla.

Lidia lo examinó en silencio. Se levantó con determinación. Se desabrochó la enagua y quedó con el torso desnudo, del que sus pechos adolescentes apenas sobresalían. Su melena azabache relucía sobre la blancura de una piel apenas dorada allí donde quedaba expuesta al aire. Sin atreverse a rozarla, sintió ese tacto suave de las regiones que nunca acaricia el sol. Recordaba la suavidad con que Lidia le puso el dedo índice de la mano derecha sobre sus labios y dijo:

—Me gustan tus dientes de rata.

Luego lo besó con timidez y consiguió acallar la protesta que él había iniciado. Procuró amarla con toda la suavidad y pericia que su poca experiencia le permitían. No consiguió que ella gozara. Su propio clímax tampoco lo satisfizo como en ocasiones previas, ante una chica que a ratos más parecía aguantar estoica sus envites que celebrarlos. Se tumbaron uno junto al otro. Lidia alisó la sábana y se arrebujó contra él.

—Era necesario. Me alegro que hayas sido tú.

5

Badalona, Junio de 1898

Carmeta andaba buscando a Isidro desde hacía un buen rato. Su búsqueda infructuosa ya la había llevado al gabinete, a la biblioteca y al salón de verano. Decidió entrar en la cocina y averiguar dónde le habían servido el desayuno. La cocinera no sabía nada de él desde hacía más de una hora, quizá la doncella que andaba con la colada pudiera darle razón. Se ajustó la toquilla y salió al patio. La mañana de principios de junio lucía espléndida, aunque algo fresca todavía.

Isabela había entrado al servicio de la familia después de que Eufrasia les rogara que le dieran una oportunidad a esa chiquilla atolondrada, hija de una pariente lejana en su Barbastro natal. La madre sufría porque al ser una chica pecosa y corta de luces, sabía que en el pueblo solo podía atraer problemas. Vivían todavía en la antigua casa y ella no veía la necesidad de aumentar el servicio, pero finalmente cedió y había resultado un acierto. Al final, no resultó ser tan ligera de cascos como todos creían y, aunque algo torpe, era muy trabajadora. La encontró peleándose por tender unas sábanas a la sombra de la gran mansión. En un rato estarían al sol, mecidas por el viento, y se secarían antes de mediodía.

Su madre había muerto en el parto de su hermano Juan, siendo Carmeta muy pequeña, así que los había criado su tía María Rosa. Viendo a Isabela, Carmeta recordó cuando de pequeña ayudaban a su tía con las sábanas: cada una tiraba de un extremo, las doblaban en sentido longitudinal hasta que las dos esquinas coincidían una con otra, tiraban de nuevo para que no se formaran arrugas, repetían el proceso una segunda vez, luego se unían la una con la otra y hacían un doblez en sentido transversal. Aunque no recordaba haber pasado penurias, ya era una mujer cuando tuvo que acostumbrarse a que fuera la doncella quien se ocupara de planchar con esmero las sábanas de hilo egipcio con las iniciales bordadas. Ser la señorita de la casa a veces hubiera resultado aburrido de no ser por todos los libros que tenía por leer y su afición por las estrellas. Mientras cruzaba el patio en dirección al fregadero, miró hacia el jardín. Ahí estaba Isidro, en la mesa de hierro que había hecho instalar bajo la pérgola, atareado con una libreta. Cruzó el sendero y se acercó a él.

—No debería salir tan temprano, padre. Va a pillar un resfriado.

—Siempre tienes que estar regañándome. Cada día te pareces más a tu madre —contestó sin levantar la vista de su libreta.

—¿Qué escribe? Lleva toda la semana muy ocupado.

Isidro continuó enfrascado en la tarea. De vez en cuando mojaba la plumilla en el tintero y la deslizaba por las hojas rayadas. Trazaba en azul turquesa su escritura lenta y florida.

—En un rato vendrá el notario —dijo su padre de repente—. Que el mayordomo lo haga pasar a la biblioteca.

—Tendrá usted que reconocer que al final no fue tan mala idea lo de la biblioteca.

—Hija, a mí siempre me gustó mucho leer, pero lo tuyo es distinto. Deberías estar menos encerrada en casa.

Había dejado la escritura y la miraba. Ella puso los ojos en blanco.

—Y ahora me dirá usted que las mujeres listas no se casan.

—Ni las listas, ni las respondonas —continuó socarrón—. A la vista está.

—Pues yo no me he casado y no sé si soy lista o no, pero si hubiera ido a la Universidad podría enmendarles la plana a esos señorones de la Real Academia de Ciencias, que más les interesa que pongan su nombre a un nuevo cometa que en comprender el origen del cosmos.

—Nada te impide deleitarte con el cielo y sus fenómenos, hija.

—Claro, pero se piensan que porque las señoras disfrutemos con la contemplación del cielo y las maravillas de la naturaleza, pues no vamos a entender nada, que la ciencia es una cosa muy seria.

—Me da a mí que ese libreto que leías hace unos días te ha calentado la cabeza. Y, ¿a qué viene lo de la Universidad?

—Si yo hubiera sido un chico, ¿me habría dejado ir?

—Habrías sido el *hereu* y te habrías ocupado del negocio desde muy joven. No creo que hubieras tenido ni un minuto para desperdiciarlo entre libros.

Se quedó dubitativa, el entrecejo fruncido, calculando.

—Y, ¿al ser mujer?

—No sé por qué querrías ir a perder el tiempo. Además, no admiten a mujeres en la Universidad. —Su tono sonaba impaciente—. ¿A dónde quieres ir a parar?

—Creo que Carolina podría continuar sus estudios —aventuró—. Tiene alma de naturalista, desde pequeñita siempre se ha fijado en los insectos y las plantas. Por mucho que el ama le dijera que eran porquerías, ella dale, coleccionaba las hojas por sus distintas formas y luego preguntaba al boticario por el uso de esto y aquello. ¿Te acuerdas? Al boticario, el señor Bofia, le hacía mucha gracia.

—Claro, estaba sorprendido que con diez años ya se sabía un centenar de plantas medicinales y ungüentos. Pero, ¿qué quieres? ¿Que sea una solterona como tú?

—Si no se casa, tampoco es para tanto. Mis amigas casadas se quejan siempre de sus esposos; lo único bueno son los niños, pero también depende de cuántos te hagan. Tampoco le veo la gracia a estar pariendo todo el día, aunque en la familia tampoco seamos de tener gran descendencia. Y luego, es mejor criar sobrinos, que casi me quieren más a mí que a sus madres. Supongo que es porque juego con ellos, les escucho con atención, nunca revelo sus secretos y tengo mucha más paciencia.

—¿Paciencia, dices? Hija, si con ese carácter tuyo espantas a todos los pretendientes.

—¿Y quién los quiere, padre? Si algunos por tener una fábrica se creen que son alguien.

—No me negarás que alguien que tiene una industria floreciente no es «alguien».

Su padre volvió para coger la pluma en el tintero y bajó la mirada dispuesto a continuar con su quehacer. Ella se lo quedó mirando un momento, inspiró, consiguió relajarse y dibujó una sonrisa conciliadora.

—Usted ya me entiende.

Isidro le había hecho un gesto para que lo dejara solo y ella había empezado a subir la escalinata de mármol, cuando apareció el mayordomo. Suponía que era unos pocos años mayor que ella, aunque hacía tiempo que había renunciado a averiguar nada de ese hombre corpulento y poco hablador. Era un solitario que ni siquiera alternaba con el resto del servicio y, por supuesto, jamás dijo una palabra más de la que le correspondía para ejercer su función. Oyó que anunciaba con su voz parsimoniosa la llegada del señor notario.

Entró en el *hall*, como a su hermana Fina le gustaba referirse al recibidor, y ahí estaba Serafín, el notario. Vestía impecable una levita negra. Su mano izquierda, todavía enguantaba, sujetaba el sombrero y el otro guante. Y asía el bastón de cedro y marfil con la derecha. Un inmenso bigote, a la moda de la época, destacaba sobre su cara triangular y unos rizos en revuelo permanente. Su aspecto podría resultar algo sombrío para muchos, pero a ella no le intimidaba. Le sonrió.

—¿Qué tal sigue tu padre?

—Cada vez recuerda menos cosas y a veces no sabe ya ni quién es —dijo el notario.

—Siento mucho oír eso, Serafín.

—Gracias, Carmeta. Isidro, en cambio, está estupendo.

—Pues últimamente me tiene un poco preocupada. Lo encuentro distraído, ensimismado y esta semana le ha dado por escribir. Ya lleva más de cincuenta páginas.

El notario desvió la mirada y empezó a darle vueltas a su sombrero. Ella frunció el ceño y preguntó:

—¿Qué tienes tú que ver con eso?

—Está escribiendo sus últimas voluntades.

—¡Uy! Y para eso, ¿tanto misterio?

—Ya sabes cómo es.

—Sí, seguro que no quiere dejar ni un cabo suelto. Pero no el entierro, ni las finanzas, hace tiempo que dispuso todo lo de la herencia, y ya me extrañaría que lo fuera a cambiar ahora. Seguro que quiere imponernos a cada cual lo que tengamos que hacer con nuestras vidas. Todavía espera que algún viudo quiera desposarme.

—No veo yo por qué no. Esta casa no es un capricho, quiere dejar claro a todos que deja a su familia bien arreglada.

—Que llevo buena dote, vamos —añadió ella con gesto de hastío—. Mira, tú sabes que pretendientes no me han faltado, pero no soy de las que se callan. No voy a aguantar a un patán que no sabe ni hablar. Además, los señoritos las prefieren más jóvenes, y que no les cuestionen nada.

—No sé qué quieres que diga.

—Galanterías no las necesito y, además, no olvides que te he limpiado los mocos. Si al menos me hubiera dejado ser maestra...

Porque dar clases de piano no es lo mismo que ser maestra de escuela. ¡Mira! Ese es un buen argumento. Si Carolina va a la Universidad, al menos podrá ganarse la vida como profesora. Le voy a decir eso a papá, que es mejor que sea maestra que no una solterona encerrada todo el día en su casa.

—No voy a discutir contigo, porque sé que es inútil, pero ¿crees que lo vas a convencer con eso?

—Hay que tener un modo de ganarse la vida, nunca se sabe qué va a pasar. Le puedo recordar lo que siempre cuenta de los Codina, que se arruinaron por el «hambre del algodón» cuando la guerra civil norteamericana. Seguro que con eso lo convenzo.

—Pues más te vale ir con cuidado.

—Sí, ya sé que piensa que las mujeres no entendemos nada, pero si le pregunto por la evolución de las acciones de la sociedad siempre se enfrasca.

—No dudo en que vas a conseguir llevártelo a tu terreno.

—Ya veremos —suspiró—. Me ha dicho que te acompañe a la biblioteca. Te estoy entreteniendo y ya es todo un privilegio que el señor notario venga en persona a casa.

—Carmeta, vosotros sois como de la familia.

Había observado al notario con atención para ver cómo respondía a sus palabras. Trataba de adivinar la opinión de su amigo y advirtió que, en una ocasión al mencionar lo de los pretendientes, Serafín había bajado la mirada y se había sonrojado. Era un hombre peculiar, elegante y tímido; empeñado en mostrar siempre su lado pragmático, no podía ocultar su faceta de bonachón. Abrió la cristalera que representaba unos lirios de agua que surgían de un manantial y lo llevó por el corredor hasta la biblioteca.

—Veo que te dieron recado —fue el saludo de Isidro.

—He pasado antes de ir al despacho —dijo Serafín, y le tendió la mano—. ¿Qué tal se encuentra hoy?

—Todavía no he conseguido convencer a la testaruda de mi hija sobre el jardín. Venga con lo del bosquecillo. No sé qué le pasa a la gente con los bosques, solo son un nido de alimañas, a veces humanas. Yo quiero poder ver hasta el último rincón.

Se acomodó en un sillón al lado de la ventana.

—Pero toma asiento, hombre, a mí no me vengas con esas formalidades que aquí estás en casa.

—Usted dirá en qué puedo ayudarlo —dijo el notario—. ¿Ha finalizado el documento?

—Eso a su tiempo. Lo que me preocupa es mi hija. ¿Has pensado en una buena esposa para que se encargue de la casa y de criarte los hijos pequeños?

Oyó esta última frase cuando ya estaba al final del corredor. Estaba horrorizada, su padre siempre pretendía organizarles la vida, pero eso era demasiado. Ella era feliz como estaba: sus libros, su investigación astronómica, sus sobrinos, incluso esa relación con Camil que no avanzaba hacia ningún lado, pero que daba rienda a sus anhelos más íntimos. Estuvo por entrar en la biblioteca y encararse con Isidro, pero se contuvo porque no quería hacer un escándalo ante el notario. Esperaba que su padre no la hubiera avergonzado más y no se hubiera atrevido a hacerle una proposición.

Habría pasado poco menos de media hora cuando sonó la campanilla de la biblioteca y se dio instrucción al mayordomo de acompañar al señor notario a la puerta. Carmeta aguardaba en el recibidor, de repente sentía curiosidad por saber cuál había sido la reacción de Serafín, ¿sentía algún interés por ella? Al oír la puerta, se puso a acomodar su pamela frente al gran espejo labrado.

—¿Ibas a salir? —preguntó el notario antes de ponerse los guantes que le tendía el mayordomo. Se caló el sombrero, cogió el bastón y le ofreció su brazo.

—Voy a confeccionarme un traje para los baños. La temporada está a punto de empezar.

—Así que a ti también te gusta el mar...

Agarrada al brazo de Serafín, bajaron la escalinata que daba a la calle Dos de Mayo y continuaron charlando sobre las diversiones del verano. Llegaron a la calle Ventoso, giraron hacia la derecha, para cruzar la riera de Folch, y se adentraron en la céntrica barriada de *Baix a Mar*.

La calle Ventoso, conocida como de los Árboles por los altos plátanos que la bordeaban, era el antiguo camino de acceso a la masía de la Plana del Cuervo.

—Me alegro de que el ayuntamiento decidiera derribar la cancela y convertir el camino en una calle. Los árboles son magníficos —dijo Carmeta—. Y ya era hora de que se habilitara una calle para conectar el barrio del Progreso, donde se concentran muchas industrias y las viviendas de los obreros, con el centro.

—Estamos viendo grandes cambio desde que la regente otorgó el título de ciudad a Badalona —dijo Serafín.

—Por el «aumento de población y progreso de la industria» —dijeron los dos, casi al unísono, y se echaron a reír.

Serafín comentó que, desde que la primera fábrica de tejidos se abriera en 1823 en la calle del Rector, en pleno núcleo urbano, se habían implantado más de ciento cuarenta industrias, centradas sobre todo en los sectores textil, alimentario y de materiales para la construcción. El textil había tomado la delantera en la industrialización de la ciudad, desplazando el tradicional sector de la cordelería, y se contabilizaban casi veinte mil husos. La producción de anisados y licores era también importante y la botella adiamantada de «Anís del Mono», un emblema de la ciudad. Aunque el anís era una bebida popular, también se destilaba coñac, ginebra, absenta y cremas de licor que se exportaban a Europa y América. El proyecto de puerto no llegó a cuajar y el comercio de cabotaje, que había sido importante en el primer tercio de siglo, y contaba incluso con una aduana, fue declinando a favor del puerto de Barcelona y del transporte por ferrocarril. Se construyó una refinería con su propio muelle de descarga de petróleo, que llegaba en botas y latas. Badalona fue pionera en algunas industrias: se levantó la primera refinería de azúcar de

España equipada con vapor y maquinaria moderna; la primera cristalera que fabricaba para la iluminación de gas y petróleo, con una producción de más de dos millones y medio de piezas al año; una fábrica que producía tintas de imprenta y que se estableció como el monopolio para la prensa en todo el estado; la primera fábrica de galletas de España, con maquinaria importada de Inglaterra, que fue la introductora de la *Marie* y otra fábrica de pasta alimentaria.

—Se han convertido en insignias de la pujante ciudad —sentenció Serafín.

—Y pronto se ha encargado la población de bautizarlas según su utilidad. «El Cristall», «La Tinta», «La Galeta».

—No te olvides de «La Sopera» —añadió el notario.

Se echaron a reír de nuevo, pero Carmeta añadió con cierta gravedad:

—Lo cierto es que la población ha pasado de los poco más de cinco mil habitantes a mediados de siglo a los dieciocho mil de ahora. Pero, ¿qué me dices del trabajo infantil y del femenino? Tan mal pagados.

—Toda esta gente que venía del entorno rural al menos ahora ya no están a merced de las clemencias del tiempo.

—Seguramente tienes razón.

Cruzaron por el recién inaugurado mercado. Las paradas en plena calle eran las mismas que se habían establecido en los mercados al aire libre desde el medievo. Le había preguntado a Serafín cómo veía la cuestión de Cuba y éste le había confirmado sus temores. La pérdida de las colonias era cuestión de meses. Regresaban los combatientes de Cuba y Filipinas enfermos de tercianas. Había quien se quejaba del aumento experimentado en la mendicidad. Serafín comentó que más que falta de valor, como mucha gente les echaba en cara a esos pobres soldados, lo que faltaba era una verdadera estrategia política y militar. Carmeta no respondió, buscaba la ocasión apropiada para introducir lo que realmente le preocupaba. Aprovechó que se habían parado a saludar a un conocido y cuando se hubieron despedido intervino.

—Necesito que me eches una mano.

—Ya me imaginaba que no era un paseo lo que querías.

Le pareció que Serafín intentaba darle un tono de broma, pero se había ruborizado de nuevo. Se quedó pensativa un momento, decidió dejar el tema de la conversación con su padre para más adelante. Le urgían más otros asuntos y no le convenía pasar por indiscreta.

—Hay cosas sobre mi padre que me preocupan. Tú que tienes acceso a los documentos oficiales podrías hacer algunas averiguaciones.

—No sé qué decirte. Podría haber un conflicto de interés, es mi cliente y además un amigo de la familia.

—Si es por eso, yo también te puedo contratar.

Habían continuado por la calle del Mar. Las interrupciones para saludar a conocidos y clientes eran constantes. Cada vez resultaba más difícil mantener una conversación y dijo que tenía algunas citas que atender. Serafín había dudado un momento, pero optó por despedirse.

Ella fue a encargar su traje de baño. Desde que en 1880 apareciera en el Eco de Badalona la noticia de la inauguración de los baños «El Tiburón», conocidos como Can Titus por el apodo de su dueño, la moda de los baños de mar se había extendido. Las dos casetas que permitían cambiarse a los bañistas, se habían ampliado y contaban además con una frecuentada cafetería. Se estaba construyendo también un nuevo balneario que con el nombre de «La Concha» pretendía atraer público de la vecina ciudad condal. Se había decidido por fin a apuntarse a aquella moda, que todo el mundo celebraba, pero no estaba dispuesta a alquilar un traje que se hubiera puesto antes otra señora. Además, el suyo debería ser lo más sencillo posible, porque había observado que cualquier detalle que en seco ya resultara innecesario, una vez mojado era un engorro por el peso del agua. Convencer a la modista no fue cosa fácil.

Unos días más tarde, coincidieron de nuevo en la plaza de la Villa. Al ser día laborable y contar con la sede del Ayuntamiento y los juzgados, era una zona muy concurrida a esas horas de la mañana. Serafín tenía que despachar un par de asuntos y quedaron en verse en su oficina a última hora de la mañana.

No tuvo que hacer antesala como se acostumbraba. El pasante la condujo directamente al despacho. Serafín la estaba esperando. Le ofreció un butacón de piel para que se sentara. Ella rehusó, no quería entretenerlo. El notario suspiró, cogió su caja de rapé, esnifó, estornudó y se acomodó en su sillón.

—Lo siento, Carmeta, pero no puedo ir contra los intereses de tu padre.

—No te preocupes, no te voy a pedir que rompas tu celo profesional. —Lo miraba divertida—. Me gustaría saber más de mi familia. Eso es todo.

Sabía que Isidro se había establecido en la ciudad a mediados de siglo y que la familia venía de Alella, pero no conocía a ningún pariente por ese lado. Suponía que Serafín tendría acceso al registro de la propiedad, a las partidas de bautismo, y esas cosas. Él podría hacer indagaciones de forma discreta.

—¡No querrás que coja el coche, me plante en el pueblo y empiece a preguntar quién conocía a la familia Sabater!

Lo miraba con las cejas levantadas y media sonrisa. Serafín intentó en vano la manera de hacer valer sus argumentos.

—Veré lo que se puede hacer —dijo al ver que ella no admitiría una negativa.

—Te dejo. Voy a recoger a mi sobrina Carolina, que hoy come en casa, y luego me la llevo a la verbena. Hablamos en cuanto tengas noticias.

Al darse la vuelta para salir, sonrió para sus adentros, ante la perspectiva de una pequeña aventura en compañía de aquel hombre alto y bien vestido, un galán a pesar de sus cuarenta y pico.

En la calle, hacía bastante calor. Se quitó la torerita que llevaba y abrió la sombrilla. Era uno de los pocos accesorios que no le molestaban, sabía apreciar que ese trasto le permitía revivir bajo la canícula. Bajó por la calle San Miguel y desde media altura ya se oían las risas de Carolina y sus amigas. No la vieron llegar hasta que ya estaba a su lado, porque seguían a lo suyo cuando se dirigió a su sobrina.

—Anda, despídete, que ya sabes que al abuelo le gusta almorzar puntual a la una.

—¿Hasta qué hora me puedo quedar esta noche?

La verbena de San Juan era una de las más celebradas. Se instalaban entoldados en la playa y las distintas entidades rivalizaban por llevar a la mejor orquesta. Se había ofrecido a cuidar de su sobrina, para que su hermano Juan y su cuñada disfrutaran de la velada a sus anchas. A sus quince años, Carolina empezaba a despertar el interés de los jovencitos, a los que correspondía con descaro. Solo un tiempo atrás, cuando se casaba a las chicas casi púberes, su sobrina hubiera estado en edad de merecer y a ella le habían encomendado enseñarle los modales adecuados para estar en sociedad. Quien hubiera tomado aquella decisión, no había considerado el poco interés que Carmeta sentía por todos esos asuntos mundanos. Sabía cómo hacerse respetar de los hombres, pero no había dominado nunca los juegos de la seducción, esos que permitían mantener el interés del admirador sin provocar hablillas.

—¿A qué entoldado iremos? —preguntó Carolina.

—Al de Gente Nueva. Este año van a traer unos músicos estupendos.

—Espero que esté Jacinto —murmuró Carolina—. Me dijiste que tendría mi propio carnet de baile, ¿no?

—¿Te refieres al joven Vehils? —preguntó Carmeta. No tuvo que esperar a la respuesta de su sobrina, que la miraba con el rostro iluminado—. No, no creo que esté. Su familia es más conservadora. Supongo que estará en la del Círculo Católico o en el Apolo.

—¿Y no podemos acercarnos un rato?

—Sí, claro, iremos a dar una vuelta.

—Espero que me pida el vals —dijo Carolina, soñadora.

—Me temo que no será posible. El vals está reservado para socios —y, al ver la cara de su sobrina, añadió—: De todas formas, me parece un poco engreído.

—¿Jacinto? Usted no lo conoce, tía.

—He visto cómo fanfarronea con sus amigos los domingos en la Rambla.

—Pues es muy simpático.

No quiso desengañar a su sobrina. A esa edad, cualquier mozalbete apuesto que le prestara un poco de atención tenía muchos números de ganarse el corazón atolondrado de una jovencita. Ya tendría tiempo de apreciar por sí misma que una buena planta y una nada despreciable cartera no compraban la felicidad. Su sobrina siempre había sido una chica juiciosa y estaba convencida de que, en esa cabecita donde entonces florecían los desvaríos propios de la adolescencia, pronto despuntaría una mujer cabal.

—¿Habéis terminado las clases?

—¡Qué ganas tengo que empiece el veraneo! Mamá ha estado toda la semana con la doncella y ya tienen todo empaquetado para irnos el lunes a Camprodón. El abuelo nos deja el coche para llevarnos a Barcelona y ahí cogeremos el tren. Nunca he ido en tren.

—Quizá suba a veros unos días, así escapo un poco del calor.

—Si está papá, podríamos ir de excursión. Me regaló una prensa para que pueda secar las flores que recojo y ponerlas en un álbum —añadió Carolina con entusiasmo—. Además voy a dibujar algunos de los entornos característicos, los prados de alta montaña, los hayedos y los pinares. Este año he practicado mucho con la profesora de arte y la acuarela se me da bastante bien.

—Podrías clasificarlas. En casa tenemos el «Systema Naturae» de Linnaeus.

—Lo he visto alguna vez. Un poco antiguo, ¿no?

Apuntó mentalmente pedirle a su librero que localizara alguna novedad en botánica y llevársela a su sobrina cuando fuera a visitarlos. Lo mejor sería subir con su hermano y así el largo viaje se le haría menos pesado. Al ver que la conversación iba por buen camino, decidió abordar el tema que le importaba.

—Y, ¿qué piensas hacer cuándo acabes el colegio?

—Nos vamos al Pirineo. Te lo acabo de decir —contestó Carolina, divertida.

—Me refiero al año próximo. Podrías cursar el bachillerato...

—Lo hemos hablado en casa, pero mamá piensa que es una pérdida de tiempo. Sería mejor ir a un colegio de señoritas y que me enseñaran a llevar la casa.

—¿Y tú qué opinas?

—No sé. Estudiar me gusta, pero no me apetece ir a un internado.

Carolina aderezó sus palabras con expresión de fastidio. No era momento para insistir. Las Franciscanas iban a inaugurar su nuevo colegio en la calle del Templo y con lo grande que era seguro que podrían abrir una clase para bachilleres. Carmeta tenía tiempo para acabar de trazar un plan.

La verbena fue una locura. Demasiada gente, demasiado ruido, y esa sobrina que había que sujetar para que no le aceptara el baile a cualquier desconocido. Había visto a Serafín sentado en una mesa al otro lado de la pista de baile. La saludó con la cabeza. Esperaba que le pidiera un baile, pero al cabo de un rato de intercambiar miraditas infructuosas, Carmeta se dio cuenta de que a él también le tocaba estar atento a lo que hacía su descendencia.

No salió a bailar en ningún momento. Desde que quedara viudo hacía algo más de un año, no se le conocía ningún amorío, estaba centrado en su despacho y sus hijos. A la mayor la cortejaba un joven que tenía un empleo en la fábrica de Can Mercadé. Al principio no se entendía bien que la hija de un notario fuera a casarse con un simple empleado, pero Carmeta sabía por Isidro, muy amigo del dueño, que aquel joven serio y espabilado había logrado granjearse la confianza del Sr. Mercadé. Sus perspectivas eran claras, el *hereu* no mostraba mucho interés por la fábrica y el padre necesitaría un gerente que asegurara la continuidad del negocio. Sin duda, el chico iba a progresar.

El paseo para ver los otros entoldados le permitió refrescarse con la brisa marina, pero le disgustaba ver a algunos jóvenes que se adentraban en el arenal entre risotadas; mejor no pensar en sus intenciones. Para su fastidio, Carolina bailó con Jacinto. Y pudo comprobar que el chico, aunque atento y pícaro con otras jóvenes, mostraba un interés real por su sobrina. En cuanto habían llegado al entoldado del Apolo, Jacinto se había acercado a ellas, la saludó cortés y se dirigió a Carolina:

—¿Tiene su carnet alguna entrada libre todavía?

—Por supuesto —balbuceó Carolina, a la que casi se le cae de las manos.

—¡Oh, pero si está usted en Gente Nueva! No podrá reservarme el vals —contestó el chico, contrariado—. Tendrá que concederme dos bailes para compensarme.

Al final de la velada, Carmeta estaba a salvo, sentada de nuevo en su mesa de Gente Nueva y charlando con una amiga.

—Parece que el notario está muy pendiente de ti últimamente —le soltó su amiga.

—¡Vaya tontería!

Había compartido un par de rondós con amigos de Isidro y una polca con su hermano Juan. En un par de ocasiones se cruzó alguna mirada con Serafín, pero él no bajó a la pista en ningún momento. No estaba dispuesta a reconocer que sí le hubiera apetecido un baile con alguien de su edad, ni entendía el afán de todo el mundo por casarla. Aunque se sentía bien en compañía de Serafín, no pensaba renunciar a su libertad. La «cuestión de la mujer» lo llamaban en algunos periódicos, para ella se reducía a que la dejaran en paz con sus asuntos.

Carolina disfrutaba de un refresco y había perdido el interés, hasta que Jacinto apareció. El chico echó un vistazo a una concurrencia que había disminuido, miró en su dirección hacia el altillo y se acercó a ellas. En total, fueron tres los bailes que los jóvenes disfrutaron entre risas y confidencias. Su amiga le comentó la excelente pareja que hacían y no pudo desdecirla, aunque no pudiera admitírselo ni a sí misma, también a ella le gustaría dejarse arrastrar en un torbellino ardiente de música, alegría y anhelo. A la salida, Jacinto les ofreció su coche para acompañarlas a casa. Ella rechazó la propuesta, el cochero las esperaba. Carolina protestó un poco y tuvo que explicarle la inconveniencia de esa invitación. Su sobrina excusó al joven por su osadía y ella concluyó que la falta de experiencia habría guiado esa imprudencia. El resto del trayecto tuvo que soportar los detallados comentarios de Carolina sobre lo divertido, apuesto, gracioso, avispado, refinado, gentil y donoso que era Jacinto Vehils.

6

Alella, 1847

Isidro se había quedado en casa, ya no era el bailarín que había sido y, si no podía danzar, ¿qué sentido tenían esas verbenas? Demasiado ruido y demasiada gente. Carmeta y Carolina se habían acercado a darle un beso cuando todavía clareaba. Estaban muy guapas, seguro que serían el centro de todas las miradas y esperaba que Serafín hubiera tomado buena nota de sus insinuaciones y le dedicara un poco de atención a su hija Carmeta. Luego salió al porche para disfrutar del frescor de la noche, le pareció que llegaba la fragancia de la higuera. Le vino a la memoria esa tarde de verbena, hacía tantos años.

Se había acercado a la entrada para despedir a su último cliente. Se paró un momento en el dintel para que le diera un poco el aire. Polvo y risas fluían por la riera seca, anticipos de la noche que apenas se adivinaba. Cipriano lo saludó desde el otro lado de la calle.

—¡Eh, Isidro! ¿Nos vemos en la verbena, no?

—Mañana me toca madrugar.

—Anda, hombre, ¡pero si es fiesta! Seguro que nos divertimos un rato. Ya sabes que las mozas están más alegres en estas fechas. No todo puede ser trabajo, hombre.

Cipriano le guiñó un ojo y se despidió con un gesto en la cabeza. Él se volvió y, antes de franquear la puerta, abrió la otra hoja de la cristalera, para que corriera el aire. Vio alejarse a su amigo, que se había parado más allá de la botica y charlaba con unas mozas que todavía vestían el atuendo de labranza. Dentro, su ayudante barría los baldosines con desgana. Un brío repentino se adueñó del chico al ver que lo miraba. Se sonrió y luego impostó la voz al dirigirse al chaval.

—Por ese rincón todavía veo mucha pelusilla, tendrás que quedarte hasta tarde.

El chico se puso a barrer a *cor què vols*. Era divertido comprobar que muchos no pillaban sus picardías. Le seguía pasando.

—Es broma, puedes irte. —Le guiñó un ojo, tendió su mano y le dio diez reales—. Ya termino esto yo.

—Muchas gracias, señor Isidro. —El ayudante le pasó la escoba sorprendido.

Diecisiete afeitados, quince recortes de bigote, siete de pelo y una muela: las vigilias siempre fueron buenas. Lo había visto hacía poco en una de las libretas que todavía conservaba ordenadas en cajas en la fábrica. Había que saber cómo iba el negocio y, aunque esa tarde se sentía satisfecho, supo que eso era lo máximo que podía esperar de una barbería de pueblo.

El chico se metió en la trastienda para quitarse el guardapolvo. Él aprovechó para hacer un buen repaso a los rincones, sin reparar en una figura femenina que se había detenido en el dintel.

—Está cerrado —dijo el ayudante mientras sorteaba a la mujer camino a la puerta—. ¡Hasta luego!

—¡Hasta el viernes! —lo corrigió Isidro.

Se dio la vuelta y entonces la vio. Aunque a contraluz no podía distinguir sus facciones, esa pose le resultaba familiar. Ella avanzó unos pasos, entre tímida y coqueta:

—¿Así que este es tu cuartel?

—¡Lidia! —contestó azorado—. ¡Vaya sorpresa! ¿Qué haces tú aquí?

—He venido al baile.

Ella le rehuía la mirada y respiraba con agitación. Tras la sorpresa inicial, volvió a su memoria por qué habían transcurrido tantos meses desde su último encuentro. Pensó en echarla de inmediato, pero reverberaban como el eco en una estancia vacía, las noches de insomnio pensando en ella, los sueños lujuriosos que se tornaban en pesadillas, los propósitos de una visita y la demanda de una explicación que se habían diluido tantas veces con las luces del amanecer, como el humo del café matinal. Quizá había llegado el momento de ponerlo todo en claro. Notaba como la furia que había sentido durante tanto tiempo, se iba apaciguando.

La última vez que la había visto en el prostíbulo, había encontrado a Lidia sentada en el regazo de un hombre ya mayor, haciéndole carantoñas, los dos riéndose en un mundo propio del que se sintió excluido.

Lidia le había dejado claro que, a pesar de su amistad, ella era dueña de su cuerpo y su propia vida, no quería salvadores. Así que se sentó a una mesa, pidió anís y se dejó arrastrar a una de las habitaciones con la primera que se le acercó. Descargó su frustración con la chica, a la que embistió con furia. Solo consiguió sentirse todavía más a la deriva al darse cuenta de que le hacía daño.

Al cruzarse con Lidia de nuevo, cuando salía, se quedó petrificado. El hombre que estaba con ella no era otro que el Nano, aquel brabucón que había matado a su padre. Se comportaba con el aire chulesco y retorcido que recordaba de su encuentro en el bosque; la obligaba a fumar de su caliqueño a pesar de que ella casi se ahogaba por la tos y no disfrutaba del juego.

Que en su arrogancia y sus vicios,
caballeresca apostura,
agilidad y bravura
ninguno alcanza a igualar

Que hasta en sus crímenes mismos,
en su impiedad y altiveza,
pone un sello de grandeza
don Félix de Montemar

Isidro se había quedado parado, lívido de ira y desánimo. El Nano recitaba con su voz firme, incontestable y fatídica. Al terminar su declamación, había besuqueado a Lidia y luego reparó en Isidro.

—¿Qué te pasa chaval? ¿Necesitas también que te cuente cómo se hace esto?

Y le guiñó el ojo a Lidia mientras soltaba una siniestra risotada.

—Puta —murmuró Isidro al pasar de largo y huyó de la escena a toda prisa.

Ella le había respondido con un gesto obsceno.

Regresó andando al pueblo, en un empeño infructuoso por ordenar sus pensamientos. Ideaba planes de venganza, pero se reconocía incapaz de hacer frente a la crueldad extrema de su oponente. Estaba furioso contra Lidia, ella debía saber quién era Miquel Gurri, ¿cómo podía ignorar el daño que le había hecho? La culpó de su propia derrota y se propuso no volver a verla. Aunque luego, en la soledad de su alcoba, no había dejado de pensar en su piel nívea.

—Pensaba que quizá...

Lidia retomó la conversación y luego hizo una pausa, como si dudara. Desvió la vista hacia la puerta un momento, para volver a posar sus ojos negros en él, implorando. Entonces él reparó en su pómulo enrojecido. La acarició olvidando todo su recelo.

—Había pensado que podrías peinarme —dijo ella.

—Siéntate. Veré qué puedo hacer.

Estaba claro que ella no quería hablar de lo ocurrido, así que le ofreció una silla frente al único espejo del local. Lidia se sentó. Siguió su mirada mientras ella pasaba revista al local, ansioso porque diera su aprobación. La cal reverberaba en las paredes, el suelo estaba lustroso y dos quinqués relucían. En la alacena a su derecha, un par de palanganas de cerámica, dos navajas, las brochas alineadas para la próxima intervención y varios frascos de colonia, loción y crecepelo. Siempre lo tenía todo bien ordenado y dispuesto según la frecuencia de uso. Cuando le pareció que ella aprobaba su pulcritud, se puso a rebuscar en una caja de latón. Sopesó primero unas tijeras, luego un peine de finas púas metálicas, otro de carey; ponderaba cada instrumento con precisión. Por fin, blandiendo el peine que había estimado adecuado, se plantó detrás de ella, que le tendió un par de cintas de raso rojo y unas horquillas.

—Te lo agradezco, de eso no tengo.

Depositó el material sobre la repisa a su izquierda y empezó a peinar su melena. Ella cerró los ojos. Estaba concentrado en el recogido. No era la primera vez que una mujer entraba en su barbería, pero quería que Lidia destacara esa noche por sí misma bajo esos ropajes de damasco carmesí y ese corsé tan prieto que sería objeto de todos los deseos. Se la veía lozana a pesar de la magulladura. La sujetó por las mandíbulas con el pretexto de una revisión profesional de su trabajo. Repasó sus rasgos: la nariz recta, los labios pequeños y carnosos, las cejas pobladas y ese pelo azabache que recordaba la frescura de una noche de verano. Entonces reparó en los surcos sobre su rostro, dos lágrimas se deslizaban por sus mejillas, sonrosadas ahora que los largos días le permitirían disfrutar de algún paseo. Sus miradas se entrecruzaron:

—Pensaba en cuando era niña.

Lo dijo en un susurro. Se estremeció al volver a recordar esa primera vez, una chiquilla flaca y desaliñada que fregaba al fondo de una casa de lenocinio entre el cañizal. Se vio a sí mismo, apenas un adolescente, víctima de las chanzas de las meretrices; la torpeza de la niña cuando intentó estimular su incipiente virilidad; él sin saber cómo responder; esa mirada profunda y luego su cuerpo enjuto acurrucado contra él. Le secó los ojos.

—Todos tenemos mucho que recordar y que olvidar —dijo Lidia mientras le cogía la mano—. Pero hoy es noche de fiesta. Bailaremos, ¿no?

Quiso besarla. Quizá debería haber seguido sus impulsos, dejarse llevar e invitarla a ese baile.

Lidia había mutado en una sonrisa, como si ella también quisiera alejar sus quimeras. Se quedó pensativo mientras le colocaba la cinta de raso. Era un hombre respetable y, aunque ella había hecho un esfuerzo por estar elegante, su atuendo era demasiado lujoso y llamativo. Todos tendrían claro de qué tipo de mujer se trataba. Le apetecía mucho bailar con ella, de hecho era lo que más quería en el mundo en ese momento. Tardó demasiado en decidirse.

—Claro, tendrás alguna moza que conquistar.

Continuaba callado, recogió un mechón con el extremo del peine, colocó una horquilla, rehízo la lazada. La miró a través del espejo. Peinar a mujeres no se le daba del todo mal. Cuando hubo terminado, ella se levantó altanera y con sequedad preguntó:

—¿Qué se debe?

—Nada —respondió, y le acarició la mejilla—. Nosotros nunca nos deberemos nada, ¿recuerdas?

Entonces, Lidia se abrazó a él y se descompuso en sollozos. La apretó contra sí un momento, con dulzura. No sabía entonces lo que había ocurrido, y solo pensaba que no podía darle lo que ella quería, aunque tampoco estaba dispuesto a dejarla escapar. Fue un gesto egoísta, se daba cuenta: si no podía aceptar lo que era, debería haberse resignado a que se alejara de su vida. Pero la fuerza que los unía era demasiado intensa.

—Espera aquí.

Encendió un quinqué. Se dirigió hacia la puerta, salió a la calle para cerrar los portones de madera y cerró la cristalera. Luego cogió el quinqué, se volvió hacia Lidia y le ofreció el brazo:

—¿Subes? Puedo convidarte a pan con tomate, huevos y tocino.

Lidia respiró profundamente y se agarró con fuerza, una sonrisa se afianzaba en su rostro. Abrió la puerta que llevaba a las escaleras y miró a su amiga con una risita burlona:

—Hoy, te sirvo yo.

Encendió un quinqué. Se dirigió hacia la puerta, salió a la calle para cerrar los portones de madera y cerró la cristalera. Luego cogió el quinqué, se volvió hacia Lidia y le ofreció el brazo:

—¿Subes? Puedo convidarte a pan con tomate, huevos y tocino.

Lidia respiró profundamente y se agarró con fuerza, una sonrisa se afianzaba en su rostro. Abrió la puerta que llevaba a las escaleras y miró a su amiga con una risita burlona:

—Hoy, te sirvo yo.

El piso de arriba de la barbería consistía en dos estancias, una de ellas hacía las veces de cocina, veía ese pequeño hornillo de leña y la jofaina que utilizaba para lavar los pocos enseres que tenía. La otra estaba dispuesta, según la costumbre, en cámara y alcoba. Amueblada con sobriedad, la única decoración que recordaba era el crucifijo que sus padres tenían en la habitación que compartían cuando él era pequeño. Podía rememorar la escena con detalle, como tantas otras veces la había revivido.

Se había propuesto tratarla como a una dama, pero en cuanto hubo remontado el último escalón, se pegó a su espalda y empezó a besarle el cuello. Ella entrecerró los ojos. Con una mano tanteó su escote. Con la otra, subió su falda poco a poco, al tiempo que le acariciaba el muslo humedecido por el sudor de una tarde de verano. Lidia respondía a sus anhelos. Notó que le palpaba el vientre hasta encontrar su miembro. Empezó a masajearlo, lentamente, como a él le gustaba. Se dio por fin la vuelta y le quitó la camisa, mientras él trataba de despojarla de ese ropaje que lo apartaba tenaz de aquel cuerpo que le pertenecía. Necesitaba saciar cuanto antes un apetito voraz que pugnaba por desbordarse. Habría querido arrancarle el vestido, se contuvo. La tendió sobre la cama, le arremangó la falda y las enaguas. Ella gimió cuando entró en su cuerpo. Notó sus uñas clavadas en la espalda. Tuvo que domar su propia ansia, antes quería complacerla, escuchar sus maullidos de gata en celo, observar el placer brotar en su rostro hasta que llegara al clímax, entonces él también explotaría. Pero Lidia no solía dejarse hacer, lo tumbó y se sentó encima de él. Sus movimientos eran ahora más lentos, una dulce agonía lo invadía cada vez que ella se detenía, juguetona. Se acordaba del cálido olor que desprendía y podía evocar el tacto de su piel. No pudo contenerse más y la sujetó con fuerza por la cintura hasta agotar su ardor. Luego se tumbó a su lado, extenuado. El sueño los conquistó casi al instante.

Habrían pasado un par de horas y ya había anochecido. Contempló su desnudez.

—Así que ahora eres propietario —dijo Lidia mientras se acercaba a la ventana para cerrarla.

Su pregunta despertó el recuerdo sombrío de la muerte de su mentor y le impidió seguir disfrutando de esa imagen.

—No he salido ganando.

—Le tenías mucho aprecio, ¿verdad?

Lidia lo miraba con ternura. La atrajo hacia sí para abrazarla. Tenía esa capacidad de adivinarle los pensamientos. Decían que esa facultad la poseían todas las mujeres, pero él sabía que no era así. Solo cuando te querían de verdad y se preocupaban por atenderte. Aunque intentaba hacer su vida y no pensar en ello, se sentía solo. Cuando se es joven, uno necesita una madre que lo aconseje y lo mime, que le dé ánimos para emprender proyectos, que le oriente sobre el corazón de las mujeres. Marcelino había cubierto, en parte, esa ausencia. No todos disfrutaban del privilegio de tener un segundo padre, como lo había sido el barbero para él. Alguien a quien pedir consejo, que sabía que siempre procuraría por su bien, alguien con quien compartir pequeños secretos. Era un hombre bueno, honrado y muy religioso, pero de una religiosidad sincera e íntima. Sin la afectación que luego había visto en los meapilas, ni la hipocresía de muchos que solo acudían a las iglesias los domingos y fiestas de guardar.

Cuando Marcelino murió, hacía un par de años, recibió una nueva esquela del notario. Esta vez entendía mejor lo que le contaba y aceptó la herencia que consistía en la casa donde estaba la barbería y en cuyo piso superior llevaba instalado hacía un tiempo. No dejaba deudas. La vivienda donde residía Marcelino era de la familia de su esposa, por lo que, una vez fallecido, desaparecía el usufructo y había pasado a unos sobrinos. Con su tío, habían acordado hacía tiempo que éste trabajaría las tierras de Can Nara, incluyendo las que él había heredado de su padre. Él pagaba el canon anual por la cesión de dominio y su tío le cedía las rentas que le correspondían. Con ese dinero había podido realizar algunas mejoras para atraer a nuevos clientes e incluso tenía algunos ahorros. Siempre tuvo claro que había que hacer las cosas bien, no conformarse, pero asegurar que la familia pudiera prosperar cuando uno faltase. Hacerse un nombre, amasar dinero, eso todavía estaba por llegar.

Habían bajado para comer algo. Lidia miraba un caño sobre una pila de mármol en la trastienda.

—¿Agua corriente?

En alguna ocasión el señor de Alella solicitaba los servicios de Isidro y siempre que acudía a la masía fortificada, quedaba maravillado por su rica decoración con alfombras y cortinajes, pero lo que más le impresionaba era la cocina. Estaba decorada con azulejos y una gran chimenea bajo la que, en lugar del típico fuego de leña, había la primera cocina de hierro que había visto nunca. Las cazuelas de cobre brillaban y el agua llegaba del pozo accionada por una bomba. Como cenaba todas las noches en la fonda del pueblo, estos adelantos le parecían meras curiosidades. En esa época, estaba interesado en hacer progresar el negocio y se ocupaba poco de su persona, y menos de unas habitaciones que no podía considerar su casa.

—No ha sido tarea fácil. Tuve que bajar dos veces a Badalona para localizar quién pudiera instalarla. No encontré a nadie capaz ni aquí, ni en El Masnou.

—Con las fábricas y toda la gente que se establece en Badalona, cada vez hay más comercios.

—¿Qué sabes tú de eso?

—Voy a instalarme allí... si salgo de ésta.

Lidia apartó su mirada. Él no sabía qué pensar. No tenía ningún derecho a preguntarle nada. Y ella nada le contó. Era libre y no tenía ningún compromiso con él.

Cuando recordaba ese momento mientras mecía sus setenta años en el balancín del porche, todavía se le retorcían las tripas. Pensaba en su propia ingenuidad al creer que la conversación había sido casual, en no haber reconocido una llamada de auxilio en esa Lidia que había hecho aparición en la barbería de forma inesperada. Qué estúpido al dejarse llevar por el miedo al rechazo, por que Lidia no obedeciera al modelo de esposa trabajadora y diligente que entonces pensaba que necesitaba. Ella nunca le pidió nada y se lo ofreció todo. Y él se había conformado con las migajas, tomadas a hurtadillas.

Lidia se fue temprano por la mañana.

Al cabo de unas semanas se enteró de que la habían apresado. La información que le llegaba era contradictoria. Cipriano daba por seguro que ella había sido quién había matado al Nano, clavándole su propia navaja. Isidro podía visualizar esa navaja, que había matado a su padre, en manos de una Lidia grandiosa, con ojos chispeantes al blandir el arma antes de rebanarle la garganta al ogro, como una heroína de tragedia griega. Su ayudante, sin embargo, mencionó una pelea tumultuosa entre la banda del

Nano y un grupo de contrabandistas que había acabado con varios muertos y toda la concurrencia detenida por los carabineros.

Lidia había sido detenida y aguardaba en la cárcel un juicio que prometía ser largo y complejo. Isidro iba a visitarla, aunque le resultaba muy penoso verla en esa situación y le costaba animarla. El asesino de su padre estaba al fin muerto. Se sentía como un barquito de papel que llega a un remanso tras el torbellino. En cierto sentido, eso cerraba una etapa de su vida y no estaba dispuesto a que siguiera transcurriendo como el azaroso devenir de ese barquito. Ni enemigo navío, ni tormenta, ni bonanza alcanzarían a torcer su rumbo de nuevo. Era consciente que en el pequeño pueblo de Alella no podía aspirar a mucho más que ir generando unos ahorrillos y ser el barbero hasta la tumba. Se había ganado su puesto, pero otra vez volvían las palabras de su padre: «no podemos conformarnos con lo que nos viene dado».

Decidió que tendría más oportunidades para prosperar en la pujante Badalona. Empujado en parte por la esperanza de reencontrarla, aunque no se lo confesó a sí mismo entonces. En otoño inició la búsqueda del local idóneo, que encontró en una de las calles que conectaba el núcleo histórico de Dalt la Vila con la zona de expansión hacia el mar. Consiguió un traspaso más que aceptable por la barbería y alquiló la planta superior. Empezó su nueva vida en Badalona en 1847. Resultaba curioso que para recordar el año exacto tuviera que pensar en la fecha de inauguración de la primera línea de ferrocarril. Cuando se instaló, los atentados contra la nueva infraestructura estaban a la orden del día. Aunque en sus primeras visitas le hubiera llamado la atención la construcción de nuevas fábricas, lo cierto era que el pueblo vivía de la agricultura y la pesca. Los pescadores eran una parte importante de la población y ese camino de hierro suponía una invasión de la playa. La pesca de bajura en barcazas requería de bueyes y caballos que ayudaran a sacarlas del agua concluida la faena, y la vía dificultaba las maniobras.

Se levantaba temprano y recorría el trayecto desde Can Salat, donde había alquilado una habitación, hasta la calle del Pincel, en la que estaba la recién inaugurada barbería. Al llegar revisaba que todos los utensilios estuvieran limpios, volvía a barrer el suelo con esmero y abría la puerta que daba al patio interior para que se ventilara la estancia. Instalarse le había supuesto un dispendio demasiado alto y no podía permitirse un ayudante.

Nadie hacía preguntas. Pensó que con el paso del tiempo conseguiría borrar cualquier huella que le recordara el dolor y el abandono. Era un hombre nuevo.

Había espaciado sus visitas a Lidia, aunque el trayecto desde Badalona era más rápido. Le angustiaba no poder hacer nada más por ella. En la que sería su última visita, le pareció adivinar una incipiente barriga.

Pensó que el bebé podría ser suyo, que debía dar un paso y preguntárselo. Sin pensar por una vez en cuáles podrían ser las consecuencias, al fin, decidió preguntarle abiertamente.

—¿Ese niño es...?

El «mío» se había quedado flotando en el aire, cuando ella le cortó tajante, con hielo en la mirada:

—No es asunto tuyo.

Otra vez le dejaba claro que ella se cuidaba de sí misma. Al salir se cruzó con un hombre rudo y de mirada serena al que había visto a veces en la casa de lenocinio. Luego sabría que era Emilio Serratosa, Era de los que no hacían preguntas, ni tenían aspiraciones sociales. De los que se sentía colmado con tener una mujer a su lado, sin importarle el linaje. Había hecho una pequeña fortuna al vender unas tierras baldías cerca de la playa donde levantaron una empresa de lejías, y no dudaba en agasajar a Lidia con todo tipo de fruslerías que Isidro no le podría proporcionar. Ella no quiso volver a ver a Isidro. Al cabo de unos meses, supo por el jefe de carabineros que Lidia consiguió salir de la cárcel sin cargos y que iba a casarse con Serratosa. Era lo mejor para ambos.

El negocio había tenido buena acogida y la limpieza no era la menor de sus virtudes. Todavía no se hablaba de microbios, ni habían aparecido los higienistas, pero él intuía de alguna forma que la limpieza era un criterio sanitario y no una simple cuestión de estética. Jamás se vio óxido en el material, ni moho en paredes o tejidos y su aspecto personal era impecable. Barría, baldeaba, enjabonaba, fregaba, blanqueaba y pulimentaba desde el suelo al techo, y por supuesto el instrumental, las toallas, las palanganas y jofainas. Así que la clientela no sufría irritaciones y pocas muelas arrancadas daban problemas.

Saludó al jefe de los carabineros, que solía ser su primer cliente del día.

—¿Cómo se presenta hoy el día, coronel?

—Parece que el frío no tiene prisa por largarse este año.

—Enseguida cierro la puerta del patio, estaba terminando de barrer. Me gusta que esté todo bien limpio.

—Tiene usted toda la razón. La pulcritud es la mejor vía hacia la rectitud moral. Y exactamente lo contrario, la dejadez y la suciedad llevan a la maldad y al crimen. Dígamelo a mí. Esta semana han levantado un trozo de la vía en la zona de Montgat.

Antes de cerrar la portezuela y encender la estufa, echó un vistazo con la vana esperanza de sentir el aroma de la higuera, todavía tardaría unos meses en dar sus frutos.

Más tarde pasarían el médico, varios concejales y Florencio Salabert, padre de Serafín, por entonces un joven notario que acababa de conseguir plaza en la villa. Los contramaestres de un par de cordelerías vecinas se acercaban cada dos días y los domingos abría por las mañanas para poder atender a los obreros que necesitaban un corte de pelo o querían rasurarse antes de alguna ceremonia importante.

A mediodía cerró la puerta vidriera y se trasladó un escaso centenar de metros para comer en la Fonda de can Roca, como todos los días. Las tardes acostumbraban a ser un poco más tranquilas y era cuando solía citar a los que querían un corte de pelo, para poder atenderlos como se merecían, sin apremios. Ya entonces le gustaba conversar, largo y tendido, como se solía decir. Hacía preguntas para comprender a sus interlocutores, nunca se conformó con las generalidades y conseguía que los que estaban presentes tuvieran que defender sus posturas con argumentos. Pensaba en cuán a menudo eran los prejuicios los que sustentaban el posicionamiento. En una época de rápidos cambios políticos y sociales, quizá esa no había resultado ser una cualidad despreciable.

Estaba terminando de peinar al concejal Pere Renom, que había soltado una perorata acerca de las ventajas del ferrocarril a punto de ser inaugurado.

—¿Y usted cree que esos pescadores lo aceptan sin más?

—Pues no les va a costar más remedio —dijo el concejal—. No sé a qué viene eso, le tenía a usted por un hombre de progreso.

—Y lo soy, lo soy. Lo que pasa es que da igual lo que creamos usted o yo, lo que cuenta es la capacidad que tiene la gente para asimilarlo. A veces hay que ir despacio para poder llegar cuanto antes.

—Cuanto antes y bien lejos.

—Mire, por suerte aquí la gente no es como en Barcelona, que en seguida inicia una revuelta, pero si se les azuza un poco...

—¡Y quién sabe qué es lo que quieren! Por lo que he oído temen que les espante la pesca.

—Quizá sería bueno preguntarles.

—¡Vaya una tontería!

Había estado hablando con voz pausada y miraba al concejal a través del espejo, sin inmutarse. Éste le hizo un gesto para que continuara.

—Esta tarde, véngase conmigo a *baix a mar*, así verá por usted mismo las condiciones en las que viven y le contarán lo que les preocupa.

Las casas de los pescadores eran apenas chabolas expuestas a la humedad salina y los embates del viento. La ancha y pendiente playa de arena que protegía las casas y las barcas de las embestidas del mar, estaba ahora partida por el camino de hierro que, una vez finalizado, custodiaban unos guardias armados con trabucos. Las mujeres se afanaban a remendar las redes y los hombres estaban reunidos en pequeños grupos. Tomaban aguardiente. Los chiquillos correteaban esqueléticos y casi desnudos, a pesar de que las temperaturas aconsejaban todavía el uso de ropas de más abrigo.

Un hombretón, de baja estatura, la mirada clara y las arrugas bien marcadas, que estaba algo retirado del grupo y era el único que no bebía, los observaba.

Se acercaron a un grupo de hombres que debatían sobre el mejor rumbo para la mañana siguiente. Sus dos figuras, tan elegantes entre aquellas pobres gentes, les debieron parecer como llegadas de una civilización desconocida. Quedaron en silencio hasta que el hombretón se dirigió a ellos sin moverse de su posición alejada:

—¿Qué se les ofrece?

—Tonet, este es el ilustrísimo señor Pere Renom, concejal del Ayuntamiento, que quería conocer qué os preocupa —dijo él.

—La mar y los peces.

Contestó otro pescador algo más joven. A lo que sus compañeros arrancaron unas risas burlonas. Tonet, que era el cofrade mayor, levantó la mano e hizo acallar las chanzas.

—Los que están aquí vivimos del palangre y la pesca de bajura, pero muchos tenemos hijos faenando en Cádiz o Marsella. Hace dos años, cuando los carlistas impidieron la entrada de sal en la ciudad, bien que armamos un barco y aceptamos el desafío de ir a las salinas de Ibiza, pero luego los de Baltimore se hicieron con el oro y a nosotros ni las gracias.

—No sé cómo les puedo ayudar —contestó el concejal con las cejas enarboladas.

—Este camino que usted ve allí, solo sirve a los de Barcelona.

—Eso, para nosotros ¿qué utilidad tiene? —añadió el más joven.

Se oyó un murmullo de asentimiento e indignación entre el resto de pescadores. Tonet continuó.

—Nosotros solo pedimos algún paso para dejar las barcas al otro lado de la vía cuando venga el temporal.

—Veré qué se puede hacer.

Fue lo único que se atrevió a articular el concejal, antes de tirarle del codo y despedirse con la cabeza. Guardaron un mutismo expectante hasta llegar a las primeras casas y adentrarse en el núcleo urbano. Por fin, el concejal Renom rompió el silencio:

—Veré qué se puede hacer por esta pobre gente.

—No me parece que lo que pidan sea tanto.

—No lo parece, no.

Sonreía satisfecho, pero el concejal apagó la mirada al momento.

—Pero ahí tengo que darle la razón a Tonet, eso es cosa de los de Barcelona. Bueno, y de Miquel Viada, a quien lo único que le interesa es su querida Mataró.

—Yo puedo hablar con Viada —intervino y, al ver la cara de extrañeza del concejal Renom, añadió—: El hijo, quiero decir. Fuimos compañeros de correrías en Valldemía, le llamábamos El Meco.

Aunque se llegó a un acuerdo con los pescadores, durante las fiestas de agosto el jefe político provincial todavía tuvo que emitir un bando municipal para reprimir algunos atentados. Por fin, a últimos de octubre se inauguró la primea línea de tren del estado. Fue un acontecimiento muy celebrado y sería un impulso importante para la ciudad. Muchos años más tarde, en la visita que hizo a Badalona durante la Exposición Universal de 1888, la reina regente llegaría al pueblo en ese medio y él estaría en el pabellón de autoridades. En la inauguración, sin embargo, estuvo entre la multitud. El éxito tardaba en llegar para los que empezaban desde abajo.

A pesar del jolgorio, se sentía abatido. No había vuelto a saber de Lidia en mucho tiempo. Cuando se la encontró entre el gentío, le sorprendió que no luciera barriga o un retoño entre sus brazos. Intercambiaron unas breves palabras y ella le dijo que se casaba en unas horas. No fue capaz ni siquiera de reconocerse a sí mismo que tenía que hacer algo para impedir que se alejara para siempre de su vida. Estuvo varios días sumido en un letargo del que no lo sacaban ni siquiera las bromas de sus parroquianos. Era consciente de que intentaban arrancarle una sonrisa, pero los oía como si el mundo fuera algo externo a él mismo. Igual que se sentía en ese momento, evocando su pasado bajo la bóveda celeste de una noche de verano cincuenta años más tarde. Esa impresión la había vuelto a experimentar en pocas ocasiones y, en cada una de ellas, ese estado de vacío precedió a una determinación que cambiaría el rumbo de su existencia. Con el paso del tiempo, consideraba que si no fuera por sus hijos mayores, Carmeta, Rosita y Juan, y, sobre todo, por su querida nieta Carolina, la decisión que tomó ese otoño habría sido la peor de su vida.

Había llegado la hora de sentar cabeza y le costó poco esfuerzo identificar a la que entonces le parecía la candidata adecuada. Mercè había llegado desde Igualada junto a sus padres cuando decidieron hacerse cargo de la fonda del Camino Real. Tenía una nariz gruesa y una boca poco perfilada. Era seca en el trato y muy devota, pero ella era quien llevaba las riendas en esa fonda y eso era lo que él creía necesitar. Se conocían desde que Isidro se había instalado en la ciudad, pero apenas se habían tratado. El padre y la hermana pequeña, María Rosa, eran los que se encargaban de dar conversación a los clientes y animar a la parroquia para que consumiera más. No se había fijado todavía en María Rosa que, aunque hermosa, alegre y cálida, era demasiado joven y más bien alocada. Él observaba divertido cómo la madre se desesperaba en hacerle comprender que no podía dirigirse con esa franqueza y compañerismo a los hombres, que su actitud podía ser malinterpretada, esa ingenuidad acabaría por acarrearle algún disgusto. Recordaba con ternura la mirada de incredulidad con la que María Rosa escuchaba a su madre. El padre, al que todos llamaban señor Julio, siempre mencionaba las sagradas escrituras en cuanto tenía ocasión y lucía una espesa barba propia de la época de los profetas. No podía evitar fantasear en cómo se la recortaría para dejársela a la moda.

Aunque el tabernero era bonancible, Isidro no sabía cómo abordar la proposición. No estaba demasiado familiarizado con las formas que había que seguir en esos casos y, como no se atrevía a consultarlo con alguno de sus clientes, porque es sabido que un secreto deja de serlo en el mismo instante en que se comparte con alguien, pensó que el vicario de la parroquia tendría el conocimiento y la discreción requeridas para el caso.

El domingo cerró la tienda algo más temprano de lo habitual y se acercó a la Parroquia de Santa María. Los confesionarios estaban ocupados, pero no le costó averiguar en cuál de ellos estaba el vicario. Era el único ante el que nadie hacía cola. Se acercó, se arrodilló y, tras recibir la bendición, empezó a confesarse.

Sus pecados eran veniales: algunas mentirijillas, tacos y frases gruesas de las que no era muy amigo, pero que no podía evitar soltar de vez en cuando y alguna celebración religiosa que se había saltado porque prefería pasearse por la playa. Ante la insistencia del vicario, tuvo que confesar que no siempre era capaz de perdonar las ofensas. Ya entonces era consciente de ese resentimiento que le carcomía en la soledad de su cuarto y que a veces le hacía comportarse de forma desagradable con quien no lo merecía. El vicario había insistido demasiado en conocer los motivos y, contra su voluntad, tuvo que mentir.

—Nada en especial, las injusticias de la vida.

—Los caminos del señor son insondables.

No se atrevió a abordar el tema que le preocupaba en realidad hasta que le hubo impuesto la correspondiente penitencia y el cura daba el proceso por concluido.

—Padre, quería hacerle una consulta.

—Dime, hijo, ¿es secreto de confesión?

—Quisiera casarme.

—Seguro que al señor le parece bien. —El vicario bajó la voz todavía más y añadió—: ¿Cuál es el problema?

—No sé qué debo hacer —titubeó.

—Me temo que, en esas cosas, no puedo ayudarte.

—Quería saber si tiene pretendientes.

—Hijo, es tu decisión, pero si no es una mujer decente, no te aconsejo que sigas adelante.

—Es muy devota. Se trata de Mercè Roca, seguro que la conoce.

Se oyó un suspiro tras la cortina. Esa entrevista no le llevaría a ninguna parte. Pensó en levantarse e irse, pero el vicario retomó la conversación.

—Si es Mercè, no temas. Ha tenido pocos pretendientes y a todos los ha rechazado. ¡Que tengas suerte, hijo!

Poco podía pensar entonces que su penitencia solo había comenzado. Se arrodilló para rezar los padrenuestros y avemarías que le había impuesto el vicario, luego escuchó la misa en latín y se volvió a casa sin muchas más pistas sobre cómo abordar la proposición.

«A veces hacemos montañas de pequeñas cosas y, en cambio, sobre lo que de verdad importa nos tiramos al abismo sin meditar», se dijo. Una decisión que tomó tan rápido le costó llevarla a cabo más de una semana. Cada vez que iba a la fonda miraba a Mercè, luego a su padre, el señor Julio, que le devolvía la mirada con la ansiedad del que quiere servir bien y no sabe qué le demanda el parroquiano. Durante esos días, más de una vez el posadero se le había acercado preguntando en qué más le podía ayudar, pero Isidro no se decidía.

La ocasión propicia se presentó un día en que la tertulia en la barbería se había prolongado un poco más de lo habitual. En el periódico hablaban de las revueltas que habían asolado Europa el año anterior. Se repasaron los errores que estaba cometiendo el gobierno ante los continuos alzamientos. Temían que se reprodujeran los incidentes del 7 de julio del 45, cuando un grupo de quintos asaltó el Ayuntamiento y quemó las actas. Aquel incidente, había terminado con la muerte de un joven a manos de un asustado sereno, y el posterior linchamiento de éste y del aguacil. La preocupación por lo mal que enfocaba estos asuntos el gobernador militar era compartida por todos. Al llegar a la fonda, las mesas estaban recogidas y no había ni un solo cliente.

—Viene tarde hoy, señor Sabater —dijo el tabernero.

—Espero que pueda servirme algo de comer, a pesar de las horas.

—Voy a ver qué dice mi hija —le guiñó un ojo—. ¡Es la que manda!

Comió en silencio, bajo la atenta mirada del señor Julio. Después de que le sirviera la cuajada, mientras le ofrecía un café, le pidió que se sentara con él porque quería comentarle un asunto. Su futuro suegro se acercó una taza para sí mismo y se sirvió.

—Usted dirá. Lo tengo por un hombre prudente.

—Como bien sabe, mi negocio, aunque humilde, funciona bien. Si las cosas siguen así, dentro de poco voy a poder contratar un ayudante.

—Conozco su casa.

—Tengo veintiséis años y creo que ha llegado el momento de encontrar una mujer que pueda llevar la casa y darme hijos.

—No podría estar más de acuerdo.

Se rascó la cabeza y dudó un momento sobre si continuar. Sintió la mirada escrutadora del tabernero. Inspiró y pensó que tenía que dar el paso en ese momento, o no lo haría nunca.

—Creo que su hija Mercè sería una excelente esposa.

El señor Julio lo miraba atónito. En ese momento entró Mercè para recoger los platos que quedaban encima de su mesa. Padre e hija se miraron. Mercè, haciendo gala de esa percepción extraordinaria con que lo martirizaría más adelante, se acercó y se plantó delante de él.

—¿Le puedo servir en algo?

—Trae el aguardiente, hija.

A continuación se había iniciado la negociación más extraña que mantendría en su vida. Se habló de dotes, de servicios que se prestarían en forma de comida para la familia, de que se lo tenía por buen cristiano y se esperaba de él que diera una buena educación a los futuros nietos, que la fonda no podía pasar sin Mercè y que si sería capaz de compartirla. Él había visto cómo Mercè los espiaba tras las cortinas que separaban la sala principal de las cocinas. Pensaba que todo estaba decidido, pero el señor Julio llamó a su hija.

—El señor Sabater, aquí presente, tiene una propuesta que hacernos.

Mercè estaba mucho más serena de lo que cabría esperar en una mujer, que no sospechaba las intenciones de su interlocutor solo unos minutos antes. Él, en cambio, temblaba.

—Me gustaría que fuera mi esposa. A su padre le parece bien.

—Pues si él no ve inconveniente, no veo cómo iba a oponerme yo.

—Bien, está todo decidido.

Y con esa frase, el señor Julio dio por concluida la conversación y lo invitó a una nueva copa de aguardiente que compartieron casi en silencio.

Unos meses más tarde, celebraron los esponsales en la Parroquia. Durante ese tiempo, Mercè había desplegado todo su saber hacer para ir resolviendo los detalles de índole práctico. Encontraron una casa en alquiler que reunía las condiciones mínimas, un bajo con cocina y *badiu*, jardín trasero donde podrían cultivar un pequeño huerto, y una planta superior con dos habitaciones. Se concertó a qué horas seguiría yendo a la fonda para ayudar a sus padres. Se encargaron muebles de madera y el ajuar prometía ser abundante, además de estar bordado con austeridad, pero con cierta gracia.

Y Mercè cumplió con su parte del trato. Tuvo la casa organizada, se encargó de que estuviera limpia y encalada una vez al año, sus camisas siempre limpias, el delantal planchado y la comida caliente cada noche al regresar. Ella también iba siempre inmaculada y con el pelo bien recogido. Se bañaba dos veces al año, porque estimaba que era un lujo calentar el agua y no tenían más que un barreño que colocaban en medio de la cocina en invierno, y en el *badiu* en verano. Cumplía con su deber como esposa y él descargaba un deseo mínimo, adormecido. Le había dado dos hijas, un hijo que murió al poco de nacer y a su heredero, pero yacía con él parapetada tras un camisón. Jamás la vio desnuda, ni pudo acariciar su piel.

7

Badalona, finales de Junio de 1898

—Y entonces, ¿cuál es el papel que me tiene reservado en su Eneida particular? —espetó Carmeta a su padre.

—Ya hablaremos de eso, hija.

La mirada de hastío que le dedicó Isidro, le dejó claro que no se esperaba esa reacción y que tampoco estaba dispuesto a enzarzarse en ninguna discusión mínimamente trascendente con el sopor del mediodía. Su padre se sentó en el balancín y se preparó para su siestecilla diaria. Sentía una devoción especial por ese balancín de mimbre teñido, con asiento de rejilla y apoyado sobre una base de madera de caoba. Había visto uno parecido en casa de un rico industrial de Mataró, le pareció que sería perfecto para el porche de su nueva casa y se lo hizo traer de las Américas. Desde que el buen tiempo le permitía pasar ratos de descanso fuera de la casa, Isidro dormitaba en ese balancín después de almorzar, según su costumbre. Hacía tan solo un momento que se habían marchado su hermano Juan y su cuñada María Antonia y la doncella todavía no había vuelto para retirar las tazas de café de la mesa del porche. Durante el almuerzo su padre y Juan se habían enzarzado en una discusión sobre la Eneida. Debatían sobre si el periplo de Eneas hasta la fundación de Roma era una historia de aventuras.

—Fue un encargo de Augusto para justificar su eterna confrontación con Cartago —zanjó Isidro el debate.

A Carmeta no le interesaban los clásicos que su padre leía con fruición, pero esa conversación le había hecho pensar en los propósitos de su progenitor y, ahora que estaban solos, iba a averiguarlo.

—Parece que yo soy su Lavinia, ¿no, padre?

—¿A qué viene eso ahora?

—Escepticismo frente a Romanticismo. Eso acaba de decir hace un rato.

—Más tarde, más tarde, hija.

—Usted piensa que nos puede controlar a todos. Como si tuviera en su cabeza un plan perfecto para cada uno. Quiere jugar a ser uno de esos dioses griegos, que disponen de la vida de los demás según sus caprichos.

—Desde luego, en eso es en lo único en lo que has salido a tu madre —la miró con cara de fastidio—: tienes la capacidad de mortificarme. ¿No ves que ahora no es el momento?

—Nunca es el momento de hablar de nada que no le interese a usted

Su padre había parado de balancearse y la miraba con una ceja levantada.

—Está bien, ¿qué quieres saber?

Durante los siguientes veinte minutos, Carmeta escuchó lo que su padre creía mejor para cada uno de sus hermanos. No hubo demasiadas sorpresas. Juan era el *hereu* y tenía la participación más importante en la empresa familiar, así que heredaría la parte de su padre y esperaba que aceptara sus consejos sobre cómo debía tratar a los clientes, con qué otros fabricantes le convenía hacer negocios o cuáles eran los países de los que importar maquinaria. La herencia estaba condicionada: no le permitía comprar las participaciones a sus hermanos sin el consentimiento de éstos y tenía la obligación de repartir beneficios. Tampoco podría incluir nuevos socios en el negocio que diluyeran la participación de sus hermanos, aunque sí vender la empresa en su totalidad. Sabía que eso enfurecería a Juan, más porque reducía su libertad de movimientos que porque pensara nunca en algo que les perjudicara. Ya se daría cuenta de que, en realidad, podría hacer lo que creyera más conveniente sin restricciones.

Respecto a Rosita, Isidro había colocado al marido en el Banco. Lo conminaba a ser prudente y a no malgastar el dinero que no era abundante en esa casa, y asegurar que Rosita dispusiera libremente de los dividendos que le llegaran de Hilaturas Finas. Recordaba a su hermana que ese dinero era para el sostenimiento de la familia y para que los niños tuvieran una buena educación, y no para los trajes con que los vestía como si fueran muñecos de porcelana, ni los sombreros que se hacía por encargo en Barcelona. Carmeta no pudo evitar una media sonrisa. Su hermana la había mortificado con el tema desde jovencita. A ella no le gustaba llevar sombrero y a veces salía de casa con la cabeza descubierta. Rosita, solo un año menor que ella, mostraba su total desacuerdo y solía delatarla. A pesar de las regañinas de su tía María Rosa por no vestir según le correspondía por su edad y condición, tantos años más tarde, Carmeta no había conseguido acostumbrarse a ellos. Eso sí, sus sombreros eran los más exóticos, ¿no había que llevarlos? Pues que se lucieran. Eso enfurecía a Rosita porque, a pesar de sus vestidos lujosos y a la moda, nunca podía superarla en el tocado.

Su hermana pequeña, Fina, estaba casada con un Lleal, familia con la que su padre compartía algunos negocios. Su marido era concejal del partido conservador, que gobernaba en esos momentos en el ayuntamiento. Isidro estaba empeñado en que Fina consiguiera de su esposo el apoyo a la enseñanza elemental y gratuita para todos, además de que se tratara a los obreros como personas.

—Y, ¿qué puede hacer ella en ese asunto? –protestó Carmeta.

—Una esposa ya sabe cómo hacer que el marido cambie de opinión.

—No me imagino a Fina discutiendo de política con Pepe.

—Tú no entiendes de eso —su padre esbozó una sonrisa burlona—. Te encanta la dialéctica, pero hay otras vías por las que una esposa puede influir.

—Y ¿qué vías son esas?

—Para averiguarlo, tendrías que casarte.

—Ya estamos. ¿Eso es lo que ha escrito en las últimas voluntades?

—Es por tu bien.

—¿Qué sabe usted lo que me conviene o no me conviene?

—¿Cómo piensas mantenerte cuando ya no esté?

—Tengo esta casa, ¿no? ¿O es que piensa quitármela si no me pliego a sus deseos?

—Claro que no, hija. Solo que es una casa grande, tenemos cochero, mayordomo, doncella y cocinera. ¿Cómo piensas soportar esos gastos tú sola el día que yo falte?

—Ya me apañaré.

No tuvo coraje de preguntarle si también le había buscado pretendiente o ese pequeño detalle lo dejaba a su elección. En ese momento, no estaba preparada para otro descalabro. La cabeza le daba vueltas y ni siquiera advirtió que Isidro había omitido hablar de su hermano pequeño Eduardo, el artista. Se despidió, con la excusa de dejarlo descansar un rato, y se retiró a su habitación. Cerró las contraventanas de madera, dejando la cristalera abierta para que el aire corriera entre las lamas. Tenía mucho en qué pensar. Llamó al timbre y le pidió a Isabela que, en cuanto llegara el notario, la avisaran y lo hicieran pasar a la biblioteca, donde ella lo recibiría.

Por primera vez era consciente de que, aunque su padre tenía una salud de hierro, con más de setenta años esa eventualidad podría ocurrir en cualquier momento. Ella administraba la casa, así que sabía que los dividendos que recibía no serían suficientes para sufragar los gastos. Ese dinero lo invertía en algunos caprichos y en sus libros. Tenía algunos ahorros y, por supuesto, podría reducir personal y gastos, pero ¿qué pasaría con sus queridos libros, sus vacaciones para explorar el cielo, sus sombreros? Entonces le vino a la memoria lo que había escuchado hacía algunos días en el mercado, que Isidro podría tener un hijo ilegítimo. A ella no le gustaba dar crédito a los rumores, pero entonces se le ocurrió que, de ser cierto, todavía complicaría más las cosas.

Hacía mucho calor y no conseguía dejar de darle vueltas a una situación que se negaba a aceptar, a tener que claudicar y verse abocada a un matrimonio de conveniencia a sus cuarenta y siete años. Decidió bajar a la biblioteca y concentrarse en la lectura del *Commentariolus*. Era un proceso que requería su total atención. Primero había que traducir del latín, luego reproducía los esquemas y cálculos en su libreta. En verano su padre no utilizaba el escritorio, así que estaba sentada con su libro, la libreta a su derecha, el tintero y la pluma detrás, y el secante a mano. No soportaba que la tinta se corriera y dejara borrones o le manchara la mano. Esa marca de tinta la veía propia de empleados y le parecía de lo más vulgar. Se levantó y cogió el diccionario de latín. Aunque se manejaba de forma más que aceptable, como autodidacta que era su conocimiento de la lengua era irregular y siempre encontraba términos que no sabía cómo interpretar. Se enfrascó en el libro. Ahí estaba el cuarto axioma, no pudo contener su emoción al ver por escrito lo que ella siempre había sostenido: que comparada con las estrellas fijas, la distancia entre la Tierra y el Sol era infinitamente pequeña. Empezó a garabatear algunos esquemas del sistema solar y cogió el secante. En ese momento el mayordomo llamó a la puerta.

—Adelante.

—El señor notario está aquí, ¿lo hago pasar?

—Gracias. Por cierto, no le comente nada de esto a mi padre.

—Descuide. Sigue dormitando en el porche.

Estaba concentrada en su descubrimiento y, al volver a la realidad, una extraña idea le cruzó por la cabeza. ¿Habría pensado su padre en Serafín como pretendiente? Dejó el secante que todavía sostenía y salió escopetada de la biblioteca, justo en el momento en que el mayordomo iba a abrir la puerta que separaba el pasillo del recibidor. Se volvió y la miró con sorpresa. Ella respiró profundamente y recompuso su postura.

—Creo que hablaré con él en el *hall*.

El mayordomo asintió con la cabeza y le abrió la puerta para dejarla pasar. Serafín examinaba un sombrero que ella había dejado sobre la consola, al regresar ese mediodía de visitar a su hermana Fina.

—¿Avestruz? —preguntó admirado.

—Veo que la has reconocido, ¿te gustan los animales exóticos? —dijo más tranquila por llevar la conversación a un terreno seguro.

—Me gustaría poderlos ver en libertad. ¿Y a ti?

Esa última pregunta sonó algo forzada, como si quisiera averiguar si podía volver a tutearla y cuál debía ser el tono de la conversación. Optó por ponerle las cosas fáciles, al fin y al cabo necesitaba que estuviera de su parte.

—En la Casa de Fieras me parecen de juguete, y ya sabes que a mí la naturaleza me parece mejor en todo su esplendor, pero no me veo recorriendo la selva. —Hizo una pausa y añadió—: Como la esposa de Livingstone, vamos.

Esperaba que no hubiera advertido el titubeo, la idea de que pudiera ser un candidato de Isidro no paraba de asaltarle y le costaba mantener la concentración. Serafín era tres o cuatro años menor que ella y siempre se habían entendido muy bien. De pequeños, a ella le gustaba más jugar con los chicos y, cuando el notario padre iba a su casa de visita, ella correteaba con su hermano

Juan y Serafín por el *badiu*. Siempre lo había visto así, como un hermano pequeño, pero era un hombre agradable, educado, tenía una buena posición y parecía que coincidían en más cosas de las que ella imaginaba.

—¡Quién sabe!

La contestación de Serafín le provocó un pequeño eclipse. Decidió plantearle lo que quería averiguar, no fuera a revelar esos otros temores que empezaban a hacerse un hueco en su pensamiento. No pudo evitar mostrar su desasosiego cuando habló.

—Sé que venías a ver a papá, pero necesito que me cuentes el resultado de tus indagaciones.

—Estoy haciendo cuanto puedo, pero no es fácil.

—No quería sonar apremiante, Serafín. Solo que tengo que entender cuál es la situación. —Sonrió para rebajar la tensión.

—Pensé que irías a la notaría.

A Carmeta le pareció adivinar un tono de decepción en la voz de su amigo. Estaba algo más tranquila al pensar que lo tenía de su lado y volvía a sentirse cómoda en su presencia.

—Tal como decías, he confirmado que tu padre nació en Alella. No sé en qué año se estableció en Badalona, pero se casó con tu madre en 1850. Respecto a tu abuela, al parecer ingresó en el convento de la Divina Providencia.

—¡Si está a dos pasos! —Se quedó pensativa un momento—. Pero es un colegio y ¿no estuvo mi abuela de monja de clausura?

—Efectivamente, fue un convento de clausura en sus inicios, pero la orden decidió levantar colegios para niñas y solo unas pocas conservaron los votos más estrictos. En todo caso, eso fue después de que ella falleciera en 1846.

—¿Qué has averiguado del otro asunto?

—No creo que aclaremos mucho. ¿Recuerdas la revuelta de los quintos de 1870? Yo era un muchacho y me vienen a la memoria algunos disturbios aislados. Algunos jóvenes asaltaron la parroquia de Santa María y quemaron los libros de bautizos entre

1849 y 1856 para evitar las levas, también el libro de actas del Ayuntamiento. Si Lidia Comas tuvo algún hijo en esos años, no podremos averiguarlo, pero no consta ningún nacimiento ni antes, ni después, solo su boda con Serratosa, de quien enviudó a los veintinueve años.

Serafín se detuvo, como dudando. Entonces la cogió del brazo con suavidad. Un cúmulo de sensaciones se apoderó de ella, como si los planetas vibraran por salir de sus órbitas. «La música de las esferas», pensó. El notario continuó con voz pausada.

—Carmeta, ya te he dicho que esperaba que vinieras a mi despacho y contarte todos los detalles con tranquilidad. Hoy he venido a ver a tu padre y no quiero hacerle esperar mucho, ya sabes que le gusta la puntualidad y no entendería un retraso injustificado.

—Lo siento —dijo temiendo que su mirada la delatara—. No quería importunarte.

—Tú nunca me importunas.

Seguía sujetándola por el brazo y al soltarse, sus manos se rozaron. Un nuevo choque planetario. Esta vez sus ojos también se encontraron y, por un momento, le pareció que esa mirada también vibraba. Se quedaron callados un momento. El notario rompió el silencio.

—Bien, entonces, te veo mañana.

—A ver si convences a mi padre de que nos deje hacer nuestra vida.

—¿Se lo pides al gran aventurero que estudió notarías para no enfrentarse al suyo?

La tensión acumulada se transformó en una risa liberadora que solo lograron interrumpir cuando apareció el corpulento mayordomo porque Isidro reclamaba la presencia del notario.

—Enseguida voy con usted.

Y, tras guiñarle un ojo, se despidió de ella con un forzado besamanos que volvió a arrancarles una sonrisa de complicidad.

Al día siguiente Carmeta se levantó temprano y, en cuanto hubo desayunado, se acercó al convento a preguntar por su abuela. Las monjas estaban en plena actividad antes de la misa tercia. Le dijeron que la única persona que tenía autoridad para hablar de cualquier monja o novicia era la madre superiora y que ésta no podría atenderla hasta el viernes. Se sintió decepcionada. Salió de nuevo por la pequeña puerta que daba a la calle Arnús y decidió acercarse a la notaría. Pasó por delante del nuevo mercado que habían inaugurado unos años antes y lucía esa arquitectura de hierro y cristal que se popularizó tras la construcción de la estación de Francia, en Barcelona. A ella le gustaba ese aire industrial, pero los colores de los puestos de fruta y verdura, la mayoría en la calle, era lo que más le llamaba la atención, y más al inicio del verano con las fresas, ciruelas, albaricoques y cerezas llenando de color las paradas. Pensó que a la vuelta le compraría unas fresitas a su padre.

El notario le contó que su abuelo Francisco había fallecido durante una pelea en una taberna. Al parecer, un primo hermano de Isidro había caído en la segunda guerra carlista y las tierras que la familia tenía en enfiteusis habían vuelto a manos del señor de Alella tras la muerte de su tío abuelo, aunque había una finca por el lado materno de poco valor para el uso agrícola.

—Quizá le podáis sacar algún rendimiento, nunca se sabe —concluyó el notario.

Ella se sentía decepcionada por la poca información, no tenía interés en conocer detalles sobre las propiedades de su familia. Se quedó ensimismada, hasta que de pronto recordó la conversación de su padre y su hermano unos días atrás.

—Mi padre mencionó a un tal Cipriano nosequé que todavía vive en Alella y era amigo suyo.

—El nombre es poco frecuente, pero necesitamos más información.

—Claro —se quedó pensativa un momento—. Es que estaba más atenta a la discusión que mantenían con mi hermano. Ya sabes cómo es papá.

—Veremos qué se puede hacer —contestó Serafín y, con un brillo en los ojos, añadió—: Podríamos acercarnos a Alella a preguntar.

—¿Quieres decir que me acompañarías? Que iríamos los dos, vamos.

—Por supuesto, será parte del encargo que me has hecho —dijo en un tono demasiado formal que le sonó a excusa.

Mientras volvía a su casa, Carmeta repasó la conversación. Parecía que el interés de Serafín iba algo más allá de lo estrictamente profesional. Aunque, por otro lado, debido a la amistad que los unía, era normal que se implicara de forma más personal. Quizá el leve temblor que había percibido cuando le contó los detalles de la excursión eran solo imaginaciones suyas. Claro, era una tonta. Se sonrió ante su estupidez al pensar que Serafín pudiera estar interesada en ella. Y ella, ¿qué sentía? No quiso indagar en sus propios sentimientos. Pero siguió dándole vueltas a esa conversación y se le olvidaron las fresitas.

El viernes regresó al convento. La habían citado a las ocho de la mañana y llegó puntual. A esas horas la brisa todavía no se hacía sentir y el calor era sofocante. Una vez dentro del edificio principal, la dejaron en la sala de visitas. La temperatura era mucho más fresca tras los gruesos muros de piedra. Contempló la estancia; un banco bajo un ventanal constituía todo el mobiliario y el blanco de las paredes desnudas lucía algún desconchón. Observó una extraña celosía que cubría la pared opuesta a la ventana y pensó que era, a la vez, un símbolo y un testimonio de la época de clausura. Notó un escalofrío. Tuvo que esperar poco rato antes de que la condujeran ante la madre superiora que la recibió en una sala amueblada con austeridad. La religiosa se dirigió a ella con una voz cálida y acogedora. Su aspecto severo era solo una tapadera, pensó.

—Bienvenida a la casa del señor. Me dijeron que quería saber más sobre su abuela. Usted dirá.

—Tengo entendido que estuvo de clausura aquí hacia los años 40. Se llamaba Paulina Casanoves, espero que pueda encontrar información en los archivos.

A la superiora le brillaron los ojos antes de contestar.

—No hace falta que los consulte, sé quién era.

No esperaba que aquella venerable señora hubiera coincidido con su abuela, pero resultó que se conocieron cuando la religiosa era apenas una novicia. Le contó la impresión que le causó el conocer la historia de su abuela:

—Habían matado a su marido y decidió ingresar en el convento para no ceder a las presiones para que volviera a casarse. Era una mujer hermosa, con una mirada de un azul profundo, labios en forma de corazón y una presencia que irradiaba una luz especial —le contó la religiosa—. Incluso durante todos esos meses en que no supo de su hijo (de su padre de usted vamos) mantuvo el temple, pero luego, al darse cuenta de que no volvería a tener su cariño, se fue apagando. Él vino a visitarla sólo una vez. En esa época, la clausura era rigurosa. Como todavía no había profesado los votos, fui la encargada de recibirlo. Lo recuerdo muy bien porque él debería tener mi edad. No sé de qué hablaron, pero esa noche en el refectorio no paraba de llorar. Derramaba sus lágrimas en silencio, como si no quisiera importunarnos. Por entonces, yo también estaba experimentando el dolor de la separación. La ausencia de mis padres era una pulsión sorda que lo invadía todo. Yo todavía no había aprendido a dedicar mi amor al Señor, por eso me conmovió tanto comprender su renuncia. Cuando intenté consolarla, la madre superiora me reconvino y me hizo ver que la penitencia era el camino para alcanzar la pureza y la santidad. Le puedo asegurar que su abuela, en ese sentido, fue una mujer de gran entereza. Al día siguiente volvió a la rutina de su vida de recogimiento y no volvió a mostrar ningún signo de

147

flaqueza, pero me consta que hizo un gran sacrificio porque esa luz se fue apagando.

Carmeta se había quedado callada, no sabía qué decir. Después de tanto tiempo intrigada por conocer sobre su abuela, se encontraba con una historia que no entendía por qué su padre se empeñaba tanto en ocultar. La madre superiora se levantó, se acercó a un armario y sacó una caja. Después de rebuscar entre los papeles, extrajo una carta y se la tendió.

—Era para su padre, imagino que se la puedo entregar a usted.

—¿Por qué no se la hicieron llegar a él?

La superiora suspiró un momento, como si tomara fuerzas para poder continuar.

—Paulina dejó encargado que se le entregara al notario en el momento de su muerte, pero en esa época iniciamos las obras para el colegio y se traspapeló. Cuando fui designada como superiora unos cuantos años más tarde, inicié la organización de los archivos y la encontré. Su padre ya no vivía en Alella y no supieron darnos sus señas.

—Se lo agradezco —contestó Carmeta con las cejas fruncidas.

La madre superiora se quedó callada un momento, con la mirada baja, como perdida en sus recuerdos. Levantó sus ojos vidriosos hacia ella.

—Será mejor que la lea usted misma. No sea demasiado dura al juzgarlo.

Carmeta supuso que había querido decir «juzgarla» y no sabía si se refería a la abuela, a la situación, pero no quiso aclararlo para no parecer descortés en caso de que no fuera más que un error sintáctico. Solo supo añadir:

—Me hubiera gustado conocerla.

—No lo dude usted su abuela fue una persona generosa. Además de su sacrificio personal, la aportación económica que hizo a la congregación, sin ser sustanciosa, fue importante. Ya le he dicho que fue una santa y estoy segura de que el Altísimo la tiene a su lado —antes de despedirse, la superiora todavía añadió—. Si alguna vez necesita algo de nosotras, ya sabe dónde encontrarnos.

Al salir a la calle, se dio cuenta de que había cogido frío y el aire que se estaba levantando no ayudaba a mitigar esa sensación. Aunque había previsto pasar por el puesto donde solían comprar la fruta y hacerse con esas fresitas que a Isidro le encantaban, enfiló la calle de la Piedad a buen ritmo para llegar cuanto antes a casa. Tenía que leer aquella carta. Ni se le pasó por la cabeza que debía dársela a su padre, aunque fuera él a quien iba dirigida.

Al llegar a casa, dejó la pamela encima de la consola y subió las escaleras sin siquiera saludar al mayordomo. Entró en su cuarto, se desabrochó el vestido de gasa que la oprimía y se sentó en la silla del tocador. Tenía la carta en sus manos, pero no se atrevía a rasgar el sobre. Acarició la tinta traslúcida y resacada por el tiempo, sentía nostalgia por todas las cosas que pasaban de largo y no podían aprehenderse. Siempre se había sentido muy unida a su padre y le intrigaba conocer sobre ese pasado que él se resistía a compartir. Admiró durante un buen rato esa letra casi infantil, a pesar de saber que no era la de su abuela. Por fin, tomó un peine y usó el mango a modo de abrecartas. No esperaba descubrir la historia que leyó.

Querido hijo,

He mandado escribirte estas letras con la esperanza de que algún día me comprendas y perdones.

Tu padre, que el señor lo tenga a su lado, siempre fue un esposo atento y un hombre ejemplar. Defendió los intereses de la familia y también luchó por conseguir las mejores condiciones por la cosecha de los vecinos. No les creas si te hablan mal de él o te dicen que era violento. Miquel Gurri lo mató por la espalda. Era un sicario del señor de Alella al que llamaban el Nano y se la tenía jurada a tu padre. De joven me había pretendido y al dejarme viuda quería que me casara con él, como si yo no me enterara de nada. Cuando enfermaste de cólera tuve que pedirle al señor de Alella que me consiguiera medicinas y ahí me dijeron que quien pide, está obligado a dar y que testificara a favor del Nano en el juicio. Es la mayor vileza que se puede pedir a una viuda. Lo hice por ti, hijo de mi vida, y no me arrepiento. Pero luego no podía continuar a tu lado, los vecinos me negaron el saludo y tuve que abandonar la casa de tu padre. Tú estabas en Valldemía y no podía permitir que la maledicencia te manchara a ti también. Con el usufructo que me quedó en herencia, pude ingresar en el convento y voy guardando unos ahorros para ti.

Rezo por ti todas las noches y, aunque me digan que mi deber es solo con Dios, ya no me quedan lágrimas de tanto añorarte. Recuerdo las vigilias cuando estabas enfermo y yo te acurrucaba entre mis brazos. También los cuentos bajo la higuera, que tenía que repetir palabra por palabra. Siempre fuiste un chiquillo débil, pero el más cariñoso. Sé que serás un hombre de provecho y espero que todos mis rezos sirvan para que el ángel de la guarda guíe tu camino.

Tu madre que te adora,
Paulina

A Carmeta le costaba reconocer a su padre en ese niño débil que la abuela describía. No se lo podía imaginar dejándose mecer por el abrazo cariñoso de una madre, ni mucho menos llorando por no poder recibir esas caricias esa tarde en que fue a visitar a la abuela, tal como ella lo contaba en la carta. Se daba cuenta de que esa imagen que su padre les había transmitido de una madre fría y distante, no se ajustaba nada al sufrimiento que desprendían sus palabras. Rompió a llorar. También ella echaba de menos el cariño y el afecto de un abrazo.

8

Badalona, principios de Julio de 1898

Carmeta tendió la sombrilla al mayordomo y dejó pasar a Carolina, que cargaba con el capazo en el que estaban las prendas mojadas.

—Espero que hayan disfrutado de los baños —dijo el mayordomo con su profesionalidad distante.

—¿Está mi padre?

—Todavía no ha regresado de la fábrica.

Torció el gesto. Isidro solía pasarse todos los días por el taller, pero no era corriente que se entretuviera tanto rato. Algo no marchaba bien.

—Dígale a Isabela que lave estas prendas, la sal es muy mala para los tejidos. Y que las tienda a la sombra. Nosotras vamos a arreglarnos un poco, que suba dentro de un rato para ayudarnos con el peinado. —Hizo un gesto a su sobrina—. Ahora verás lo que es tener una sala de baños como Dios manda.

Subieron la escalinata de mármol hasta su habitación. Sacó dos toallas del armario y entró en la sala de baños, una de cuyas puertas daba directamente a sus estancias. Abrió el grifo del agua caliente y alzó la voz para que Carolina la oyera.

—¿Tienes sed? Llama para que la doncella nos suba una limonada. Si te parece, me doy un baño rápido para quitarme la sal y la arena. Luego te bañas tú.

Puso la mano bajo el chorro para comprobar la temperatura, ajustó el grifo del agua fría, puso el tapón y dejó que se llenara la bañera. Volvió junto a su sobrina, justo en el momento en que la doncella aparecía con la limonada en una jarra tapada con un pañuelo de hilo bordado y dos vasos de cristal tallado.

—¿Los dejo encima de la cómoda?

—Sí, por favor. Puede retirarse, cuando nos hayamos aseado la volvemos a llamar. Prepare unas tenacillas.

La chica se despidió con una ligera inclinación de cabeza. Mientras su sobrina saboreaba la limonada, se quitó el vestido. Un trozo de hielo había caído en el vaso de Carolina y se dedicaba a triturarlo con las muelas.

—Una pena que no tuvieran hielo en los baños —dijo su sobrina y casi se atraganta con el cubito.

—Un fastidio, diría yo —contestó mientras se desvestía—. No hay quien pueda con una zarzaparrilla calentorra.

—Podríamos haber ido a la cafetería de la Rambla, cuando nos ha invitado el señor notario.

—Hija, una cosa son los baños y otra una cafetería. Con esta vestimenta y, sobre todo, con estos pelos, no estábamos en condiciones.

Carolina asintió con la cabeza.

—Parece simpático. Yo me lo imaginaba más serio.

—Y un gran nadador, ¡quién lo hubiera dicho! —se le escapó un silbido a Carmeta.

—Ya veo que te has fijado bien... también él estaba muy pendiente —continuó hostigándola Carolina.

—¡Uy! Somos amigos desde pequeños —trató de restarle importancia.

—¿Y os habéis gustado desde entonces?

152

Estaba plantada en medio de la habitación, en enaguas. Su sobrina la miraba divertida. Se quedó pensando qué contestar, cuando oyó el chapoteo del agua y se precipitó a la sala de baños, no fuera a desbordarse la bañera.

—Me meto en el agua, no tardo nada.

Cerró la puerta, se quitó la enagua y se metió en la bañera. Seguía pensando en lo que había insinuado su sobrina. ¡Qué tonterías decía! Cogió la manopla y el jabón perfumado y se frotó con suavidad. Siempre le producía una extraña sensación cuando veía su cuerpo desnudo. Un vientre plano y unos pechos generosos que no habían podido dar ningún fruto. Suspiró. El agua había ya eliminado los restos de una arena gruesa que se desprendía con facilidad. Emergió de nuevo y se secó con cuidado, para que no quedaran restos de humedad que acababan resecando la piel. Se miró al espejo. Nunca había sido una belleza y las canas habían hecho aparición hacía algún tiempo, aunque se limitaban a algunos mechones en las sienes. No se veía mal. Incluso con la toalla a modo de túnica, su escote lucía todavía lozano. Cuando se dio cuenta de por dónde iban sus pensamientos, se sonrojó y abrió la puerta de su cuarto.

—Cariño, pasa cuando quieras. Ve con cuidado con el agua caliente, no vayas a quemarte.

Carolina se echó a reír cuando vio a su tía enfundada en la toalla y toda despeinada. Ella le contestó con un intento fallido de mirada de odio.

—¡Cómo te vuelvas a reír, verás los tirones que te daré cuando te peine!

—Parece una diva de esas de la ópera, con una nariz recta que le da un porte aristocrático y una mirada de intenso azul.

—¡Qué bobadas dices! Si tengo los ojos de sepia muerta.

—Es lo que ponen en las revistas.

Se la veía feliz. Una de las cosas que le gustaba más de estar con sus sobrinos era esa sensación de vivir sin complicaciones, aceptando lo que venía a cada momento. ¿Cuándo se había hecho mayor y había empezado a preocuparse por lo que tenía que venir, por lo que ya había sido? No lo recordaba, pero pensaba que, aunque los tildaran de estúpidos o atolondrados, a veces lo mayores deberían fijarse más en los niños y disfrutar del momento.

—*Carpe diem* —dijo sin darse cuenta.

—¿Qué has dicho, tía?

—Nada, cariño. Pensaba en voz alta.

Cerró la puerta del baño y comenzó a vestirse. Aquella mañana de playa había sido agradable. No esperaba gran cosa de los baños que todos loaban, pero sentir el agua fresca del mar, la sensación de libertad que daba flotar y dejarse mecer por las olas, que ese día habían respetado a los bañistas, oír las risas ahogadas por el viento y el rugir del mar, resultó ser una experiencia mucho más intensa de lo esperado, casi transformadora. Dudó sobre si ponerse las medias, pero tras desechar la idea en un primer momento, se las colocó y se calzó los zapatos con lazada. El calor empezaba a apretar. Tomó un vaso de limonada.

—¿Cómo vas? —preguntó.

—De maravilla, tía. Esto sí que es un gusto, sin traje ni nada.

—¡Qué cosas tienes!

—Pero si es verdad. Le voy a decir a mamá que me encargue uno como el suyo. El mío, en cuanto se moja, es un engorro.

Había sido un acierto lo del traje. Algunas señoras la miraron con una mezcla de curiosidad y desdeño, pero al meterse en el agua pudo moverse con agilidad, mientras ellas luchaban con sus vestimentas. Lo peor había sido conseguir no mojarse el pelo. Tenía que buscar una solución para ese tema, porque mantenerse con la cabeza erguida todo el rato era molesto y ahora le dolía el cuello.

Decidió ponerse el vestido más tarde, no fuera a mojarse, mientras le lavaba el pelo a Carolina.

—Me hace ilusión que me lave el pelo, tía. Como cuando era pequeña.

—Pero, ¡si protestabas todo el rato!

—Pues no me acuerdo.

Cuando volvió a verse en el espejo, su aspecto le pareció ridículo, no solo por ir en enaguas y calzada, sino por toda la parafernalia de esa vestimenta. El vestido de las mujeres era un incordio. Siempre tenían que ir perfectas y a la moda: ahora enfundarse en un corsé que no las dejaba respirar, luego adelgazando hasta desfallecer o aguantando quilos de ropajes y sin casi poder moverse. Si a ella la dejaran... Dobló la toalla usada y la utilizó para apoyarse cuando se arrodilló a la cabeza de la bañera. Tenía un jabón líquido perfumado a la bergamota que su padre se hacía traer de Marsella y al que llamaba *shampoo*. Enjabonó el pelo de Carolina con cuidado y le dio unos masajes, como él le había enseñado a hacer, aunque con los largos cabellos de una mujer era más difícil. Porque ya no se podía calificar de niña a su sobrina. Su cuerpecito había adoptado las redondeces de la adolescencia. Desvió la mirada, no le parecía correcto verla desnuda ahora que ya era una mujer.

—¿Has pensado lo que te dije?

—¿A qué se refiere, tía?

—A lo de estudiar. Tú tienes buena cabeza y no solo para peinados.

—Por un lado me gustaría estudiar más las plantas y buscar nuevos remedios para curar a los enfermos. Me gustaría ir a París y conocer a Pasteur y todo lo que están descubriendo sobre los microbios. Y viajar a la Cochinchina; o mejor a la Amazonía: donde seguro que quedan muchas plantas por catalogar y un montón de venenos interesantes. ¿Sabe que algunas tribus las utilizan como medicinas?

—¿Y por el otro?

—No creo que a Jacinto le hiciera mucha gracia que viajara sola por ahí. Lo hemos hablado y él incluso estaría dispuesto a acompañarme, pero tiene que atender los negocios de la familia.

—Eres todavía muy joven para condicionar tu vida a los planes de otra persona.

—Usted no lo entiende, tía. Es el hombre más maravilloso del mundo. Él sí quiere que yo estudie. Pero otra cosa es que si me hago boticaria pueda dedicarme luego a la profesión. Llevar una casa y una familia es harto complicado.

Pensó que, aunque a veces Carolina se comportaba como una chiquilla, a esa edad se combinan el candor y la inocencia de la niñez con los razonamientos y los proyectos de la edad adulta. No tenía argumentos para contrarrestar esa ilusión, decidió reflexionar más sobre el tema y hablarlo en otro momento.

—Mete la cabeza bajo del agua, que te enjuago bien.

Cuando emergió de nuevo, le tendió la toalla y la dejó sola para que se secara.

Llamó a la doncella que apareció al poco con las tenacillas calientes. Se sentó en el tocador y dejó que la chica la peinara. Siempre le había encantado que le mecieran el pelo y entrecerró los ojos para poder disfrutar más de esa sensación. Su recogido era bastante simple, aunque le gustaba que quedaran un par de tirabuzones sueltos, odiaba esos moños tiesos que la envejecían tanto a una.

Enseguida apareció Carolina y tuvo que advertirla con la mirada cuando casi deja caer la toalla delante de la criada.

—Vaya a calentar las tenacillas de nuevo, se han enfriado.

Cuando la muchacha salió de la habitación, no pudo disimular una sonrisa bajo ese ceño falsamente fruncido.

—Cabeza de chorlito, ya no eres ninguna niña.

—Lo siento, tía. Si me ha visto el culo desde que nací.

Puso los ojos en blanco. Si había que explicárselo, mal iban. Pensó que ya se daría cuenta por sí misma en muy poco tiempo.

Terminó de vestirse con un traje de hilo y manga corta de color hueso con bordados en la botonadura central. Luego empezó a peinar a su sobrina, con el cabello mojado había que tener cuidado para deshacer los enredos sin tirones que dañaban el pelo.

Cuando volvió, Isabela le dijo que su padre ya había regresado. Dejó que ella terminara el peinado y decidió que la esperaría charlando con él en el salón. No había encontrado todavía el momento de entregarle la carta de su abuela.

—¡Tendría que probar los baños, padre!

—No estoy de humor para bromas, hija.

—Lo decía totalmente en serio. A usted que siempre le ha gustado la playa, seguro que le sentarían bien.

—Entonces, ¿qué tal el balneario?

—No les habían servido el pedido de hielo, fíjese usted

—Eso será cosa del Titus, seguro que no quiere que le hagan la competencia. ¿Había mucha gente?

—A primera hora, no hemos tenido que hacer casi cola para cambiarnos en las casetas. Pero luego, estaba todo el mundo.

—Habrán hecho buena caja, entonces. A dos pesetas el baño, en seguida te haces con más de cuatrocientas —contestó su padre, a quien hablar de negocios le mejoraba el humor—. Y cuando esté todo funcionando, más.

—A mí me ha parecido que estaba todo abierto. Bueno, excepto porque no había hielo.

—Todavía están negociando con los del ferrocarril. Quieren vender un billete mixto, viaje de ida y vuelta en segunda y baño incluido por tres pesetas.

—¡Entonces se va a llenar de gente de Barcelona!

—Sí, ya le dije yo al Titus que lo que tenía que hacer, en lugar de protestar, era dejar que los de Barcelona fueran a la Concha y trabajarse la clientela local. Aquí hay negocio para todos.

—El lunes voy a acompañar a Serafín a Barcelona —mintió.

—No sabía que teníais tanta confianza —dijo con tono de guasa.

—Me ha pedido que le ayude a escoger un traje para su hija.

—Lo que sea —continuó socarrón—. Si necesitas el coche, no hay problema.

Isidro cambió la expresión cuando apareció Carolina. Ella se le acercó mimosa y lo besó en la mejilla. Isidro devolvió el saludo cariñoso y empezó con el interrogatorio clásico sobre los estudios y sobre los posibles males del corazón. Carmeta calibró que no era el momento de sacar el tema de la abuela Paulina.

Había sido una pena que el cochero que había contratado Serafín se hubiera indispuesto. Al final tuvieron que coger el coche de Isidro, lo que había retrasado la partida más de una hora y habían llegado a Alella cuando el calor empezaba a sentirse. Una vez en la plaza Mayor, se dio cuenta de que no tenían ningún plan trazado. La indagación sobre sus ancestros les había llevado a una aventura que se le antojó disparatada. Por una vez, decidió ponerse en manos del notario y ver qué plan sugería. Después de todo, dar un paseo por el pueblo del brazo de Serafín era una perspectiva de lo más agradable y decidió no pensar más. Él parecía también dubitativo, miró a ambos lados de la plaza y le hizo un gesto con la mano izquierda.

—Lo mejor será empezar por la iglesia.

El edificio de planta renacentista era sencillo, pero tenía una hermosa vidriera. Se santiguaron con agua bendita y se acercaron a una capilla lateral, donde el sacristán estaba limpiando.

—¿En qué puedo ayudarles?

—Queríamos saber más sobre la familia de la señora; sus antepasados vivieron aquí.

—Me temo que no le podré ser de gran ayuda. Aparte de las partidas bautismales, claro. Llevo apenas tres años en este pueblo, pero como el cura necesitaba a alguien que le echara una mano... Aquí son todos muy cristianos, no me malinterprete, sobre todo usted, señora, ya que dice que es del pueblo, pero están ocupados con las viñas y no tienen mucha vocación, así que dejé el trabajo duro y ya ve, ahora me toca arrodillarme a diario, pero ante el altísimo.

Empezó a impacientarse. No quería servir de tertuliana a un pobre hombre que se sentía solo en ese ambiente rural y cerrado. Decidió interrumpirlo.

—¿Podríamos ver esas partidas?

—Por supuesto.

El notario ya había tenido acceso a la información del registro, así que en el archivo parroquial no encontraron novedades interesantes: confirmaron la fecha de bautismo de su padre, la de la boda de sus abuelos, el enterramiento del abuelo Francisco, pero ningún rastro de Lidia Comas o de un posible hijo natural de Isidro. Se sintió decepcionada y no menos intranquila. El sacristán les informó que el cura estaba en casa de un pariente que se había puesto enfermo y que no los podría recibir. Se despidieron de forma algo adusta.

—Esto es salir del fuego para caer en las brasas —dijo Serafín al salir a la calle.

—Más nos hubiera valido quedarnos a darle conversación un rato más. Este calor es insoportable.

—¿Qué te parece si nos tomamos un refresco? Ahí mismo hay un café y, al menos, podremos estar a la sombra.

El establecimiento parecía remodelado hacía poco, lucía suelo de mármol y una barra de madera tras la que un camarero secaba copas de cristal. Un gran ventilador colgaba del techo que se reflejaba en las paredes de espejo. Serafín dejó su sombrero en la estantería de caoba que cruzaba la pared de extremo a extremo y que algún ebanista local había intentado tallar con poca maña.

—Yo también voy a quitarme este trasto —dijo Carmeta—. A ver si consigo que se me pase el calor.

Se quitó la pamela, la colocó con cuidado en la repisa y sacó un abanico de blonda color hueso y esqueleto labrado. Vio que Serafín lo miraba con curiosidad, empezó a abanicarse y mientras llegaba la limonada que habían pedido, fue recuperándose del sofoco.

—¿Me permites que le eche un vistazo? —dijo el notario señalando al abanico—. Marfil, ¿verdad?

—Sí, ¿te gusta?

—Está exquisitamente labrado.

Serafín observó el minucioso trabajo antes de devolverle el abanico y añadir:

—Una pena que maten a un hermoso animal para convertir sus colmillos en un adorno.

—Uy, no lo había pensado nunca de esa manera. Es curioso como tantas veces hacemos cosas sin caer en la cuenta de lo que hay detrás. ¡Con lo que a mí me gustan los animales!

—Sería fantástico poder ver a los elefantes o los leopardos en libertad, en lugar de convertidos en objetos decorativos. ¿No te gustaría viajar a África o a la India?

—Me encantaría, pero me da a mí que si no soy capaz de soportar este calor, quizá sea mejor que me dedique a viajar con la imaginación, para eso está la literatura.

—Sí, también es una opción... de segunda.

Le dedicó una sonrisa y pensó que quizá fuera una invitación. Aunque a ella le habían interesado siempre las estrellas, estaría bien conocer el mundo.

—Siento que el viaje hasta aquí haya sido en balde.

—Todavía nos queda hablar con Brugué, el amigo de mi padre, Serafín. Y si no, podemos volver otro día, a ver si nos recibe el cura.

—Disculpe si me entrometo, pero quizá podría ayudar a la señora.

El camarero la escudriñaba con sus ojos saltones, como implorando perdón por su entrometimiento. Era un chico espigado y salpicado por los granos que se movía en silencio por el local. Serafín le lanzó una mirada para pedir su aprobación, antes de contestar:

—¿Nos podría contar dónde está la tienda del señor Brugué?

160

—Sí, en la calle de Santa Madrona, pero me temo que a estas horas está ya cerrada, y no abren hasta las tres o las cuatro. El señor Cipriano, tiene unos horarios estrictos para cerrar el comercio, pero para abrirlo... lo hace cuando le conviene.

Estaba realmente decepcionada. Serafín le cogió de la mano, como si quisiera consolarla. Su primera reacción fue retirarla, pero le gustaba esa sensación: la interacción de la fuerza centrípeta que atrae y la centrífuga que aleja a dos cuerpos atados y en rotación. Él la miró con una expresión que denotaba ánimo y complicidad, antes de dirigirse de nuevo al camarero.

—¿Conoce usted a los Sabater?

—¿Los de Can Nara?

El notario la interrogó con la mirada, las cejas levantadas.

—Creo que sí —dijo ella.

—Mi abuela era una Sabater, pero la masía volvió a manos del señor de Alella al morir mi tío durante la guerra —dijo el chico.

—Siéntate con nosotros, ya que, al parecer, somos parientes.

No sabía hasta qué punto la historia había sucedido tal como se la contaba su primo lejano. Al fin y al cabo, tampoco él había sido testigo directo de los sucesos de aquella tarde en que mataron a su abuelo y, en los pueblos, cualquier incidente de cierta trascendencia se amplifica hasta convertirse en leyenda, pero el muchacho le había parecido cabal y lo creía poco dado a dejarse llevar por rumores y maledicencias.

—Mi abuelo, que entonces era un chaval y ayudaba a su padre en la cantina, siempre contaba que el Nano blandiendo su arma se dirigió amenazante a la concurrencia: «¿Quién quiere ser el siguiente?». Luego limpió la navaja en su fajín, hizo una señal para que sus acompañantes le siguieran y se marcharon con calma en dirección a la riera. Los compañeros del tío Francisco se acercaron para intentar taponarle la herida, pero aunque todavía tenía algo de pulso, estaba claro que nada se podía hacer ya. El tabernero mandó a su hijo, que era mi abuelo, a que avisaran a los carabineros que tardaron más de media hora en aparecer.

Toda la narración dejaba claro que su abuelo Francisco había sido una persona respetada en el pueblo, pero a ella le interesaba más averiguar sobre su padre y sus correrías de juventud, a ver si encontraba alguna pista del posible hermano ilegítimo.

—¿Qué sabes de Isidro? Era el hijo de Francisco, el primo de tu abuela.

—Uy, en casa no oí mucho de él. No se trataban con mi abuela, creo. Aunque ella no hablaba mal. Decían que fue un joven atento y vivaracho.

—¿Llegó a casarse?

—No que yo sepa, además le perdieron la pista cuando se fue del pueblo. Eso sí que se comentó mucho. La abuela lo mencionaba cada vez que alguien hacía lo que ella consideraba una locura: «Va a ser como cuando Isidro traspasó la barbería».

Tras un rato de detalles sobre la vida cotidiana del pueblo, no había mucho más que averiguar de momento, apuraron las bebidas y decidieron regresar. El corto paseo hasta el carruaje bajo el sol asfixiante los enmudeció. Durante el camino de vuelta, estuvo reflexionando lo que le había contado ese recién descubierto... ¿sobrino?

Serafín había intentado darle conversación en varias ocasiones, pero finalmente desistió y acabó dormitando con el traqueteo del coche. Al llegar a la altura de Ca l'Arnús, decidió despertarlo. Esa pequeña cabezadita parecía haberlo dejado un poco desorientado porque, en lugar de acompañarla a casa, dio instrucciones al cochero y se apeó delante del despacho.

—¿Te has divertido? —dijo el notario—. Quiero decir que espero que la excursión haya sido agradable... Que te haya sido útil, vaya.

Esa torpeza despertó su ternura. Le dedicó una sonrisa para tranquilizarlo y se despidieron. El coche continuó su trayecto por el Camino Real, torció a la izquierda por la riera de Folch, a la derecha por Alfonso XII. Antes de torcer de nuevo a la izquierda para tomar la calle Dos de Mayo notó una leve punzada en la boca del estómago. No habían acordado cuándo volverían a verse.

Cuando se acercaban a su casa, vio a su hermano Juan que subía pensativo en dirección contraria. Ordenó al cochero que se detuviera.

—¿De dónde vienes? —le preguntó Juan.

—No te lo vas a creer. He estado en Alella. ¿Sabías que al abuelo lo asesinó un matón? ¡Y por la espalda! Porque la abuela era una mujer muy guapa y ese hombre la había pretendido. Luego, al quedarse viuda, la estuvo presionando para que se casara con él. Y la obligaron a testificar en su favor, todo porque papá era un chico débil de pequeño y estuvo enfermo del cólera. Y necesitaba medicinas. ¡Papá! Figúrate, con la salud de hierro que tiene ahora. Por eso ingresó en el convento. Papá, no, quiero decir la abuela Paulina. Y entonces entró en una barbería, que el barbero también estaba enamorado de la abuela y, como no había tenido hijos, le dejó la barbería en herencia.

Soltó el discurso sin tomar aliento, pero se dio cuenta de que Juan estaba impaciente. Reconocía esa expresión de su hermano, toda su atención estaría puesta en buscar la vía para resolver lo que fuera que le rondaba por la cabeza.

—¿Qué pasa, Juan? ¿No te sorprende lo que te he contado?

—Por supuesto, lo único... No quiero preocuparte.

Aunque al principio le costó convencerlo, consiguió que se montara en el coche y acompañarlo hasta la fábrica, así podrían charlar con calma. La situación para los negocios de la familia no era halagüeña. El empecinamiento de su padre por dar crédito a los clientes sin un criterio mercantil, les había dejado en una difícil posición. La guerra de Cuba estaba perjudicando a algunos de sus clientes más importantes, uno de los cuales estaba en bancarrota. No iban a poder hacer frente al pago de la cuota trimestral a los Vehils. Isidro no había atendido a los razonamientos de Juan en su pretensión para gestionar el negocio de forma científica. Su hermano estaba furioso porque había rechazado descontar los pagarés o, incluso, pedir un préstamo al Banco de Crédito Colonial del que había sido fundador. Decía que era una cuestión de honor y que, antes que pagar intereses a los nuevos propietarios del banco, preferiría recurrir a su buen amigo Camil Fabra. Al oír ese nombre, Carmeta se removió en su asiento, esperando que su hermano no se diera cuenta de su agitación.

—Dice que va a ir a hablar con el viejo Vehils, ya que su nieto Jacinto pretende a mi hija, y que puede ser un buen momento para aclarar todo el asunto. ¡No tiene ningún derecho!

—Anda, no te pongas así.

—¿Y qué quieres? No me está dejando ni que, como padre, gestione los asuntos de mi casa.

Cuando se despidieron, no había sido capaz de sacar a su hermano del disgusto, ni convencerlo para que se marchara a su casa y dejara los asuntos de la empresa para otro día. No por volver a repasar las cuentas, aparecerían los deudores por la puerta a liquidarlas. La tarde se había hecho más soportable, gracias al levante que había soplado desde mediodía y llevaba aire más fresco desde el mar. Se afanó hasta su casa con la esperanza de que su padre estuviera receptivo.

Parecía bastante enfurruñado cuando se acercó al jardín para saludarlo. Le dio un beso en la frente y subió a su cuarto a cambiarse. El mayordomo le había entregado un sobre que llevaba el remite de Camil. Admiró la escritura sobria y elegante. Unas semanas atrás, hubiera corrido a su cuarto a leer esas letras tan esperadas, pero en ese momento no le apetecía adentrarse en las turbulencias que el marqués generaba a su paso. La dejó encima de la mesilla de noche, junto a la carta de la abuela, y entró en el baño a refrescarse.

Esa noche cenaron los dos en silencio en el porche. Estaba anocheciendo cuando le propuso a su padre dar un pequeño paseo por el jardín, una costumbre que adoptaron cuando ella era pequeña y habían ido perdiendo. Sabía que Isidro aceptaría porque, según él, la comida se digería mejor con una siesta, pero para la cena era un paseo lo que convenía para alejar la dispepsia y asegurar el descanso nocturno.

—¡Qué bien huele! ¿Jazmín?

—Mezclado con los lilos, ¿notas el matiz menos dulzón, hija?

—Creo que sí.

—La noche está hermosa y todavía se puede dormir.

—¿Por qué no se viene conmigo unos días a Camprodón? Por la noche hasta tenemos que usar una manta.

—Tengo asuntos de la fábrica, ya lo sabes.

—Que se ocupe Juan, padre, usted necesita descansar. Lleva varios días con mala cara.

—Ya descansaré cuando esté bajo tierra.

—¡No diga eso! —Y lo sacudió con suavidad del brazo antes de añadir—. Además, a usted le gusta mucho el campo y Carolina está progresando mucho con su estudio de las plantas del Pirineo. Estoy impaciente por ver sus acuarelas.

—Necesito solucionar algunos temas.

—Seguro que Juan consigue que Vehils acepte un aplazamiento del pago.

—No te lo tomes tan a la ligera. No he faltado jamás a mis compromisos y no va a ser esta la primera vez.

No volvió a insistir, sabía que era inútil discutir con su padre cuando empezaba con esas generalizaciones grandilocuentes sobre sus principios indelebles. Al regresar a su habitación, le sorprendió haberse olvidado de la carta de Camil. Siempre estaba pendiente de esa correspondencia que ambos mantenían medio a escondidas. Aunque no había mucho que ocultar: las conversaciones entre ambos se sostenían dentro del límite interior de lo decoroso. Siempre al borde de un agujero que amenazaba por engullirla en una espiral de emociones, si no empujaba en dirección contraria. De algún modo, también el marqués se mantenía en el confín, mostrándose más efusivo cuando ella se distanciaba, marcando el límite cuando ella se había mostrado algo más imprudente. En un juego que los mantenía en equilibrio gravitacional. Rasgó el sobre y se puso a leer, su pulso se había acelerado.

Mi muy querida María del Carmen,

Espero que esos días en el Pirineo le sirvan de reposo y que la meteorología le sea favorable para realizar buenas observaciones de las Perseidas. Este verano iremos con mi esposa a tomar las aguas en Baden-Baden. A la vuelta me gustaría conocer su opinión sobre algunos aspectos del proyecto del Observatorio.

Cuídese mucho.

Camil Fabra

PS Todos estamos sufriendo con el desastre de Cuba. Ya acordé con su hermano Juan que le ampliaba el crédito, aunque no sé si logré tranquilizar a su padre. Recuérdele que además de un buen cliente, es un amigo.

El texto era escueto y distante. Sintió un vacío en su interior, como la decepción tras un eclipse parcial de luna, breve, insuficiente. Se desvistió, se puso el camisón y se tumbó encima de la cama. El sueño y los acontecimientos del día la vencieron de inmediato.

9

Badalona, 1853

Isidro se había quedado en el balancín. Cada vez dormía menos horas y sabía que, si se acostaba antes de medianoche, se despertaría al alba. No había querido demostrar su abatimiento delante de Carmeta, pero su vida se desmoronaba a su alrededor. Por más que le daba vueltas al asunto, no lograba comprender cómo había llegado a verse en esa tesitura. Años de esfuerzo, de levantarse de madrugada para barrer el salón de su barbería con las manos heladas por el frío, de no malgastar ni un real como le había enseñado Marcelino, de buscar oportunidades para que su familia pudiera prosperar, de recuperarse tras cada traspiés porque el progreso bien lo valía. Si no hacía frente al pago, además de faltar al honor, ya se encargarían de reclamarle alguna indemnización en los tribunales y tendría que desprenderse de parte de los bienes que había ido atesorando con tanto esfuerzo. El viejo Vehils, un señorito que nada de provecho hizo en la vida, como esos compañeros que le hicieron la vida imposible en Valldemía, que lucían sus apellidos con altivez y porte señorial para camuflar su insignificancia. Solo había sido capaz de dar lustre a su condición de ciudadano acomodado con su limitada capacidad para arrendar o malvender los terrenos que había heredado de sus antepasados.

Lo recordaba en una tertulia en el café Cuyás, lanzando un sermón:

—No sé quién os manda meteros en negocios si no tenéis los medios.

—Si no levantáramos industrias, seguiríamos en la Edad Media —contestó él.

—Y tan tranquilos que estábamos, sin todos esos muertos de hambre que dejan el campo para venir a mendigar a la ciudad —continuó Vehils con su voz atiplada.

—La gente va donde tiene oportunidades —insistió Isidro.

—La gente va donde se la deja. ¡Estaríamos buenos! A ver, Sabater, que no estoy hablando de los que son como vos. A lo mejor os falta clase y os creéis con derecho a entrar en sociedad por tener cuatro reales. Pero, al menos, sois personas de orden. Lo que digo es que tanta industria nos está trayendo a demasiada gente que son medio salvajes y no tienen ningún respeto por los estamentos. Nada bueno se puede esperar. Yo, desde luego, no los tendría en mi casa, con la cara sucia, desdentados y solo preocupados por las bajezas del hombre: comer, beber y holgar.

—¿Acaso hay algo más que importe? —intervino Salvador Casals con una carcajada.

—La moral, ¡por encima de todo!

Aunque su cara no era ya más que una calavera y esos rasgos angulosos que antaño suscitaban admiración ya solo le conferían un aspecto deletéreo, Vehils no había desaprovechado ninguna oportunidad para hacer suspirar a una mujer. Moral, decía, y todavía se permitía la libertad de dar lecciones. Quien, además, no había arriesgado nada en la vida. Él, en cambio, nunca se había conformado y luchó ante cada adversidad hasta convertirse en un empresario rico y un hombre influyente. Aunque, a decir verdad, con los vaivenes de la política municipal en ese año, en el que hasta cuatro alcaldes se sucedieron al frente del Ayuntamiento, no sabía ya con qué aliados contaba.

Recordó una tarde poco después de establecerse en Badalona. Le dolían los pies tras más de diez horas de pie en su barbería. Había alquilado habitación justo encima de Can Salat, una tienda de salazones. La dueña le recomendó que calentara un poco de agua con sal para aliviar el cansancio.

—Si se la frota en seco, le hará un buen masaje —le dijo—. La sal es buena para muchas cosas, la gente no se da cuenta de la importancia de la sal, aunque resulta imprescindible para asegurar la conservación de los alimentos.

Aquella conversación le dio una nueva perspectiva sobre la sal. En las grandes ciudades, alejadas de la producción directa, era un bien muy valioso, de ahí que la paga a los soldados romanos se llamara salario, como había aprendido de su posterior afición por los clásicos. Poco después de casarse iniciaría el negocio de importación de sal de las Pitiusas.

Pronto había comprendido que la visión para los negocios era algo muy personal y no convenía dejarse llevar por la opinión de los demás; era demasiado fácil dar consejos cuando no había nada en juego. Desde su posición privilegiada en la barbería, oía cómo muchos se centraban solo en los inconvenientes, en glosar los infortunios que acechaban a las aventuras que otros emprendían. Luego, cuando las cosas iban bien, se hacían dueños de ideas que decían haber reconocido primero y, dando las excusas más pueriles, no habían perseguido. También estaban los soñadores, que iniciaban un proyecto tras otro sin llegar nunca a nada, como Prometeo, a quien el águila devoraba el hígado para que volviera a crecerle en una agonía eterna.

A él le gustaba maquinar proyectos. Pensaba en los pros y contras y, como no se consideraba un aventurero, desechaba la mayoría. Se informó a fondo, averiguando con sus antiguos caseros cómo se proveían de sal, cuál era la fluctuación de precios del mercado y cómo se transportaba desde las islas. Ponderó sus opciones antes de animarse: dónde podría almacenar la sal y qué empresarios podrían utilizar su producto. Creía que el riesgo estaba calculado. Sin embargo, ese primer proyecto, alejado de su experiencia en la atención directa al público, no saldría como él esperaba.

—No entiendo qué afición tienes a meterte en líos.

—No son líos, Mercè. La industria alimentaria va floreciendo a medida que hay que dar de comer a una población creciente.

—¿Acaso la barbería no es un negocio floreciente?

—Es distinto, mujer. Yo creo que podríamos generar mayores ganancias y prosperar.

—O arruinarnos. No sé para qué quieres prosperar, ya atiendes a la clientela más selecta y te codeas con concejales y propietarios. Es lo que querías, ¿no?

Pero él se sentía capaz de más. Su interés por la sal surgió después de que unos parroquianos contaran una historia que le fascinó. Durante uno de los asedios a Barcelona en la primera guerra carlista, la ciudad se quedó sin sal y un grupo de comerciantes convocó una competición para traerla desde Ibiza. Solo el barco que llegara primero ganaría el trofeo y podría vender la sal al precio marcado. Varios barcos se hicieron a la mar y ganó el Halcón Maltés, una goleta de Baltimore. Recordó entonces que, ya en una ocasión, los pescadores habían hecho alusión al tema. Empezó a investigar la importancia de asegurar un suministro directo, se interesó por los costes y por cómo se almacenaba una vez llegada a puerto.

Su viaje a Ibiza con la pretensión de negociar en directo con los salineros sí fue una verdadera aventura. Tonet, al que había seguido frecuentando, porque admiraba su valor y capacidad de liderar, amén de una inteligencia privilegiada, le había puesto en contacto con un capitán que hacía la ruta desde la ciudad condal. El puerto de Barcelona no tenía muelles, sino solo una rada en la que fondeaban los mercantes a la espera de ser cargados o descargados. El proceso se hacía mediante barcazas y gabarras que trajinaban cajas, sacos, bidones y todo tipo de mercancías en numerosos trayectos. El ajetreo que se formaba le pareció fenomenal: todos esos hombres trabajaban casi al compás, como insectos diminutos que almacenaban las provisiones en las entrañas de un enorme hormiguero.

Entró en el Gato Negro y preguntó por el capitán del María Teresa, como le había indicado Tonet.

—¿El Tuerto? No tardará en llegar —contestó el tabernero—. ¿Qué quieres tomar?

—Un café, por favor.

No se le escapó la mirada de burla que el tabernero le dedicó, aunque no sabía si había sido por la bebida que había pedido o por las formas demasiado educadas. Era todavía temprano y el tumulto del que le habían prevenido no se produciría hasta que el anís y el ron empezaran a correr tras un rancho de patatas y raspas de pescado. Se sentó en una mesa y se dedicó a observar a los grupos de marineros que tenía a su alrededor, la piel amojamada, los modales bruscos y un lenguaje soez.

—Su primera vez en el puerto —dijo el tabernero al servirle el café—. No se deje impresionar. La gente de mar grita mucho para ahuyentar sus temores, pero los hay buenos y malos, como en todos lados. Ya lo verá. El Tuerto es buena gente. Perdió el ojo por culpa de un golpe de mar, muy mala suerte la suya. Un polipasto le dio en el lado izquierdo, la herida se le infectó y acabó perdiendo la vista. Si hubiera estado en tierra el médico le podría haber curado, pero en alta mar... Eso fue por las Indias, creo, no le gusta hablar del tema. Ahora solo se dedica al cabotaje y lo más lejos que va es a las Pitiusas. Pero ese barco que tiene, no sé yo, antes de meter nada de valor hablaría con la Lloyd.

—¿Se refiere usted a un seguro?

—Esos de la levita no son muy populares por aquí que digamos, pero a más de uno lo he visto besándoles el culo para cobrar por un naufragio. Y los hay que se pasan de listos, porque hundir un paquebote para estafarlos no es nada fácil. Te investigan todo, hasta si tienes los calzones limpios.

El María Teresa era una antigua barca de pesca que había reconvertido sus bodegas para poder transportar sal. Sus conocimientos de náutica se limitaban a la observación de los bueyes tirando de las barcas para vararlas en la playa. Le gustaba observar a los pescadores arriando a las bestias y las barcas emergiendo del agua, como monstruos marinos que se resisten a abandonar las profundidades, mientras conversaba con Tonet. Averiguaría por la vía dura que tanto la técnica de almacenaje de la carga, como el diseño de la nave son fundamentales para evitar el corrimiento de la mercancía y asegurar la estabilidad de la embarcación.

Era a principios de mayo cuando emprendió aquella primera singladura para negociar las condiciones de compra. Los salineros estaban acostumbrados a los mercaderes que lo mismo compraban sedas provenientes de oriente que vendían espadas al peso, preocupados por llenar sus bodegas en cada trayecto sin importarles demasiado con qué. Les ofrecían un precio, ellos intentaban mejorarlo con técnicas ancestrales, cerraban un trato y, la mayoría de las veces, no volvían a saber de ellos. Su oferta de crear una ruta estable para suministrar la sal a las industrias alimentarias nacientes interesó a algunos de ellos, que pensaron que eso daría más estabilidad a sus ingresos y los haría menos susceptibles a las fluctuaciones según el tráfico de mercancías del Mediterráneo. El negocio empezó a funcionar con unos beneficios muy modestos, porque el María Teresa solo transportaba mil fanegas en cada viaje y no podía conseguir precios demasiado buenos. En verano del año siguiente, el tráfico con Francia aumentó de forma significativa tras el nombramiento de Napoleón III como emperador, y supo que las montañas de sal se estaban extendiendo en los depósitos. Consiguió un buen precio, porque con las lluvias de otoño las mermas serían importantes.

La carga se estibó en las bodegas del María Teresa, mientras él disfrutaba de un gallo de San Pedro asado en una fogata al lado de la playa, como hacían los pescadores. El vino que le sirvieron no le pareció gran cosa y pensó que estaría bien poder contar con una bota del de su Alella natal.

Partieron cuando ya había oscurecido. La singladura hasta Barcelona duraba más de un día. Era la segunda vez que se embarcaba y, para aguantar el mal de mar, se quedó en cubierta; le había funcionado en la primera ocasión. La vela latina se inflaba con un levante que fue refrescando al amanecer, a medida que rolaba al norte. Ya casi no se divisaba la costa de la Pitiusa mayor. Las olas empezaban a formarse y chocaban con el casco por el costado. El María Teresa se balanceaba a cada embestida, zarandeándose como si fuera un tronco en una riada. Se había retirado al camarote, en cubierta era un estorbo. A medida que el mar se enarbolaba y las olas barrían la superficie, cada vez resultaba más peligroso continuar al descubierto. Se tumbó para no notar las náuseas y pensó en sus hijas. Podía ver sus caritas sonrosadas, que le dedicaban una sonrisa, la única alegría que tenía en su casa cada tarde cuando volvía de la barbería. Seguían siendo sus niñas, aunque Carmeta se empeñara en negarle esas carantoñas con que lo obsequiaba cuando era pequeña. Aquello lo hizo por ellas, quería ofrecerles una vida mejor.

Y lo había conseguido, sí. Se recordaba a sí mismo pidiendo la mano de Mercè, con la osadía de creer que su barbería era un negocio sólido, con el paso del tiempo se daba cuenta de que ese establecimiento, al que había dedicado tanto empeño, era poco más que un ejercicio de supervivencia. Había tardado más de treinta años en amasar una pequeña fortuna y un nombre, parecía que al fin podía darse por satisfecho: había hecho construir esa hermosa casa que sería para Carmeta, había logrado que Rosita desposara un chico de una próspera familia, su hijo mayor quedaba al frente de la fábrica... pero se sentía de nuevo a merced del temporal, como aquella noche fatídica. La deuda ciñéndose sobre él como una ola monumental que lo arrastraría al fondo del océano. Sus hijos habían crecido y podrían reponerse, pero estaban sus nietos. No podía decepcionar a la dulce Carolina, quería hacerla feliz con ese matrimonio que tanto anhelaba.

Los marineros intentaron formar un ancla de capa, pero la perdieron cuando intentaban atarla al molinillo. A palo seco, el barco se empecinaba en ofrecer su borda a las olas y, poco a poco, la escora se fue acentuando. Ocurrió lo inevitable: la carga se desplazó, el barco perdió su capacidad de volver a su posición tras los embates del mar, y el naufragio se hizo inevitable.

En su memoria solo era capaz de invocar algunas escenas, a fogonazos: un marinero caía al agua y se desvanecía entre las crestas de espuma blanca; el contramaestre gritó para que abandonara el camarote y lo había arrastrado hasta el chinchorro que utilizarían como barca salvavidas; él tumbado en el bote, cegado por el aguacero, y luego la lenta cadencia de las olas del mar de fondo. En algún momento el cansancio los venció y, cuando despertó, al rayar el alba, había amainado y la mar volvía a acunarlos como una madre arrepentida tras una azotaina. Los nubarrones todavía se recortaban en el horizonte, pero el sol luciría en un día de otoño. El rescate se produjo mucho antes de lo que esperaban y no tuvieron que sufrir la sed, el hambre y el frío que relatan los náufragos. Una aventura más que contar a los nietos, pensó entonces. Aunque la realidad era que se había arruinado por no haber contratado un seguro, por eso era algo de lo que no le gustaba hablar.

Fue la última ocasión que se dejó presionar para actuar en contra de su criterio. Mercè lo había convencido de que esa empresa la emprendiera con el mínimo capital posible, para no poner en riesgo a la familia. No podía echarle la culpa a ella, se había dejado influir, cierto, pero él había tomado la decisión. De todo fracaso se puede sacar una enseñanza y comprendió que eran una mezcla de pasión, tenacidad y prudencia lo que se necesitaba para llevar una empresa al éxito. Y algo más de dinero y tiempo de lo que se suele estar preparado para invertir.

La convivencia con Mercè se hizo cada vez más difícil. Era demasiado estricta con las niñas, a las que obligaba a comportarse como si fueran novicias. En cuanto él llegaba a casa, las llevaba a la cama, y las despojaba de esos momentos de cariño con que él las regalaba, como si fuera un castigo. En primavera, la escarlatina les había arrebatado a su primer hijo varón a las pocas semanas de nacer. Desde entonces, estaba obsesionada con darle un *hereu*. Creía que así cumpliría con su papel y conseguiría el estatus que ambicionaba. Dedicaba más y más tiempo a las actividades en la parroquia y dejaba a las niñas en manos de su hermana. María Rosa impregnaba la casa de alegría y, las veces que la encontraba cuando regresaba de la barbería, le parecía que las paredes se ensanchaban y el aire era más fresco, porque Mercè nunca pudo imponer su carácter agrio a la vitalidad de su hermana pequeña.

María Rosa. ¡Cómo añoraba sus chanzas, sus arrumacos y sus comentarios de aliento! Quizá había tenido que sufrir la amargura de Mercè para poder reconocer el amor verdadero tiempo después. Aunque muchos vecinos creyeron que mantenían una relación ilícita desde hacía tiempo, lo cierto es que se había fijado en ella otra noche de verbena.

Tras las trágicas circunstancias de la muerte de Mercè, consiguieron una matrona que alimentara al recién nacido. A las niñas las cuidaban entre su suegra y, sobre todo, su cuñada María Rosa. La veía a diario. Era bastante más joven que su difunta esposa, afanosa y atenta con las niñas. Canturreaba mientras barría, cosía o cocinaba. Y se interesaba por sus negocios.

—Vino embotellado, dices. Te refieres a las garrafas, ¿no? Como cuando la gente las lleva a que se las rellenen en la bodega —preguntó María Rosa mientras remendaba uno de los sobretodos que él usaba en la barbería.

—No. En botellas, como hacen los franceses. Se deja el vino en las barricas durante doce o dieciocho meses, luego se traspasa a las botellas de cristal para frenar el proceso de envejecimiento. Si se conserva el vino en la bota, va tomando demasiado sabor a madera. Por eso los franceses cobran más por sus vinos, porque tienen un sabor más fino.

—Ya no vas a venderles el vino a los franceses, ¿entonces?

Cuando se desató la plaga del oídio en 1857, la cosecha de la comarca se había echado a perder. Después de contar su proyecto de importar vino de otras zonas vinícolas, como el Penedés, logró convencer a uno de sus parroquianos, Salvador Casals, para montar una sociedad. Los viñedos se habían recuperado y cuando la filoxera empezó a causar estragos en Francia, logró negociar buenos contratos para exportar el caldo a esa región, que luego se comercializaba en botellas bajo la denominación Borgoña. Su idea era empezar a embotellarlo él mismo y venderlo a la pujante burguesía industrial de Barcelona y comarca. El negocio funcionó durante un tiempo. Puso la barbería en manos de su encargado y, por fin, consiguió saborear lo que muchos llaman el éxito: esa conmoción que solo viven aquellos que por primera vez disponen de más dinero del que necesitan para vivir.

—Isidro, acuérdate de traer más botellas. El Sr. Renom pasará mañana a recogerlas por la barbería —dijo María Rosa sin levantar la vista de la labor.

—Deberías acostarte. Son más de las diez.

—¿No van bien las cosas?

María Rosa le dirigía esa mirada límpida que siempre conseguía desarmarlo. Había dejado el trajecito de lana que estaba tejiendo para su hijo pequeño y pudo notar su mirada clavada en él. Siempre le adivinaba cualquier preocupación y era inútil intentar engañarla. El negocio del vino no estaba arrancando como les gustaría. Los marchantes seguían negociando el caldo en barrilas y los consumidores lo compraban a granel. La incipiente clase burguesa todavía no tenía las maneras sofisticadas que se irían imponiendo a finales de siglo. Quizá era un avanzado a su tiempo. Pero en los negocios había que saber plantarse a tiempo.

—Este mes estamos en números rojos —confesó—. Hemos perdido cuatro mil reales.

—Mejor cuatro mil reales que cuatro mil duros —dijo ella, y lo miró con total confianza—. Además, tenemos la barbería. Saldremos adelante.

A ella se lo había contado todo: los paseos por las viñas de la mano de su padre, el ideal de progreso que había enraizado en él y todas los planes que concebía para resolver los pequeños y grandes inconvenientes de cada día: desde sanear el instrumental con alcohol tras cada uso, a instalar un depósito en la azotea para poder canalizar el agua. En esos momentos de dificultad, acuciado por la deuda, seguro que María Rosa lo habría animado. La añoraba más que nunca.

Se centró de nuevo en su negocio en la barbería y ese querer ser pionero en implantar cualquier adelanto que llegara lo llevaría a mandar a su hijo Juan a Perpiñán para que se formara en los estilos de peinado. Todo lo que su hijo le contaría maravillado él luego lo fue implantando para convertir su negocio en un local de lujo «a la francesa»: con nuevas medidas de higiene, pero también en la forma de tratar a la clientela. Se trasladó a una de las calles que ya gozaban de iluminación a gas, se hizo instalar unos cómodos sillones, tenía periódicos disponibles y aplicaba toallas calientes antes del afeitado y un masaje con loción para finalizar. Esos servicios estaban incluidos en el precio, que fue incrementado poco a poco, algo que su distinguida clientela apenas comentó, gratificados por disfrutar a diario de esos pequeños lujos y placeres. Pero siempre se negó a sufrir los inconvenientes en silencio. Eso lo llevaría también a fundar el banco bastantes años más tarde.

Aunque hacía algún tiempo que estaba en manos de un encargado y él se dedicaba a su negocio textil, seguía atendiendo en persona a algunos amigos y conocidos. Lo hacía casi como una afición, pero también constituía la excusa perfecta para poder intimar con ellos. Debatir con alguien que tenía la navaja en tu pescuezo requería de altas dosis de confianza. Aquella mañana había quedado en la barbería con el notario Florencio Salabert, el padre de Serafín, para cortarle las patillas.

—¿Cuándo vendrá Seriol? —Isidro sacó el reloj del bolsillo y consultó la hora—. Ya debería estar aquí.

—Estará en Can Puça. ¿Quiere que vaya a buscarlo? —dijo el encargado.

—¿Se te acumula el dinero en caja, Isidro? —preguntó Florencio.

—Algún día tendremos un disgusto. Eso de llevarlo en una saca al Banco de Barcelona no me parece la mejor de las ideas.

—¿No vas a decirme que es mejor tenerlo dentro del colchón? —preguntó extrañado el notario.

—No, eso jamás. Además de que pueden entrarte los ladrones, ahí no genera ningún dividendo. Estaba pensando más bien... Podríamos fundar un banco aquí.

—¡Para esto hace falta un buen capital! Aunque, conociéndote, ya lo tendrás todo pensado.

—Lo estamos analizando con varios industriales. Además, si gestionamos nosotros el crédito, podemos ayudar a que el pueblo prospere todavía más. Los grandes banqueros solo invierten en proyectos avalados por los nobles y los que tienen tierras. Así no vamos a ninguna parte.

—Los negocios no son lo mío, pero imagino que quien presta querrá garantías.

—Por supuesto, pero se pelean por unos pocos clientes y desatienden a los demás. Mírame a mí, mi trabajo me ha costado llegar hasta donde estoy. Nadie quería prestarme el dinero para la maquinaria, y eso que el negocio iba bien y Cataluña es una potencia mundial en el textil.

—No sé qué decirte.

—Es solo cuestión de números: primero miras cuánto cuesta la inversión, luego cómo lo puedes devolver: qué producción vas a sacar, a qué precio la vendes, qué coste de materias primas y mano de obra. Sobre la diferencia debes poder devolver el préstamo y los intereses. Fácil.

—Isidro, eres un positivista.

—Lo dices como si fuera un insulto.

—Es solo una constatación... ¿científica?

Florencio le guiñó un ojo y ambos se echaron a reír. A pesar de sus diferencias, compartían una visión parecida del mundo, aunque el notario lo justificara en su fe y en las sagradas escrituras, y él se basara en su propia interpretación antropológica de los clásicos. Los dos querían que el progreso llegara a todos.

—Si puedo ayudarte en los aspectos legales, cuenta conmigo.

Oyó a su hija llegar a casa, ya entrada la madrugada. Las verbenas, sí. ¡Cuántos recuerdos!

Volvió a su memoria esa noche en que reparó en María Rosa como mujer. Era una noche calurosa y no podía dormir. Así que, aunque seguía de luto, decidió acercarse a la fiesta. Estaba apartado del jolgorio, charlando con algunos conocidos. La vio de lejos: unos mechones rebeldes se escapaban de su moño y se reía cada vez que algún mozo le echaba un requiebro. Le pareció que elegía solo a los buenos bailarines y se dejaba llevar por la música, más que por las galanterías de sus acompañantes. Irradiaba una felicidad vibrante y contagiosa. Sintió un impulso de dejarse engullir por ese torbellino que se formaba en su interior. Sus miradas se cruzaron y ella se acercó para llevárselo al ruedo. Una polca, un rondó y un pasodoble.

No se dio cuenta de que la gente murmuraba. María Rosa se abandonaba con candor a su naturaleza alborotada y no solía fijarse mucho en el qué dirán. Ella le confesaría años más tarde que reaccionó como un resorte, no sabía cuánto lo amaba hasta que sus mejillas se rozaron durante el vals. En algún momento de esa noche, ambos fueron conscientes de lo que sentían el uno por el otro, de la agitación de saberse tan cerca, y se olvidaron del mundo a su alrededor.

Se sorprendió al descubrir una mujer inexperta, ávida por explorar su propia sensualidad. Emprendieron una búsqueda de los placeres impulsados por una pasión que los unía como nunca había creído que se podría compenetrar con alguien. Todas las tardes, mientras las niñas dormían la siesta, se sometieron a esa tarea de descubrirse, de colmar sus anhelos, de perderse uno en el otro. Pudo recorrer su piel sin fronteras, a veces con delicadeza, notando cómo se arqueaba de deseo cuando su lengua se perdía en los rincones oscuros. Ella le devolvía la jugada y conseguía que suplicara por culminar esa agonía de caricias inacabadas. Otras la poseía con arrebato: la apoyaba contra la encimera en la cocina y le hacía el amor de pie, sin apenas caricias, saciando un deseo que lo había estado torturando durante toda la mañana. Ella se dejaba hacer, pero luego le sujetaba la mano entre sus cálidos muslos y le exigía que la complaciera. Y cada vez que lo miraba con deseo, no veía en ella a la amante lujuriosa, sino a la compañera entregada y fiel que estaría junto a él hasta el final de sus días, que compartiría sus secretos y confidencias, que le alentaría en sus proyectos y en la que siempre podría refugiarse frente a los temores más oscuros.

Sus amoríos causaron gran escándalo. Don Julio, su suegro, le negó el saludo y si consentía en darle de comer en la fonda era porque su mujer le obligaba.

—Mi madre tiene miedo de que si te maltrata demasiado, igual acabas saliendo espantado. ¡Eso sí sería un escándalo! Ya nadie querría desposarme.

—Seguro que enloqueces a más de uno.

—Y qué más da, si te tengo a ti.

Él la hubiera hecho su esposa al día siguiente de estar juntos por primera vez, cuando comprendió que no querría separarse jamás de ella, pero tuvieron que esperar a que terminara el luto. Nunca entendió a los curas, tanta prisa para unas cosas y tan poca para otras.

Las habladurías se fueron acallando a medida que María Rosa consolidaba su posición de Sra. Sabater, le daba dos hijos y cuidaba de sus sobrinos, ahora convertidos en hijastros, como si hubieran salido de sus propias entrañas. La maternidad siempre tuvo mucho prestigio.

Cuando subió a su cuarto, contempló el retrato de María Rosa. Añoraba sus consejos y esa nariz perfecta, sus labios tiernos, las mejillas sonrosadas, esa mirada tan dulce, su mentón desafiante. Tendría unos 40 años. El cuadro lo había pintado su hijo pequeño cuando todavía era un adolescente y se iniciaba en la Lonja. Eduardo. También a él lo echaba de menos.

Al día siguiente iría a ver a Renom que, aunque ya alejado de la política en activo, seguía teniendo buena relación con el Ayuntamiento. Esperaba conseguir sus propósitos, si se recalificaban los terrenos de Vehils, éste apreciaría sus dotes negociadoras y se daría cuenta de que le convenía estrechar lazos con un Sabater. Se lo debía a su nieta y a toda la familia.

10

Badalona, Julio de 1898

—Entonces, ¿crees que es hijo suyo o no? —susurró Carmeta a Serafín en cuanto lo tuvo a su lado—. Lo he observado durante la misa y no sabría qué decirte...

—Como no quisiste hacer la sesión de espiritismo.

—No te burles de mi hermana, quién sabe si es posible.

—¿Hablar con los muertos? —el notario la miraba sorprendido.

—Al fin y al cabo, el alma nos abandona al morir.

Entonces su padre de les acercó, Serafín le ofreció el brazo para llevarla hasta el coche. Y alzando un poco la voz dijo:

— Sr. Sabater, le agradezco el honor de poder acompañarlos.

—Habría sido un escándalo que se sentara con la familia directa —continuó Carmeta en voz baja.

—Pero estaba en la segunda fila. Todo el mundo da por hecho que fueron amantes.

—Hay amores y lealtades más profundas. Claro que, al ser actor, podría estar fingiendo todo el rato.

—¡Cuán triste es la vejez! Nos vamos quedando solos —dijo su padre.

—No se quejará usted que vive tan bien acompañado.

Carmeta se sonrió. Pensó que ese comentario podría no ser casual. Estrechó el brazo al notario. Le pareció que la miraba de reojo y que su sonrisa era intencionada. Un nuevo rayo cósmico le recorrió el espinazo.

—Cada vez me quedan menos amigos. Los de mi quinta van haciendo mutis por el foro.

—No le conocía su afición por el teatro, Sr. Sabater.

—Llámame Isidro, hijo, ya va siendo hora.

Desde la iglesia de Santa María había apenas una milla de distancia hasta la mansión, pero aquella había sido una ceremonia de gala y los personajes ilustres de la ciudad no habían perdido ocasión de desplegar su ostentación. Su padre había mostrado su abatimiento todo el día anterior e incluso llegó a plantearse no asistir al evento. El notario quiso salvar la situación y se ofreció a llevarlos en un coche que había alquilado según la costumbre. A Carmeta no se le habían escapado algunas sonrisillas y comentarios mal amparados tras los abanicos cuando se apeó de la calesa de la mano del notario. En lugar del desprecio que le producían los cotilleos de corriente, se había sentido como una supernova a la que se admira con sorpresa cuando hace aparición en el firmamento de forma inesperada.

En la iglesia, tuvieron que separarse; las mujeres a un lado, los hombres al otro. Rosita le hizo señas para que se sentara a su lado. El banco estaba hacia la mitad y ella quería estar más adelante para poder observar a Amado Casadevall, el protegido de Lidia, y a su padre. Fingió no reconocer la mirada de interrogación que le dedicaba su hermana y le hizo un gesto para que la acompañara.

—¿No te parece que deberíamos sentarnos un poco más atrás? —preguntó Rosita cuando ella se sentó en la tercera fila.

—Tampoco es que tuviera muchos parientes que digamos.

Quería observar las reacciones de Amado, que estaba en la segunda fila, junto a otros cómicos de la compañía que la Sra. Comas había auspiciado bajo su mecenazgo. Pensó que utilizaba sus dotes teatrales para mantener un porte distinguido y acallar cualquier rumor. Ella no recordaba a Lidia, así que intentaba buscarle algún parecido físico con Isidro. Desde luego, era bastante alto, en eso no había salido a la familia. Intentaba escrutar sus rasgos, aunque desde su posición no podía distinguirlos con claridad. Solo llegaba a atisbar el dibujo perfecto de su lóbulo y una mandíbula cuadrada que le recordaron que era un hombre muy atractivo.

Por otro lado, su padre estaba en la quinta fila. Había sido un error estratégico por parte de Carmeta, desde esa posición tenía que girarse de forma demasiado llamativa para atisbar sus reacciones. Cuando Isidro regresó a su puesto tras la eucaristía, pasó por el lado de su supuesto hijo ilegítimo, pero ella no pudo apreciar ningún cambio en su semblante.

—Te veo un poco tensa —dijo su hermana cuando el cura estaba en plena homilía—. ¿Es por el notario?

Siempre se guardaba para sí misma sus sentimientos y, muchas veces, ni siquiera eso se permitía. Había salido al padre. Pero tenía que admitir que desde que había recibido la última misiva de Camil, donde dejaba claro que sus trayectorias volvían a ser divergentes, cada vez encontraba menos motivos para no acercarse a Serafín. Aunque no era un ignorante y su conversación era amena, no tenía la mente privilegiada y ni el refinamiento que admiraba en Camil. Incluso su nariz le parecía algo grosera y hubiera renunciado a explorar el cielo nocturno durante un mes a cambio de que su padre le recortara ese bigote de oficinista.

Lo tenía unas filas por detrás y se sentía observada. ¿Estaría pendiente de ella? ¿Qué pensaría él en ese momento? No se quitaba esa sensación y estuvo casi toda la misa despistada, calibrando qué sentía ella. ¡Con qué tonterías llegamos a calentarnos la cabeza!, pensaba. La incertidumbre en el amor es un campo gravitacional que nos atrapa en una tortura de la que no podemos escapar.

Al final de la misa, volvió a su posición de observadora. Cuando su padre se acercó a darle el pésame a la familia, compuesta por una cuñada y sus dos hijos, le pareció que había desviado la mirada unos segundos hacia esa segunda bancada en dirección a Amado. Fue un gesto insignificante. Luego le tocó su turno. Estuvo pendiente de reconocer, detrás del rictus circunspecto del actor, esos incisivos característicos de Isidro. Eso constituiría la prueba irrefutable de su paternidad. Sin embargo, sus labios carnosos no se despegaron en ningún momento para revelar cómo era la dentadura. No pudo confirmar ni desmentir nada.

El sereno había prendido las luces de gas y el camino real estaba bien iluminado. Pasaron por delante de la notaría, del Ayuntamiento y solo al traspasar la riera de Folch volvieron a las calles oscuras, aunque todavía clareaba y no representaban ningún peligro. La mansión destacaba con las farolas de la entrada encendidas. Sentía el suave tacto del raso sobre su muslo y la presión de la pierna de Serafín. Con las manos apoyadas en el regazo, sostenía los guantes de hilo que se había quitado nada más entrar en la calesa; demasiado calor. Dejó caer uno, con la esperanza de que recuperarlo supusiera una nueva oportunidad para el contacto con el notario. Se dio cuenta de cuán torpe era con esas maniobras que las demás mujeres dominaban a la perfección. Su padre lo alzó con el bastón y se lo ofreció burlón. Al menos había servido para que saliera de su ensimismamiento. Serafín ni se había dado cuenta.

—La cocinera ha preparado una sopa fría —dijo al entrar en casa.

—¿Qué cosa es esa? —protestó Isidro—. Las sopas son calientes, esa es su esencia. ¿No le parece?

—Estaría encantado de acompañarles, pero me temo que mi familia me espera a cenar —contestó Serafín.

—Tonterías. Los hijos van a la suya y usted debería hacer lo propio —dijo Isidro.

Consiguió vencer su impulso inicial y, en lugar de darle la razón al notario, intervino para prolongar su compañía.

—A estas horas ya habrán cenado. Le digo al mayordomo que dé aviso para que no se preocupen.

—Tiene usted razón. No nos damos cuenta y cada vez nos necesitan menos. Un día, sin saber cómo, han dejado de ser unos críos y los vemos alejarse.

—Y lo que es peor: pretenden decidir sobre sus vidas —intervino Isidro.

Dirigió una súplica al cielo, no sabía muy bien a quién. Esperaba que no se dedicara toda la velada a sermonearla de forma interpuesta. Luego se fue a la cocina para dar instrucciones al servicio. Al volver al comedor, encontró a Serafín plantado en medio de la estancia solo, contemplando una marina.

—La ha pintado Eduardo. ¿Qué te parece?

—Interesante el planteamiento que hace del color, esos morados y lavandas del cielo contrastan con el verde del mar. Pero, sobre todo, el uso de la proporción áurea en la disposición de los dos personajes, el pescador y el niño en el fondo, le da un cierto poder hipnótico.

—¡Vaya, no te sabía un experto en pintura!

—Un aficionado, más bien. Siempre que puedo me escapo a Barcelona y algún cuadro tengo en casa.

—¿Le has contado eso a mi padre?

—Digamos que no quise meterme en un lío. En cuanto me vio mirándolo, me dijo que no sabía por qué tu hermano perdía el tiempo en estas cosas, que quién iba a gastarse el dinero en un paisaje. —Le guiñó un ojo—. No quise contradecirle.

—Hiciste bien. No se da cuenta que el arte está evolucionando y que, en todo caso, a medida que se extienda el uso de la fotografía, el retrato va a ir perdiendo interés. Por cierto, ¿dónde está?

—Me ha dicho que estaba muy cansado y que lo de cenar frío le parecía... bueno, una estupidez ha dicho. No lo tomes a mal.

Le dedicaba una sonrisa, pero rehuyó su mirada. Pensó que él tampoco sabía cómo afrontar la situación. Respiró profundamente y decidió actuar con la mayor naturalidad posible.

—Había pensado comer algo en la terraza, ¿te apetece?

—Por supuesto, si es de tu agrado.

Al momento apareció la doncella con una botella de champaña y dos copas de cristal. Carmeta la miró alarmada.

—Instrucciones del señor —dijo a modo de disculpa—. ¿Les sirvo la comida en el porche, entonces?

—Veo que tu padre se ha propuesto que esta sea una noche inolvidable —dijo Serafín cuando la chica regresó a la cocina.

El notario le ofrecía un brindis, con el aplomo de un hombre que sabe lo que se hace. La miraba sereno, quizá con un punto de picardía, y ella estuvo a punto de atragantarse.

No era ninguna experta en pintura y agotó el tema lo antes posible. Quería a toda costa que la tomara por una simplona. Así que, durante la cena, pasaron de un tema a otro sin profundizar demasiado, como si tuvieran miedo a encontrar algún asunto tormentoso que rompiera la magia del momento. Quería saber más sobre él. Aunque se conocían de niños, se habían perdido la pista en su juventud y, en realidad, eran casi dos desconocidos.

Rompieron a reír con la cara de chiquillo que puso Serafín al secarse el jugo de sandía de la barbilla.

—Así que tienes previsto subir a Camprodón... —dijo el notario cuando consiguió calmarse.

—Las perseidas se observan mejor en la alta montaña, ¿sabes? Aunque las llamen estrellas fugaces, en realidad son fragmentos de un cometa con los que nuestro planeta se cruza en su órbita alrededor del sol. Ese polvo interestelar, al entrar en contacto con la atmósfera, se incendia por el calor que provoca la fricción y... —Se paró, convencida de que lo estaba aburriendo—. Además, espero poder alejarme del calor por unos días.

Él la miraba divertido, pero le sujetó la mano un instante antes de añadir:

—Continúa, por favor. Me parece fascinante. ¿De dónde te viene esa afición?

—¿Recuerdas cuándo venías a jugar a casa de pequeño?

—¡Tienes razón! Ya entonces te sabías un montón de estrellas y constelaciones.

—Mi padre nos contaba sobre mitología griega y luego nos identificaba algunos de esos dioses en el cielo. Siempre me pregunté cómo podían ver alguna figura en ese conjunto de puntos brillantes, pero me aprendí los nombres de muchas estrellas. Luego conocí a Camil... quiero decir, el Sr. Fabra y...

—¿Te refieres al Marqués de Alella, el amigo de tu padre?

—Es un gran impulsor de la astronomía, no sé si sabes. —no se atrevía a mirarlo por miedo a que descubriera sus sentimientos.

—No lo sabía, no. Entonces, ¿fue él quién te despertó la pasión por las estrellas?

—Ah, bueno, sí... Ha sido como un mentor para mí, solo eso.

Se sentía como cuando era pequeña y confesaba que se había comido los higos que su tía María Rosa reservaba para su padre, los más maduros, sin que la hubieran pillado, sin que sospecharan de ella, sin que tan siquiera le hubieran preguntado. Esa noche, que había aventurado maravillosa, iba abocada al desastre. ¿Por qué había soltado toda esa verborrea sobre astronomía? Pensaría que era una atolondrada, o peor, una sabelotodo. Su padre tenía razón, a los hombres no les gustaba tener a una mujer lista a su lado. Solo cuando lograba que se olvidaran de su condición femenina, conseguía que sus contertulios tuvieran en cuenta sus opiniones. ¿Quería que la dialéctica fuera el único interés que Serafín sintiera por ella? Ya resultaba harto improbable que un hombre se interesara por una mujer de su edad, como para que una vez más ella fuera incapaz de jugar sus cartas: el juego de la seducción. Tendría que haberle preguntado más sobre arte. Sus amigas se hacían las ignorantes y permitían que los hombres que intentaban conquistarlas pudieran desplegar sus conocimientos. Había que dejarles que te ilustraran para halagar su vanidad. Ella nunca había dominado ese juego, en realidad ni siquiera podía considerarse una aprendiz. Y encima casi le había confesado su relación con Camil.

—Yo soy capaz de reconocer la Osa Mayor, pero nunca logro identificar la Estrella Polar. ¿Me enseñas? —dijo Serafín poniéndose de pie—. Sujétate de mi brazo, no vayas a dar un traspié.

Bajaron la escalinata y se adentraron en la oscuridad de una noche sin luna. Mientras intentaba tranquilizarse y pensar cómo evitar el colapso total de la velada, le contó a Serafín cómo reseguir el dibujo imaginario de la Osa Menor para identificar la estrella del norte. Notaba su cara pegada a la suya, pero seguía siendo incapaz de acertar con la trayectoria precisa. Serafín le preguntó por Vera, que en verano está en el cenit. Y cuando ella giró un poco su rostro para señalarle una de las estrellas más brillantes del firmamento, él la besó. Fue un gesto fugaz, pero intenso. Luego él le preguntó dónde estaba Orión, como si no hubiera sucedido nada.

Tumbada en la cama esa noche, sin poder dormir, repasaba una y otra vez ese instante. Se había despedido de ella con un besamanos, todo muy formal, quizá demasiado. A ratos temía que pensara que era una fresca. Quizá tendría que haber protestado ante su atrevimiento. Luego recapacitaba, quizá tendría que haberlo alentado. Asumiría que no era correspondido. Pero de una señora se esperaba una mínima resistencia, esas amigas que le daban tantos consejos no solicitados, nunca fueron nada claras en esos detalles. Fue una noche inolvidable, desde luego. Y se lo debía a su padre.

Había conseguido dormirse de madrugada, cuando los primeros rayos de sol se colaban por las rendijas de la persiana. Los golpecitos que la doncella daba en la puerta resonaban en un eco lejano. Tardó un poco en darse cuenta de dónde estaba. Se notaba entumecida y la cabeza le martilleaba.

—Señorita, son más de las nueve. Su padre me ha mandado llamarla, ¿está bien?

—Perfectamente. Dígale que enseguida bajo.

Tenía ojeras y su aspecto era desastroso. Era imposible que ningún hombre se fijara en ella. Hacía unos años, quizá, pero se veía vieja y sin atractivo alguno. Lo del beso parecía solo una ensoñación.

Cuando bajó por la mañana, observó a su padre con aprensión. Éste ni desvió la mirada de sus gachas para lanzarle una de sus temidas puyas:

—¿Aprovechaste las circunstancias o tendré que montarte otro teatrillo?

Esa capacidad que tenía para herir a los demás no sabía de dónde le venía. Recordó de nuevo la carta de su abuela. «Sería eso», pensó, «una forma de ahuyentar los fantasmas del abandono». Después de desayunar se fue a la fábrica. Aunque tenía prisa por llegar y contarle todas las novedades a su hermano, decidió que iría dando un paseo. Esperaba que la nebulosa en la que se había sumido diera paso a ese firmamento ordenado que solía ser su pensamiento.

Desde que Isidro hizo instalar el primer teléfono en las oficinas, ella llamaba a Eduardo el primer lunes de cada mes. Su hermano había decidido instalarse en la Ciudad de las Luces, tras finalizar sus estudios de Bellas Artes en Roma, en contra del criterio de su padre. Eduardo era el más díscolo de la familia, el único que siempre había actuado a su antojo. A su padre no solo le gustaba disponer del destino de toda la familia, sino que no podía consentir que alguno de sus hijos pusiera su autoridad en entredicho delante de los demás. Ella siempre había sido protectora con su hermano pequeño, pero no había podido hacer nada para evitar que su padre lo desheredara, porque tanto el uno como el otro eran muy testarudos.

Juan le dio dos besos a modo de saludo y salió del despacho para dejarle un poco de intimidad; en eso era muy considerado.

Al traspasar la puerta, levantó la mano mostrando los cinco dedos. Siempre le recordaba que las conferencias eran muy caras y la urgía a no extenderse demasiado. Ella hacía caso omiso.

—¡Te oigo guapísima, como siempre!

—Eres un adulador, Eduardo. Espero que las francesas todavía no se hayan dado cuenta.

—Por aquí hay mucha competencia, con tanto artista suelto, me temo. Pero no me va mal en asuntos de amores, si es a lo que te refieres. ¿Y tú, ya te has librado de todos tus pretendientes?

—De todos... menos de dos.

—¿Todavía no has mandado a ese carcamal a la mierda?

Comprobó que no estuviera nadie al otro lado de la cristalera y bajó la voz:

—No hables así de Camil.

—¿Qué quieres? Es como el perro del hortelano. Ni siquiera ha sido capaz de desflorarte.

—No empieces o cuelgo.

—Ya sabes que no entiendo ese juego que os traéis. Y, desde luego, no lo apruebo. Cuando uno tiene una amante, es para disfrutarla y honrarla. Eso que hace contigo no tiene nombre.

—Mejor lo dejamos.

—¿Quién es el otro afortunado?

—Son tonterías mías, hermanito.

—Ni hablar. Ya puedes empezar a largar.

—Voy a dejar de llamarte. No sé cómo te las ingenias, pero siempre me acabas sacando todo.

—A ver qué adivine... ¿el notario?

Se quedó muda. Siempre había admirado esa capacidad de su hermano para leerle la mente.

—Cuando hablamos la última vez, no perdías oportunidad para sacarlo en la conversación: que si Querubín por aquí, que si Querubín por allá.

—Se llama Serafín, no te burles.

—No sé por qué os empeñáis todos con que eso del amor son cosas serias. En fin, espero que no te cases con él, porque tener una hermana solterona viste mucho para un artista.

—No sé ni siquiera si se ha fijado en mí.

—Ya empezamos. Así no se llega a ningún lado. ¿Ya te has arrimado a él? Piensa que la mayoría de hombres no son capaces como yo de leerles la mente a las damas. Son muy torpes en eso.

—Ayer me besó.

—Y yo que pensaba que era un aburrido.

—Pues entiende bastante de arte, de hecho estuvo alabando el cuadro que tenemos en el salón.

—Un chico con criterio. Dile que doy mi bendición a este enlace.

—¿Nunca te hartas de tomarme el pelo?

—Me rindo, está bien. —Hizo una pausa y su voz sonó más seria—. ¿Cómo van tus indagaciones detectivescas?

—Poco hemos avanzado. No hemos sido capaces de encontrar ningún registro que acredite que Lidia Comas hubiera tenido ningún hijo.

—No sé por qué estás empeñada en eso. ¿Piensas que una mujer no puede enamorar a un hombre más joven?

—Todo lo que rodea a esa mujer me parece muy misterioso.

—Y, si con la excusa, te arrimas al notario, mejor que mejor.

—¡Eduardo!

—Está bien, está bien. ¿Qué tal padre?

Le dio largas y se puso a divagar. Le preguntó a su hermano sobre los tocados de moda en París. Le pidió consejo sobre qué colores le sentarían mejor. Cuando empezó a hablarle del calor, Eduardo se impacientó y le urgió a que dejara de dar más rodeos. Ella le contó que Vehils los apremiaba con el pago y su padre seguía empeñado en solucionarlo por su cuenta.

—Lo último ha sido que ha rechazado una oferta por unas tierras que heredó de nuestra abuela. Quieren levantar una fábrica de pinturas y andaban desesperados intentando localizar al dueño de esa parcela que necesitan, pero dijo que no quería nada con la familia Salabert.

—Así que la familia de la abuela tenía tierras.

Le contó sobre su visita al convento de la Divina Providencia y le resumió el contenido de la carta.

—Tenemos que dársela a leer.

—¿No crees que va a montar en cólera? —preguntó Eduardo.

—Todos tenemos derecho a saber.

—No sé si tendrá derecho o no. Él siempre hace lo que le parece y nosotros tenemos que apechugar.

—Aunque se moleste porque nos hayamos inmiscuido en sus asuntos, tiene que saber la verdad.

—Vosotros sois los que vais a tener que aguantarle, así que como tú decidas.

Juan había vuelto y le hacía señas para que colgara de una vez. Se despidieron y tuvo que enjuagarse una lagrimilla. Hablar con él era estimulante y siempre la animaba, pero lo echaba de menos.

Al llegar a casa, encontró a su cuñada María Antonia y a Carolina que habían ido a despedirse antes de salir para Camprodón. Estaban en la cocina tomando una limonada.

—Te veo algo mustia, Carolina —le dijo a su sobrina.

—No ha podido despedirse de Jacinto —contestó su cuñada.

—¡Mamá! —protestó Carolina—. No es eso. Además no habíamos quedado, solo dijo que quizá se pasaría por los baños esta mañana.

—No tienes que demostrar tu interés tan a las claras, hija, ya te lo dije —insistió María Antonia y luego se dirigió a ella—. Entonces te esperamos a mediados de agosto, ¿no?

—Sí, en cuanto tenga el billete os mando un telegrama.

—¿Veremos la lluvia de San Lorenzo, tía?

—Por supuesto, cariño. Si tu padre te deja.

—A mí ya sabes que no me hace ninguna gracia que paséis la noche al raso —contestó su cuñada—, pero hasta la superiora me insiste que nunca había visto una chica tan dotada para la ciencia. Ha sacado las notas más altas, no solo de su clase, sino de lo que recuerdan.

—¿Eso es un sí? —la interrumpió Carmeta, y le guiñó un ojo a Carolina.

—Si su padre os acompaña...

—Hecho, entonces.

Carolina le dio un beso de agradecimiento. Se la veía algo más alegre. ¡Quién quería preocupaciones por culpa de los hombres! Luego le preguntó a María Antonia dónde estaba Isidro.

—En la biblioteca, enfurruñado. Fíjate que le ha dicho a la niña que debería llevar la sombrilla a juego con el tocado.

—¿Qué sabrá él? —contestó Carolina divertida.

—A ti te hará gracia, pero me he tenido que plantar. Por ahí no paso. A ver si ahora se va a meter hasta en el color de la ropa que nos ponemos. ¡Faltaría más!

—Y que ni se les ocurra dejarme que ande dibujando por ahí —añadió su sobrina—, que el bronceado no favorece a las señoritas y que soy demasiado delicada para andar por el campo.

—¡Esa sí que es buena! —dijo ella—. Si a ti nunca de niega nada. Será mejor que no se entere de nuestra excursión nocturna, entonces; me saldría a bronca diaria durante un mes.

Encontró a Isidro sentado en la silla, la habitación a oscuras. Con las contraventanas cerradas, el calor era asfixiante. Estaba trasmudado y temió que le estuviera dando un infarto. Se dirigió a la venta para abrirla y que entrara el aire. Vio que la carta de la abuela estaba en el escritorio, aunque no parecía que él hubiera reparado en ella.

—¿Se encuentra bien?

—Han echado a Palay de la alcaldía.

—¿Cómo dice?

—Los conservadores han vuelto a arrebatar la alcaldía a los liberales.

Su padre hablaba atropelladamente. Al parecer, había habido un nuevo cambio al frente del consistorio. Ella no seguía demasiado los temas de política, pero sabía que Isidro siempre había mostrado mayor afinidad por los liberales. Una de las disputas que mantenían ambas facciones tenía que ver con el nuevo ordenamiento urbano. Su padre estaba utilizando sus contactos para ayudar a la familia Vehils que todavía conservaba la propiedad de grandes fincas en el centro de la ciudad. Contaba con que sus gestiones le permitieran renegociar los plazos, hasta que el negocio se recuperara de los estragos de la guerra. Pero los conservadores defendían los intereses históricos de los terratenientes, por lo que su nuevo ascenso al poder municipal, lo hacía totalmente prescindible.

—Creo que va siendo hora de ir a ver al viejo Vehils —dijo Isidro con voz de fatiga.

—¿Y lo de las tierras de Alella? —dijo ella, y miró de reojo la carta.

—Ya te dije que ese asunto no tiene discusión. Además, solo con el papeleo para inscribirlas en el Registro de la Propiedad nos llevaría más de un año.

—Quizá Serafín pueda echarle una mano.

—Nunca te das por vencida, hija —suspiró su padre—. Precisamente fue él quien me puso al corriente de cómo realizar las gestiones.

—Entonces, ¿va a reclamarlas?

—No las necesito para nada. Lo que tengo que hacer es acordar los términos de la boda de Carolina.

—¿De qué boda hablas?

—Niña, a veces hay que explicártelo todo —dijo su padre—. Siempre es más fácil un acuerdo cuando los jóvenes ya han andado la mitad del camino.

—En todo caso, ¡eso debería hacerlo Juan!

—No tengo ganas de discutir, hace demasiado calor.

Su padre le hizo un gesto para que se apartara, parecía como si le faltara el resuello. Le acercó un abanico y accionó el llamador. Cuando apareció el mayordomo le pidió una jarra de agua. Sacó su pañuelo bordado, lo mojó en el agua fresca y se lo aplicó a Isidro en la frente. Iba a entregarle la carta, pero ni era el momento de polemizar con él, ni mucho menos remover sentimientos del pasado. Cogió la carta de la abuela que estaba en el escritorio y la guardó en un pequeño cofre que él nunca abría.

11

Badalona, 1882

A esas horas el sol lucía ya bien alto y las aspas del ventilador habían dejado de proyectar reflejos con el ritmo cadencioso de hacía unas horas. Los débiles argumentos respecto a ese fenómeno, que esgrimió el arquitecto cuando discutieron sobre la cuestión, no lograron convencerlo. No creía que un arquitecto fuera a saber más de esas cosas que él, que había mecanizado su taller sin ayuda, ni siquiera uno tan prometedor como Luis. Después de todo, el aluminio era mucho más ligero y la molestia de la refracción sobre el metal, aunque persistente, era soportable. Respecto a la vibración, tenía que reconocer que era incómoda. Con la edad, su oído se debilitaba, pero había descubierto que las ondas de baja frecuencia de los motores se empeñaban en trazar ese viejo camino desde el tímpano hasta los receptores vestibulares.

En cambio, no había podido seguir la conversación entre su hija y el notario. Parecía que el acercamiento entre ambos prosperaba, pero la situación era apremiante. Lo primero sería despedir a la doncella. Con lo descuidada que se mostraba, incluso sería un descanso para todos. Gertrudis podría cumplir de sobra con la cocina y el servicio. Si vendían el coche y los caballos, tendría que alquilar el transporte cuando fuera necesario y eso ya era otro cantar. No le gustaban mucho los *chauffer* de alquiler, solían ser entrometidos y descuidados. Lo que más le dolía sería tener que dejar la casa inacabada. Cierto que Luis Doménech y Montaner se estaba poniendo un poco pesado con el tema del bosque, pero admiraba la capacidad del arquitecto para sorprender y sabía que aquella casa seguiría perviviendo en la memoria de la ciudad mucho después de que él se hubiera ido. No podía permitir que su legado quedara en manos de alguien que no supiera valorarlo. Resultaba perentorio que el notario desposara a su hija y pudiera colaborar al mantenimiento de la casa hasta que los asuntos financieros quedaran resueltos. Esperaba que Carmeta tuviera el atino suficiente para reconocer lo acuciante de su situación y estuviera aprovechando las oportunidades que iba tendiendo. No le había contado mucho sobre la noche en que los dejó solos a los dos. Detestaba esa manía de su hija por mostrarse impertérrita cuando él intentaba indagar sobre sus sentimientos.

Se levantó, arrastró el sillón un palmo hacia el centro de la habitación y volvió a sentarse. En ese punto exacto era donde el flujo de aire caía sobre su cuerpo, pero incluso así seguía sofocado. Le costó reconocer que, en realidad, era por culpa de su hija. Esperaba que no se creyera que él ignoraba de donde venía. No podía prohibirle que llamara a su hermano, pero aborrecía esa pantomima de todos los meses.

Eduardo había sido un niño gracioso y faldero. Se había reído mucho con sus ocurrencias y, a pesar de algún pequeño disgusto, sus trastadas le dieron ocasión de presumir de su ingenio delante de los amigos. Cuando el profesor los llamó para hablarles de su hijo, pensaba que había cometido alguna falta que podría solucionar con un cachete y una semana sin postre.

—Sería una pena que ese don natural del chico se desperdiciara —dijo el maestro—. Debería ir a Llotja para que lo instruyan.

200

Tener un artista en la familia le pareció algo frívolo. El profesor les mostró algunos retratos que había realizado a sus compañeros, varias composiciones con jarrones e, incluso, unas flores que le había regalado a su esposa hacía unos días. Al ver la perfección en el trazo, tuvo que reconocer el talento del chaval. María Rosa apoyó con pasión la idea y, al final, él tuvo que admitir que el plan no era descabellado. A medida que el nivel de vida iba aumentando, los pequeños burgueses se preocupaban por tener casas bonitas y se gastaban un buen dinero en ornamentar fachadas, guarnecer paredes y colgar retratos en los salones. La decoración prometía ser una profesión de futuro. Así que dispuso que su hijo pequeño continuara asistiendo al colegio por las mañanas y por las tardes fuera a la Ciudad Condal para instruirse en las técnicas del dibujo, la pintura y las artes decorativas. El chico cogía el tranvía al mediodía y regresaba cuando la familia ya había cenado, por lo que comía solo en la cocina. Cada vez lo veía menos. Ese debió ser el error: demasiada independencia.

Su habilidad como retratista pronto fue reconocida y las autoridades locales empezaron a encargarle posados para sus despachos oficiales. Con todos los cambios políticos que se sucedían, el trabajo estaba garantizado. También la alta burguesía barcelonesa le ofrecía trabajos para guarnecer alguna de sus mansiones con frescos y retratos para adornar sus palacetes.

Si su hijo iba a ser pintor, esperaba que fuera el mejor de todos. A principios de los 80 lo mandó a Roma a ampliar estudios. Aunque la empresa ya estaba funcionando y tenía mayor capacidad económica, mantener un hijo en el extranjero no fue un sacrificio menor.

Cuando concluyó los estudios oficiales, Eduardo le planteó la posibilidad de prolongar su estancia. Le dijo que también en Roma sus pinturas eran cotizadas. Debería haberle llamado la atención que su hijo siguiera necesitando de su apoyo económico, pero, en ese momento, pensó que hacerse un nombre en el mercado internacional solo podría incrementar el valor de su obra. Así que no puso objeciones, aunque había apalabrado varios trabajos con Camil Fabra y Miquel Viada, El Meco, establecido en Cuba por aquel entonces. Convenció a su amigo Francesc Planas y Casals para que publicara un artículo en el Eco de Badalona. Le había costado lo suyo lograrlo, pero le hizo ver que tener un artista badalonés de talla mundial era digno de no menos que una portada.

Su benjamín estuvo un par de años en la ciudad eterna. Regresó en octubre de 1885, cuando la sala Parés montó la primera exposición del «célebre Eduardo Sabater». Se reinstauró la rutina: su hijo volvió a ocupar su habitación de siempre y todos los días iba y venía de Barcelona en el tranvía de fuego para finalizar los detalles.

Alquiló una calesa. La tarde de la inauguración, se montó junto a sus hijas Carmeta, Rosita y Fina. Refrescaba y el viaje fue más incómodo de lo que esperaba. Al llegar a la Sala Parés, un cartel que lucía una mujer deformada anunciaba el desastre. Aunque, como padre del artista, le trataron con sumo respeto y le dieron un lugar preeminente en el *vernisage*, no pudo disfrutar de la velada. Los cuadros eran grotescos. Algunos sin pies ni cabeza. Por mucho que le contaran sobre las nuevas tendencias pictóricas, no podía estar de acuerdo con que un mar pudiera ser morado o un cielo verdeara al atardecer. Y luego estaban esas pinceladas tan groseras, que había que hacer un verdadero esfuerzo por reconocer algún objeto en ellas. Lo que le resultó más incomprensible fue que alguien estuviera dispuesto a pagar por un retrato tan poco realista y amable con el protagonista.

Su hijo le había mentido. En lugar de estar perfeccionando una técnica que le podía reparar unos sólidos ingresos de por vida y de la que un padre no podría más que estar orgulloso, se dedicaba a timar a personas decentes a los que los marchantes engañaban. Hablaban de Arte, en mayúsculas, pero usaban una nueva forma estridente y ridícula de los trucos que los buhoneros empleaban desde antaño. Si resultaba que había gentes dispuestas a pagar pequeñas fortunas por aquellos bodrios, peor para ellos. Eso no cambiaba las cosas, su hijo le había traicionado.

¿En qué momento perdió el control sobre su vida? Si no era ni siquiera capaz de mantener a su familia dentro de la decencia y la virtud, no podía extrañarse de que su vida se fuera desmoronando.

Lejos quedaban esos años cuando su buen criterio le evitó quedarse sin ahorros, como su amigo y por entonces socio en el negocio del vino, Salvador Codina, que había perdido todos sus ahorros en el *crac* de la bolsa de Barcelona en los 60. Los mercados financieros nunca fueron de su agrado. Se comportaban como un chiquillo malcriado a quién nadie le ha dado un sopapo a tiempo. Eran impredecibles y con tendencias histéricas. El *crac* se produjo bastantes meses después de que el suministro de algodón empezara a resentirse por la guerra civil norteamericana. Los industriales analizaban con preocupación primero los costes crecientes, luego la escasez de la preciada materia prima y finalmente se extendió la alarma al llegar a la conclusión de que la crisis iba a ser todavía más brusca y prolongada de lo que estaban dispuestos a aceptar. A esa conclusión podrían haber llegado unos días antes o unas semanas más tarde, pero fue un miércoles negro, cuando un conjunto de pequeños inversionistas empezó a vender y la reacción en cadena generó el pánico entre aquellos que habían depositado su dinero en la bolsa.

—Lana —dijo para sí tras cerrar el Diario de Barcelona—. El futuro está en la lana.

—¿Qué murmuras, Isidro? —preguntó María Rosa.

La observaba mientras tejía una toquilla, atenta a no perder la cuenta. Entonaba una canción triste y antigua. Desde que su hijo

Juan había vuelto de su estancia en Marsella, dejaba que fuera él quien abriera la barbería y así desayunarse en casa con su mujer. Le gustaba oírla canturrear mientras lavaba en el *badiu*, remendaba algún delantal de las niñas o triscaba en la cocina. Como todos los lunes, había preparado los ingredientes para el caldo que tardaba sus buenas cuatro horas en soltar todo su sabor. Aunque todavía era temprano, la casa olía a grasa frita: el olor de la abundancia y la señal indiscutible de que el frío empezaba ya a notarse. Hacía solo un rato, su esposa le había servido el desayuno.

—Aquí tienes un poco de tocino frito, como te gusta —dijo, y se apartó a tiempo para evitar uno de sus cachetes—. ¡Fallaste! Estás perdiendo facultades.

—No decías lo mismo anoche —continuó él la broma—. Me pareció que dabas tu aprobación, al menos dos veces.

—No te envalentones, que luego es peor.

—Ya vendrás a arrimarte cuando el frío atenace —continuó él, burlón.

—¿No ibas a poner una estufa? —preguntó su mujer, y se sentó a su lado para retomar la labor que había dejado el día anterior—. Podemos afrontar el gasto, ¿verdad?

Él había tenido la prudencia de no invertir en la bolsa los ahorros que el negocio del afeitado y el corte de pelo eran capaces de producir. Se había recuperado de los desastres de la sal y el vino. Dicho así, a más de uno le habría sonado a señal bíblica que aconsejaba alejarse de los negocios, pero a él las ideas le bullían en la cabeza y el dinero ocioso le quemaba en esa hornacina que se había hecho construir en su alcoba y que había sabido disimular detrás de un cabecero de caoba encargado al mejor ebanista de la ciudad.

—¿Cuánto tardas en tejer una toquilla?

—Depende mucho del dibujo.

María Rosa había parado su trabajo y le dirigió una de esas miradas, mezcla de curiosidad y entrega.

—No me he puesto nunca a pensarlo, pero puedo ver cuánto tardo en confeccionar ésta.

Su mujer le facilitó información sobre los tiempos, los distintos tipos de labor y las calidades de la lana que utilizaban las mujeres del pueblo. Las más adineradas, las esposas de los parroquianos de la barbería, habían dejado de tejer y preferían comprar el género ya confeccionado. La moda había evolucionado, pero a un ritmo mucho más lento que las comodidades en los hogares y, en invierno, una buena toquilla era imprescindible para estar confortable en casa. Así que iban a Barcelona con la vana esperanza de hacerse con una que aunara calidez y elegancia.

Se dedicó a estimar la cantidad de lana que se necesitaba para los distintos diseños que había comprobado que estaban estandarizados. Se informó de los precios que pedían los pocos tenderos que ofrecían el producto. Se acercó a algunos comerciantes de prestigio de la Ciudad Condal y éstos le pusieron en contacto con un mercader al por mayor que se interesó por su propuesta. Y, por fin, con un modelo de negocio que entonces ya sabía que tendría que ir ajustando, se decidió a iniciarse en el textil.

Fue una decisión a contracorriente. La industria había ya entrado en crisis. A los despidos masivos y al cierre de fábricas, se sucedieron huelgas y revueltas. El efecto multiplicador sobre la economía fue devastador y el «hambre del algodón», como lo llamó la prensa, se extendió por toda Europa. Pero era un invierno frío y las mujeres necesitaban sus toquillas para protegerse. No le resultó difícil encontrar mano de obra eficiente y, sobre todo, barata. Las mujeres de los pescadores ya habían estado trabajando a destajo para algunos empresarios textiles que les alquilaban las máquinas y les pagaban la pieza a precios irrisorios. Su amigo Tonet, convertido en Cofrade Mayor, solo le pidió que les pagara en plazo, y no pretendiera taras inexistentes para regatearles lo acordado. Él siempre fue un empresario honrado. Una cosa era buscar el máximo beneficio y otra muy distinta abusar de los demás, ya fueran proveedores, trabajadoras o clientes. A más de uno habría de ver hundirse en la miseria por burlar compromisos o embaucar a la clientela.

Las casetas de la mayoría de pescadores no ofrecían las condiciones mínimas para el trabajo. No podía arriesgarse a que el género que dejaba en depósito, ni las prendas a media confección, quedaran expuestas a la humedad, el salitre y el hedor de las redes de pesca. Seleccionó algunas viviendas que estaban mejor acondicionadas y dejó a sus dueñas como *capceras*. Eran las encargadas de asegurarse de que las mujeres se presentaran todos los días, de repartir el trabajo de forma equitativa y de almacenar las madejas en arcones de madera.

En cada arcón hizo instalar una cerradura de cilindro. Se sintió fascinado por ese artilugio mecánico desde que lo vio por primera vez en el almacén de uno de los mejores *restaurants* de Barcelona, en su etapa como comerciante de vino. Aunque se había inventado hacía unos lustros, su uso todavía no se había extendido y, mucho menos, en un receptáculo de tan poca capacidad, pero como solía decirles a las *capceras*:

—Esto es mercancía de primera y hay que protegerla como si fuera cosecha de la mejor añada.

Su hija Carmeta era la encargada de pasar todas las mañanas para abrir las cerraduras, controlar el avance de la producción y calcular cuándo sería necesario reponer material. También recibía los informes de las *capceras* que se encargaban de que las mujeres fueran todos los días a trabajar según lo convenido. Cuando alguna faltaba al trabajo, la *capcera* iba a su casa a interesarse por ella. La mayoría de las veces faltaban porque algún familiar estaba enfermo o el marido la requería para realizar algún trabajo extraordinario en las redes, tras algún golpe de mar o si alguna tintorera había quedado atrapada y las había dañado. En esos casos, se exigía que alguien de la familia, generalmente una hija o una sobrina, ocupara la vacante. Si eran diestras, muchas veces quedaban incorporadas al equipo una vez la trabajadora se había reincorporado. Así su capacidad de producción iba creciendo con mujeres de total confianza y que habían probado su eficacia.

Fueron años de pujanza económica. Mientras se afianzaba el triángulo formado entre Sabadell, Terrassa y Barcelona, gracias al arancel librecambista de 1869, lo aprovechó para proveerse de lana australiana y alemana de calidad superior. Con un producto de mayor categoría, pudo acceder a los mercados de las ciudades más importantes de España, primero, y, años más tarde cuando el tratado de 1882 con Francia le perjudicó, sería uno de los primeros de la ciudad en mirar hacia las colonias.

Siempre atento a todo nuevo progreso, en seguida quiso sumarse a la mecanización del tejido, que había visto en una visita a la colonia industrial de Can Bros en 1874. No podía contar con el apoyo de su antiguo socio. Codina todavía no se había recuperado de sus nefastas inversiones en bolsa. Intentó convencer a algunos de sus parroquianos. A pesar de reconocerle como un empresario cabal, no acababan de decidirse a jugarse sus ahorros en un producto, la confección de lana, que no conocían. Tampoco tuvo suerte con los bancos. Le pedían un montón de información, pero al final todo se reducía a qué patrimonio tenía para avalar el préstamo. Le corroía la falta de visión de los demás.

Esa mañana había madrugado como era su costumbre. Ya no se encargaba de abrir la barbería, pero iba temprano al taller con sus llaves para abrir personalmente los arcones y armarios donde seguía salvaguardando el género de los roedores. Y de las trabajadoras. Siempre pudo presumir que a él no le habían sisado nunca.

Cuando llegaba, vio una silueta femenina que avanzaba enérgica en dirección contraria. Les separaban medio centenar de pasos y no pudo distinguir si la toquilla con que iba ataviada era de las de su casa. Se dio la vuelta para abrir el portón de madera.

—No me reconoces —dijo la mujer—. Tú, en cambio, sigues igual.

En seguida identificó la voz. Era algo más grave, más pausada, pero igual de sensual. La saludó, pero luego se quedó plantado como un pasmarote, sin saber qué decir.

—¿No me invitas a pasar?

—Por supuesto.

Le ofreció una silla de enea, aunque él se quedó de pie. Vio cómo Lidia examinaba el local, con la misma precisión con que lo había hecho años antes cuando fue a conocer su primera barbería. La estancia principal tendría unos cien palmos cuadrados. La luz entraba por unos ventanucos en la parte trasera que daba a un patio interior. Al fondo se encontraba el almacén, pero ella no pudo verlo. Hacía un par de años que había alquilado el edificio, cuando logró mantener un grupo de trabajadoras fijas y había optado por una supervisión más estrecha. Carmeta había roto con su prometido y, como no mostraba ningún interés en buscarse un nuevo novio, decidió ponerla de *capcera*. Él se encargaba de supervisar a las eventuales que seguían trabajando desde sus casas y Juan ejercía como viajante buscando nuevos clientes.

—Veo que lo de la lana es un buen negocio —dijo Lidia, y señaló su toquilla—. Aunque el otoño está siendo benigno, por las mañanas refresca.

—Ese es uno de nuestros mejores modelos.

—Y hecho por la «puntaire de la reina», creo —dijo ella, y le guiñó un ojo—. Una chica muy hábil y muy guapa.

—Estás en todo —contestó él—, aunque imagino que no habrás venido para demostrarme tu dominio de los entresijos del textil badalonés.

Miró instintivamente el reloj que colgaba en la pared a su derecha. Fue uno de los primeros industriales en imponer la jornada de cincuenta y cinco horas; una clara mejora para las trabajadoras, que así disponían de las tardes de los sábados para encargarse de las tareas domésticas y los domingos para descansar. El resto de la semana se trabajaba diez horas diarias y les exigía puntualidad. Si llegaban tarde por las mañanas o tras la pausa del almuerzo, les aplicaba penalizaciones. Calculó que le quedaban poco más de diez minutos antes de que llegaran en tropel.

Cuando sus ojos se volvieron a encontrar, reconoció a la mujer calculadora en esa mirada fría que Lidia le dirigía.

—No quiero entretenerte —dijo ella—. Tengo una proposición que te va a interesar.

—Tú dirás.

—Te conozco bien, así que te pido que no me des ninguna respuesta ahora. Piénsatelo y, si te interesa, lo volvemos a hablar en unos días.

Hizo una pausa, como si esperara su aprobación antes de continuar. Él le hizo un gesto con la cabeza. La conocía lo suficiente como para concederle ese crédito.

—Tengo algo de dinero ahorrado...

—No necesito socios. Solo mi hijo Juan y yo.

Ella lo miró con cara de impaciencia, ignoró su interrupción y continuó:

—Los bancos no merecen mi confianza y no he conseguido nunca entender ese mundo endiablado de los bonos y las acciones. Así que he pensado que si lo pongo en tus manos, podré sacar algunos dividendos.

—¿Estás hablando de un préstamo?

—Los términos técnicos te los dejo a ti.

Había relajado su expresión y, aunque su tono era firme, su voz volvía sonar con la calidez con la que se habla a alguien cercano. Intuyó un brillo en su mirada y no pudo evitar una oleada de sensaciones que creía olvidadas. Imágenes fugaces que le recordaron ese cuerpo escueto de adolescente, sus caricias expertas de joven, las noches de insomnio suspirando por su ausencia. Se ruborizó al comprender que sus sentimientos hacia Lidia seguían llevándolo por los mismos caminos indómitos después de tantos años. Y, entonces, desde algún rincón olvidado, emergió una imagen resguardada en su memoria durante todos esos años. La silueta de la que fue su amante luciendo una tripa incipiente.

Ella también había enmudecido. Expectante. Como si sus pensamientos se hubieran sincronizado por el efecto de un engranaje preciso. Sintió que esa era la ocasión para aclararlo todo con ella.

—¿Qué pasó con el bebé?

—No sé de qué me hablas —dijo ella, y desvió la mirada.

—La última vez que nos vimos en la cárcel. Estabas embarazada.

Ella seguía con la vista fija en algún punto de la memoria. Sus ojos se humedecieron, o así se le pareció por unos segundos, porque ella enseguida recobró esa expresión glacial que también conocía a la perfección.

—He venido a hablar de negocios.

—Entonces, ¿soy el industrial más importante de la ciudad?

—No —siguió ella con su tono profesional—, pero eres al único que conozco.

—Ya veo.

—Además, estoy en deuda contigo.

Era eso, entonces. Él la había liberado de la justicia porque seguía apreciándola, porque se sentía todavía culpable por su cobardía, porque pensaba que ella se había tenido que encargar de un hijo que podría ser suyo. Sin embargo, para Lidia era solo una cuestión de honor. Le había dicho que estaba en deuda con él y si, además de saldarla, conseguía sacar algún rédito, mejor. Reconoció ese lado frío y calculador de su amiga.

Ya se habían levantado. La acompañó hasta la puerta y salió a la calle para despedirla.

—Si es lo que quieres, me parece bien —dijo él—. Te haré llegar mi propuesta.

—Solo dime cuánto necesitas.

Ella le tendió la mano para sellar su acuerdo y luego se fue sin despedirse. A lo lejos llegaban las primeras mujeres, pero por suerte Carmeta se había retrasado un poco por culpa de las diabluras del pequeño Eduardo y, para cuando llegó, él ya había acallado los cuchicheos.

Siempre mantuvo en secreto de dónde había conseguido el dinero para comprar la primera maquinaria y fundar «Hilaturas Finas» junto a su hijo. Algunos amigos comentaban que los negocios te llevaban a tener extraños compañeros de viaje. No se hacían preguntas, tampoco; y solo mucho más tarde, cuando entendió que sus fuerzas le iban abandonando, dejó que su hijo Juan se metiera en los libros.

Todo por dejar la empresa en manos de su hijo. El lío en el que estaba metido entonces, a sus más de setenta años, era culpa de esa decisión. No debería haber dejado que Juan fuera fundador, junto a él, de la fábrica. ¡Cuántas esperanzas depositadas en el chico para nada!

Le había devuelto a Lidia hasta el último céntimo y le había pagado unos intereses razonables. Ella no hizo jamás un gesto que le hiciera pensar que, más allá de ver saldada su deuda y sacar algún beneficio económico, tuviera ningún otro interés en él. Estaba volcada en sus labores de mecenazgo y, también él lo creía, en perseguir a jovencitos. Unos años más tarde, su relación con Amado causaría gran escándalo en la ciudad. Aunque el muchacho tenía buena planta y unas facciones agradables, pero a él le parecía insulso y sin gancho, pero sabía que Lidia le sacaría toda la miga a esa relación.

Sin embargo, no tenía claro qué sentía él. Había querido a María Rosa como no pensaba que fuera posible querer, pero también el amor evoluciona y, con el tiempo, no pudo evitar mirar a otras mujeres. No era algo de lo que se sintiera orgulloso. Incluso pensaba que la persecución que hizo a Gertrudis Banús, a la que todos conocían como la «puntaire de la reina» por la precisión de su trabajo, había sido demasiado feroz. La chica acabó aceptando una proposición de boda que le convenía poco para alejarse de él. La consecuencia no solo fue que perdió a una de sus mejores trabajadoras, sino que lo que más le dolía era cruzársela alguna vez y ver cómo ella apartaba la cara para ocultar los moratones. Su marido le levantaba la mano a la menor ocasión y solo le permitía vestir con prendas de sarga, para ocultar su belleza. Isidro consiguió que admitieran a sus hijos en la casa Amparo y que tuvieran acceso a la educación primaria. Esperaba que con eso le hubiera podido devolver un poco de felicidad.

Respecto a su primer amor, Lidia, aprendió a no pensar en ella. En las raras veces en las que se cruzaban, solo la saludaba con una ligera inclinación de cabeza. Aunque no podía evitar seguir viendo en ella a esa niña del arrabal que necesitaba su protección. Posiblemente había sido ese sentido protector lo que le había llevado a pedir su liberación al jefe de los Carabineros unos años atrás.

El Real Cuerpo de Carabineros de Costas y Fronteras de España era un cuerpo armado creado el 1829 con la misión de reprimir el fraude y el contrabando. Para la mayoría de la población, la evasión de impuestos nunca constituyó una verdadera actividad delictiva, por lo que los contrabandistas actuaban a su antojo y contaban con el apoyo que cualquier emprendedor puede esperar de sus convecinos; es decir, que si no causaban ningún trastorno, les dejaban hacer. En más de una ocasión, incluso colaboraban si con ello obtenían algún provecho.

En la década de los 60, una serie de malas cosechas que se tradujeron en escasez de trigo llevaron a un incremento del coste del pan y de otros productos de subsistencia. Una nueva epidemia de cólera dejó una riada de muerte y a ello se sumó un incremento del paro por la crisis del textil. Al pronunciamiento de Prim, le sucedió la sublevación de los Sargentos de San Gil y las primeras barricadas en Madrid.

Todos esos acontecimientos le parecían lejanos cuando oía a los parroquianos comentar los titulares de la prensa diaria. A él la política nunca le interesó más allá de evaluar qué impacto tendría en su negocio o si debía advertir a su familia de que no saliera a la calle durante unas horas. No es que le diera lo mismo que gobernaran unos u otros, y había posiciones que se acercaban más a lo que a su entender convenía al país para asegurar el progreso de sus gentes. Solo que recelaba de esas personas que se erigían en defensores de la patria o los ideales, y conseguían que unos desarrapados se mataran unos a otros, para seguir en la miseria ganara quien ganase.

Sería hacia mediodía de un martes de octubre, cuando recibió la noticia. El viento había barrido el humo de las fábricas y el sol se colaba por la puerta de la entrada, transparente y afable. Se sentía pletórico sin ninguna razón aparente. Posiblemente por eso, fue capaz de encajar la noticia de los labios del propio jefe de los carabineros.

—Esta noche hemos apresado a cinco. Entre ellos a una viuda, una tal Lidia Comas —dijo y miró a Isidro, que había quedado paralizado—. No sé por qué las mujeres tendrán que meterse en esos líos. Hemos tenido que pedirle al herrero que nos instalara una cerradura en una sala. ¡No íbamos a meterla en la *trena* para que los delincuentes la forzaran!

—Y, ¿qué van a hacer con... ellos? —logró articular.

—Sabater, esos son gentuza, no debería perder el tiempo preocupándose por gente de esa calaña.

—Pero... ¡una viuda! —continuó, ya dueño de sí otra vez—. Estoy convencido de que no es más que una víctima en todo esto.

—A los otros ya les habíamos echado el ojo. Tiene usted razón en que nos ha extrañado mucho que estuviera implicada una mujer. Lo habitual es que solo intenten ayudar a la familia. Maridos o hijos desaprensivos que las meten en líos. Pero esta vez ha sido distinto. La torre de su casa era la que utilizaban para las señales.

El jefe de carabineros estuvo relatando el sistema, aunque era conocido por todos. Algunas casas del pueblo habían hecho construir una torre, a la que popularmente se llamaba *torratxa*, y desde cuyas ventanas utilizaban un farol o una tea y hacían señales para que los contrabandistas descargaran su mercancía a la playa cuando la ronda se había alejado lo suficiente. Se solían elegir noches sin luna, para no ser vistos, y rehuían la mar calma que, con su silencio, los delataba mucho antes de alcanzar la costa.

No le sorprendió descubrir que su amiga se hubiera metido en ese mundo. Siempre había mostrado mucho interés en cualquier actividad que proporcionara dinero fácil. Aunque había heredado unas tierras colindantes con Montgat al enviudar, estaban muy cerca de la playa y no producían ningún fruto. Unos años más tarde, supo negociar de forma muy ventajosa cuándo se las adquirieron para montar una fábrica de lejía, pero por aquel entonces le costaría llevar el ritmo de vida de respetable dama al que aspiraba desde niña.

La conversación fue derivando otra vez hacia los últimos acontecimientos en la capital y la necesidad de encontrar un rey a la altura de las circunstancias. Él no dejaba de darle vueltas al futuro que le esperaba a Lidia si, según lo que habían comentado, era desterrada. Seguro que sabría salir adelante, pero no quería ni pensar que eso significara volver a la sordidez de la que había conseguido escapar.

—¿Existe alguna opción para ayudar a esa pobre viuda? —soltó de repente.

—Sabater, no le conocía a usted la afición —contestó el jefe de carabineros con una risotada.

—Su esposo, que en paz descanse, fue un buen amigo —mintió.

—Disculpe mi atrevimiento —dijo serio—. En ese caso, veré qué se puede hacer. Su falta no es grave y, si además de pagar la multa, alguien responde por ella, imagino que se podrá arreglar. Pásese por el cuartelillo en un par de días. Tendremos alguna noticia del Gobierno Civil.

No quería desvelar el pasado oscuro de Lidia, ni quería faltar a la verdad delante de quien siempre estuvo a su lado. Si María Rosa hubiera tenido un carácter más desconfiado, habría tenido que afrontar ese dilema sobre la lealtad hacia las dos mujeres que había querido. Pero ella no hizo preguntas. Así podía dormir tranquilo: nunca le mintió. Aunque tuvo que soportar las chanzas de algunos parroquianos durante unos meses, mereció la pena.

Se sintió mejor al recordar todo lo que había conseguido, no solo por sí mismo a través de su influencia. Era una persona a la que se escuchaba y tenía en cuenta. Estaba convencido que Vehils se daría cuenta de esa posición que ostentaba y que entendería que estrechar lazos con la familia Sabater, con Isidro Sabater, le convenía. Se levantó, desechó la idea de llamar al mayordomo y se fue a la cocina.

—Eufrasia —ordenó a la cocinera—, para cenar prepáreme unas migas de esas de su pueblo. Acuérdese que tiene que dejar que el ajo se tueste bien, que si no repite.

12

Badalona, finales de Julio de 1898

—¿Has preparado también el mantón? —dijo Carmeta a la doncella—. Por las noches refresca y no puedo presentarme a un baile con una toquilla de lana.

—Lo planché a primera hora y se lo he dejado encima de la cama —contestó la chica—. Solo me queda repasar las enaguas que lavé ayer y ya estará todo listo.

Iba a salir al jardín para hablar con el chófer, que andaría por las cocheras, cuando apareció Eufrasia como poseída por las gárgolas y los dragones que tanto la asustaban.

—¡A este carcamal ya no lo aguanto más! —dijo.

Al ver que ella estaba en la cocina, se quedó plantada en medio de la estancia y arrancó a llorar.

—Lo siento, señorita. No quería ser maleducada, pero ya no puedo más —logró balbucear—. Lo mejor será que me vaya de la casa.

Isabela, que las miraba alarmada, se mordió los labios, en un gesto de prudencia poco natural en ella, y se quedó callada en un rincón. Carmeta no sabía qué decir. No podía tolerar de ninguna de las maneras esa falta de respeto de Eufrasia. Aunque fuera una persona de confianza, había que mantener el servicio a raya o se asilvestraban y acababan haciendo lo que les venía en gana. Sin embargo, su amenaza velada requería una intervención más urgente, no podía permitirse que una cocinera con más de treinta años de oficio y veinte en la casa fuera a dejarlos por una minucia.

—Tan grave no será, mujer —dijo—. Seguro que lo podemos arreglar.

—Yo te ayudo —intervino la doncella—. Total, cuatro platos rotos los recogemos en un pis pas.

No comprendió de qué estaba hablando. Interrogó a la cocinera con la mirada y ésta la llevó hasta el comedor de verano. Al abrir la puerta corredera, vio lo que parecía el resultado de una batalla desigual que había perdido el mobiliario de caoba contra las armas compuestas por la vajilla del desayuno al completo. Resultaba difícil pensar que un ricachón de setenta años había sido el causante de aquel estropicio y entendía, a su pesar, que la cocinera se sintiera sobrepasada por la tarea hercúlea de retirar gachas emplastadas en la vidriera, en la cómoda, las sillas de *petit point* e incluso en el techo artesonado. Todo ello, sin herirse con los restos de porcelana esparcidos por doquier.

—Me ha dicho que estaban frías y que si yo también quería mofarme de él —gimoteó y se santiguó—. Le juro por el altísimo, y que me perdone el atrevimiento, que estaban humeando cuando las he sacado de la cocina.

Tuvo que consolarla. Cuando consiguió que se calmara, obtuvo una versión completa y detallada de lo que había ocurrido. La tranquilizó saber que su padre no había intentado agredir a la cocinera y utilizó este hecho para convencerla de que su idea de marcharse de la casa era solo una reacción lógica al disgusto. Justificó a Isidro, que estaba pasando por un mal momento, y le prometió que hablaría con él.

Lo encontró en un rincón del jardín. La mirada perdida en esa higuera que se había negado a arrancar.

—No sé qué le ven esos montañeros a andar por el bosque. La soledad en el bosque, la comunión con la naturaleza... ¡Chorradas! Mira que os gusta opinar sobre todo. Cuando yo era niño ni se me hubiera pasado por la cabeza cuestionar a mi padre. Yo aquí ya no pinto nada. ¿Queréis un bosque en el jardín? Pues, hala, que así sea.

Nunca lo había visto tan alterado y, aunque no entendía a qué venía toda esa obsesión con el bosque, creyó que era mejor esperar a que se calmara. Se sentó junto a él, le cogió de la mano y se la acarició, despacio, como se mece a un niño para tranquilizarlo ignorando su rabieta. Siguió farfullando un rato más, pero pudo notar cómo su voz se apaciguaba y finalmente quedó en silencio. Miraba un jilguero.

—Solamente los pájaros son confiables. Cuando cantan de ese modo, es que va a llover.

Volvió a entrar en la casa. Eufrasia e Isabela ya habían recogido todo el estropicio y solo las marcas oscuras del agua sobre la tapicería delataban la trifulca de la mañana.

No le costó mucho convencer por completo a la cocinera. Igual que había soportado estoicamente las cuitas de sus sobrinos, le tocaría lidiar a partir de entonces con algunas excentricidades propias de los viejos.

—Visto así, tampoco es gran cosa —dijo Gertrudis.

Al día siguiente se levantó de madrugada para estar preparada cuando Juan la recogió para ir a la estación de Francia. Desde allí tomaron el expreso que los llevaría a Sant Joan de las Abadesses, donde les recogería una tartana para llevarlos a Camprodón. No estaba claro por qué lo llamaban «expreso», cuando tardaba más de cinco horas en hacer el recorrido y paraba en numerosas estaciones. También carecía de vagones de primera clase, por lo que su compartimento para seis personas lo ocupaban un cura viejo y entrometido y una payesa oronda. En Montcada se subió un jovencito asustado. Hubiera apostado con su hermano que se bajaría en Vic, convencida de que iba a ingresar en un seminario, pero Juan se había dormido. Consiguió esquivar el ataque inicial del cura, limitándose a contestar con monosílabos a sus preguntas, por lo que éste optó por someter a la campesina a su particular interrogatorio. Optó por mirar por la ventana. El sol todavía no asomaba entre las cumbres del congosto que atravesaban y la oscuridad del cielo no le permitía adivinar si es que estaba nublado o simplemente todavía no había amanecido.

Logró echar una cabezadita que resultó muy oportuna. Se despertó ya en Vic, donde la parada se alargaba para repostar agua y que el pasaje pudiera aliviar sus necesidades. Con la luz del sol, el calor del verano empezaba a sentirse.

—¿Cómo ha dormido la princesa del guisante? —le preguntó su hermano.

—No estaba dormida. ¿Ya estamos en Vic? —preguntó y, al comprobar que el chico cogía las maletas, añadió—: Lo que yo decía: un futuro seminarista.

—Pues no creo que dure mucho —contestó Juan mientras la ayudaba a bajarse del tren—. En cuanto la payesa se ha apeado, ha empezado a soltarle al chaval unas soflamas cada vez más enardecidas sobre la importancia de la clerecía para prevenir el pecado y llevar a los feligreses por el recto camino, sorteando los múltiples obstáculos que el diablo siembra a diestra y siniestra, sobre todo a siniestra, ha recalcado y... Deberías haber visto las caras que ponía el chico. No, no creo que dure mucho ahí dentro.

El revisor apareció al poco de que el tren se pusiera de nuevo en marcha. Por fin habían quedado solos en el compartimento y se habían sentado uno frente al otro.

—Nos espera un día caluroso —dijo el revisor, y abrió la ventanilla—. No olviden cerrarla cuando entremos en un túnel. La carbonilla se te mete en el cuello y luego estás tosiendo un buen rato.

—Descuide, así lo haremos —contestó Juan.

—Esta tarde lloverá —dijo ella cuando el revisor hubo salido—. Cuando suben tanto las temperaturas, se forman unas nubes monumentales y siempre acaba descargando. Te va a tocar jugar al tute hasta la cena.

—¡Y sin escapatoria!

—Siempre puedes darles un besito a tu mujer y a tus hijos, y volverte a Badalona.

En lugar de seguirle la broma, su hermano se había quedado callado. Tenía la vista fija en algún punto de la tapicería del asiento que quedaba a su derecha, traslucía una preocupación profunda. Cuando el vagón se oscureció, señal de que entraban en un túnel, Juan alzó la vista, se levantó y cerró la ventanilla. Su mirada era lúgubre.

—¿Qué pasa, Juan?

—Todo está perdido.

—¿La conversación con Vehils no fue bien? Ahora entiendo el numerito de anoche.

—No, Carmen, no puedes entender nada si no dejas que te cuente.

Si su hermano la llamaba por su nombre de pila, sin usar el diminutivo, el asunto era feo de verdad. Decidió escucharlo con atención, sin interrupciones. Él relató que su padre había acudido a la cita en la mansión de los Vehils, pero que después de hacerle esperar durante más de media hora, le dijeron que había tenido que salir de forma urgente y que volviera por la tarde. Tuvo que regresar a primera hora, sin haber podido descansar, rompiendo esa costumbre que para él era casi sagrada. En lugar de recibirlo en el gabinete, o incluso en el salón, Vehils se había acercado al *hall* y lo había apremiado a que expusiera lo que tuviera que decir, sin ofrecerle asiento, ni mantener un mínimo las formas. Isidro estaría confundido: no era esa la forma en la que estaba acostumbrado a que lo trataran. Juan suponía que había sido una táctica negociadora. La había sufrido ya en alguna otra ocasión, ejecutada por empresarios con los que mantenía una relación más que cordial y que, una vez cerrado el acuerdo en condiciones que ellos estimarían beneficiosas, volvían a mostrarse considerados con él. Ambos tenían claro que su padre no haría esa misma lectura. No sabían si no había querido darse por enterado, o si simplemente siguió con su plan inicial sin entender que los elementos no le eran propicios.

—Y le soltó que esperaba un trato favorable, puesto que iban a ser familia.

—¿Qué dijo Vehils? —preguntó ella alarmada.

—Primero lo miró como si no entendiera nada y, de repente, se puso a reír.

—Me lo puedo imaginar, con esa risita que tiene como de fauno después de raptar a una doncella.

Juan se había quedado lívido. A medida que relataba la historia, se iba indignando más y más.

—Le soltó que lo de su nieto eran solo chiquilladas. ¿Qué se ha pensado ese? Acaso mi hija no es digna del mejor. Que cómo iba un Vehils a desposar a una Sabater, dijo el muy idiota. ¡Se pensaría que estoy interesado en cazar a un *hereu* para mi niña!

—El viejo puede opinar lo que le plazca, pero el chico tendrá algo que decir, supongo.

—Olvídate del tema, Carmen. Todavía hay familias que no permiten a sus vástagos opinar en esas cuestiones. Y, al parecer, lo quieren comprometer con una baronesa. Me tengo que enterar bien, pero creo que es una de esas familias con título, pero sin bolsa. Seguro que no es ni la mitad de encantadora que Carolina.

—Ni tan lista.

El calor en el vagón se había hecho insoportable. Juan se levantó para volver a abrir la ventanilla.

—Al final tendrás razón. Mejor que se dedique a los estudios.

No era esa la forma en que ella hubiera querido obtener la aprobación de su hermano para que Carolina fuera a la Universidad. Por otro lado, estaba por ver la reacción de su cuñada.

Cuando hubo deshecho las maletas y bajó para tomar un refrigerio, su hermano había puesto a María Antonia en antecedentes. Tal como había sospechado, su cuñada encontró numerosas objeciones a la candidatura de Jacinto como futuro yerno y solo veía ventajas a la nueva situación.

—Al fin y al cabo, no era más que un capricho de niña atolondrada. Es conocido que las jovencitas solo tienen pájaros en la cabeza y los sueltan a volar al primer mozo que les presta un poco de atención.

Acto seguido, su cuñada propuso organizar lo que iba a ser el baile más esperado de la temporada. Se la veía convencida de que a Carolina se le pasaría pronto el disgusto. Esperaba presentarla ante todos los chicos de las familias influyentes que veraneaban en la colonia, con la clara intención de mediar en la selección de los pretendientes adecuados. El candidato tendría que hacer méritos. En eso, estaba de acuerdo con María Antonia. Le irritaban los vagos, los advenedizos, los descuidados, los pelmazos y los necios. Pero, por encima de todo, detestaba a los petulantes que exhibían sus posesiones materiales con ínfulas nobiliarias, porque no tenían nada más que ofrecer. Quería que trataran a su pequeña como se merecía, como siempre había hecho su hermano Juan con su esposa.

Carolina se encerró en su habitación. Apenas comía y se negaba a salir a la calle. Consiguió hablar con ella un par de veces, pero enseguida se dio cuenta de que no atendía a razones. Ni siquiera se mostraba interesada por los artículos de Odón de Buén en unos ejemplares de Los Dominicales del Libre Pensamiento que a ella le habían costado tanto conseguir. Lo hojeó con poca atención y cuando le propuso ir a buscar algunas plantas para explorar las dos juntas el nuevo sistema de clasificación, solo consiguió que le diera largas. Quería encerrarse en su desolación. También a ella le saltaban las lágrimas al comprobar esa tristeza profunda que emanaba de un llanto ya seco. Resultaba difícil encajar una pérdida cuando no se ha tenido ocasión de despedirse. La niña escribió múltiples cartas, pero llegó por sí misma a la conclusión, con esa clarividencia y ese temple tan característicos en ella, de que era inútil mandarlas. Puesto que era su familia y no él quien cortaba la relación, de poco servirían. Al cabo de más de quince días, pudo apreciar que el dolor de su sobrina se había transformado en rabia.

—¿Cómo se puede ser tan cobarde? Ni siquiera ha tenido el valor de contarme lo que sucedía. Si el abuelo no llega a dar el paso, ¿cuándo me hubiera enterado? Si me quiere, tal como me decía, podría haberme mandado una carta. Yo estaría dispuesta a quererlo siempre, aunque nuestro amor fuera un imposible.

—No digas eso.

—Usted no lo entiende, tía.

—Ningún hombre se merece un sacrificio de ese tipo.

Aunque su cuñada se resistía, no sabía si por el ridículo de tener que dar una mala excusa, por todos los gastos en los que ya había incurrido o por no renunciar al protagonismo; al final, quedó claro que había que cancelar el que prometía ser el evento más sonado de la temporada.

Se habían acercado a la terraza del Gran Hotel para tomarse un café, después de toda una mañana realizando encargos. El sol empezaba a descargar su furia y se refugiaron bajo unos parasoles. Apoyó la sombrilla en la silla y, nada más sentarse, sacó el abanico.

—El mejor aliado de una señora —dijo.

—Todo este esfuerzo para nada —suspiró María Antonia—. El servicio lleva toda la semana limpiando las ventanas y la cristalería que me traje de Badalona. La casa está reluciente y tenemos todos estos adornos.

—Podríamos organizar una observación astronómica —propuso ella que llevaba un rato dándole vueltas al asunto—. Tampoco es cuestión de malgastar todo el trabajo que hemos hecho.

—¿Tú crees que les va a interesar eso?

—Piénsalo así. La vida del veraneante es tan reposada, los pasatiempos están tan establecidos, la compañía tan conocida, las conversaciones tan trilladas, que se diría que hasta las sorpresas son las de todos los años. Así que se agarran a cualquier excusa, hasta la más insignificante, que les permita romper con esa aburrida rutina.

—Tienes razón —contestó María Antonia y sonrió—. Además, quizá incluso seamos capaces de conseguir que Carolina salga de su cuarto, con lo que le gusta todo lo relacionado con la naturaleza.

Por la tarde ya habían mandado las esquelas para invitar a sus conocidos a la «Observación del fenómeno astronómico conocido como Lágrimas de San Lorenzo, seguida de resopón y baile». Las primeras confirmaciones llegaron esa misma noche, mientras daban el paseo nocturno de rigor por el bulevar. Para su sorpresa, había en la colonia más aficionados de lo que hubiera esperado y, uno de ellos, incluso tenía un pequeño telescopio que ofreció llevar a la reunión. No serviría mucho para la observación de los meteoritos que se precipitaban en la atmósfera en todas direcciones y desaparecían en décimas de segundo. Ni siquiera si apuntaban al norte en una declinación de unos sesenta grados, en dirección a Perseo, donde el fenómeno solía presentar mayor intensidad. Sin embargo, no sería esa la única área de interés de un firmamento tan vasto y con tantas incógnitas por despejar. La noche prometía.

Los primeros invitados empezaron a llegar hacia las ocho de la tarde, cuando ya había anochecido. Su cuñada tenía razón y Carolina acabó por aparecer ataviada con un vestido elegante, pero discreto, en el que creyó adivinar un intento de pasar lo más desapercibida posible. Se habían dispuesto sillas y mesas en la terraza que daba al jardín, además de faroles en las mesas y antorchas clavadas en la hierba que conferían un halo de misterio e intimidad. En seguida quedó claro que la mayoría no tenía un especial interés en el cielo nocturno. Se hicieron algunos comentarios apreciativos acerca de los cometas. Algún curioso se acercó hasta el telescopio, pero por lo demás pronto se dispersaron en grupos para charlar a la espera del prometido baile.

—Vega, Altaír y Deneb. El triángulo del estío.

Se giró sobresaltada al escuchar esa voz familiar.

—¿No estabas en Waden Waden?

—No encontré allí a nadie que tuviera la sensibilidad necesaria.

Su cuerpo se había tensado y una nebulosa se formaba en su cabeza, sin entender qué hacía Camil ahí. La había abordado en un momento en el que ella buscaba un sitio cómodo en el que tender una manta y poder observar el cielo sin forzar el cuello. Estaba en un extremo del jardín. Él la atrajo hacia la oscuridad de unos matorrales. Consiguió girar la cabeza cuando él intentaba robarle un beso y se apartó.

—¿No me echabas de menos?

Estaba aturdida. Desde su última nota, apenas había pensado en él. Se convenció de que esa absurda relación no le convenía y que, en cualquier caso, él había perdido todo interés. Pero ahí estaba. Tan seguro de sí mismo, tan masculino.

—Entonces será mejor que volvamos a la fiesta —contestó él sin perder el buen humor—. Ya tendremos tiempo para eso.

Se reincorporaron al bullicio. Observó a los invitados, nadie parecía haber reparado en ellos. Se tranquilizó. Luego contempló el rostro de Camil. Hablaba con un ricachón asmático enfundado en un chaqué que le había preguntado sobre los avances conseguidos gracias a la introducción de las más avanzadas artes de pesca en las cofradías del Maresme.

—Estamos consiguiendo que los pescadores puedan salir de la miseria —dijo el marqués.

—He oído que más de una pelea le ha costado —dijo su interlocutor y tosió—. Esa gentuza no sabe apreciar lo que se hace por ellos.

—La gente de la mar, lleva siglos peleando —contestó—. Mientras nosotros estamos durmiendo cómodamente entre sábanas de lino, ellos ofrendan sus vidas a Neptuno. Es normal que recelen de lo que les contamos los que nunca hemos visto como el mar se tragaba a un amigo.

—No me negará que son un poco brutos.

—Mire, ¿sabe cuándo empezaron a hacerme caso?

—¿Les ofreció dinero?

—El día en que acepté enrolarme y hacerme a la mar con ellos.

Mientras escuchaba la conversación a cierta distancia, se iba convenciendo de que no eran solo sus hoyuelos, ni su mirada traviesa, ni siquiera sus conocimientos de astronomía lo que siempre la habían fascinado en él, sino su generosidad. Conocía a no pocos industriales y a hombres poderosos; a unos les venía de alcurnia, mientras otros, como su padre, eran hombres hechos a sí mismos. Muy pocos se preocupaban de los demás y ninguno mostraba esa entrega a sus proyectos filantrópicos. Los convertía en éxitos rotundos de los que él era solo un beneficiario ocasional. La vanidad que a veces dejaba traslucir en su atuendo o, incluso, en sus disquisiciones científicas, se convertía en humildad ante los más débiles y nunca se jactaba de sus logros.

A medida que transcurría la velada, el telescopio se convirtió en el punto de encuentro de todos aquellos que tenían un mínimo de aprecio por los astros. Se acercó para poder disfrutar de su pasión. Camil continuaba charlando con el asmático. Cuando la vio, enseguida se lo presentó; era el amigo en cuya casa se hospedaba.

—Nuestra inspección sobre el terreno nos ha permitido identificar un par de ubicaciones propicias para continuar con nuestra observación —dijo el marqués.

Estuvo resistiéndose a unirse al grupo. Sentía cierta aprensión por cómo lo interpretaría su pretendiente o qué maniobras pudiera iniciar.

—Por favor, tía —le imploró Carolina—. Vamos a ver los cometas. No quiero ir al baile.

El resto de la velada estuvo más pendiente de desvelarle los secretos del cosmos a su sobrina que en desentrañar los de su propio corazón. Mientras ella y Carolina charlaban, oía la voz profunda de Camil que se erigía en centro de atención absoluta del grupúsculo masculino. Ellas estaban algo apartadas, habría sido un escándalo que se tendieran junto a los hombres, pero podía oír algunas de sus explicaciones sobre las últimas teorías acerca de la formación del universo.

—No creía que el cielo pudiera contener tantos misterios —dijo Carolina—. Siempre he tenido la vista clavada en el suelo.

—Y los pies en la tierra —contestó ella y se rieron—. La curiosidad es lo que eleva al ser humano. Pero una cosa es interesarse por el mundo y otra muy distinta perderse en ensoñaciones.

—Quieres decir que me olvide de Jacinto, ¿no? —preguntó su sobrina con una voz que sonaba firme, desafectada.

—Dios me libre de sugerirte nada parecido. No soy yo la más ducha en los temas del corazón.

Se quedaron pensativas un momento. Ya no se oía a los hombres. Estaba convencida que más de uno se había quedado dormido. La algarabía del baile poco a poco se hizo más presente, reclamando su presencia como anfitriona que era. Rechazó la mano que le ofrecía Carolina y se levantó. El grupo masculino se había separado. Al llegar al salón vio que Camil estaba conversando con su hermano Juan. Éste le hizo señas:

—Estábamos diciendo que pasado mañana podríamos ir de excursión a Beget —dijo Juan—. ¿Qué te parece?

—Pasado mañana es domingo. Además, había quedado en acompañar a Carolina después de misa para que dibujara un sauce enano que vi cerca de las ruinas de Rocabruna —improvisó—. Ahora que he conseguido que salga de su habitación...

—Pues que venga ella también —intervino Camil—. Me comprometo a quedarme con vosotras si el ascenso se os hace demasiado cansado.

—Mosén Armengol, ese cura joven que ayuda al párroco, es también muy andarín. Le propondré organizar una misa campestre y todo arreglado —sentenció su hermano.

En realidad, no sabía si quería o no quería verse con el marqués. Ese beso robado la había causado estragos y, aunque él seguía actuando con aparente desenvoltura y naturalidad, vio como entornaba los ojos en ese gesto, mezcla de súplica y apremio, a la que la sometía cada vez que ella no accedía a sus ruegos.

A la mañana siguiente se levantó temprano. Se cruzó con Carolina que rechazó el ofrecimiento de traerle un poco de coca. Sentía una mezcla de desasosiego e impaciencia. Decidió ir dando un paseo hasta el pueblo para disfrutar de las mejores vistas del magnífico puente sobre el Ter y la torre de defensa. Tenía esa extraña sensación que se siente en contadas ocasiones, como si alguien largamente aguardado fuera a hacer acto de presencia justo esa misma mañana.

Una vez en el pueblo, aprovechó para ir a la lechería a encargar que les llevaran mantequilla en la siguiente entrega. En el trayecto de vuelta, se encontró con varios conocidos que la felicitaron por la velada de la noche anterior y con un amigo de su hermano que quería más datos sobre la excursión. Al llegar a casa, se sentía llena de la energía y determinación necesarias para enfrentarse a ese conflicto interior en forma de marqués. Lo primero que oyó al entrar fue su voz.

—No se preocupe —dijo Camil—, el fenómeno dura varios días. Así que con mucho gusto esta noche le acompaño a una buena ubicación para que lo pueda observar a sus anchas.

—En realidad, yo... Quería darle una sorpresa a Carmeta.

Se quedó de piedra al darse cuenta de que esa era la voz de Serafín. Había hecho todo ese camino para llegar un día tarde a la lluvia de estrellas.

—Eso téngalo por descontado —contestó Camil con guasa—. Seguro que desconoce por completo que su... ¿pretendiente? sea tan ignorante en cuestiones de Ciencia.

—Sin embargo —intervino ella al entrar—, le va a encantar la misa campestre. Daremos un paseo de lo más agradable y me consta que es un experto montañista.

—Por supuesto, le esperamos —dijo Camil retador—. Y mantengo mi ofrecimiento para aumentar su conocimiento sobre el cielo nocturno. ¿Dónde se hospeda?

—En el Gran Hotel —dijo Serafín—. Le agradezco la invitación, pero no querría ser descortés con la familia Sabater.

Masa y aceleración. Esos eran los parámetros que intervenían en el comportamiento de los astros. A veces un cometa, impelido por la fuerza que le confería su trayectoria, podía expulsar de su órbita a un planeta de mucha mayor envergadura.

Ese día lo dedicó a Serafín. Pasearon bajo la fronda de los castaños de indias y los plátanos hasta la Fuente Nueva. Carolina, que iba retomando su vida social, les acompañó. Le mostró el pueblo viejo, con su puente románico y sus callejas de piedra. Cenaron temprano en el jardín, antes de que oscureciera y, por la noche, pudieron contemplar las estrellas fugaces mientras ella compartía de nuevo algunos de los secretos del universo. Se acostaron temprano, porque al día siguiente tocaba levantarse al amanecer.

Las rocas estaban plantadas en medio de la pradera contra el azul intenso del cielo. Unas nubes blancas y firmes asomaban altivas detrás de la ladera. Parecía como si un cíclope trastocado las hubiera colocado allí para el deleite de su amada. O quizá la fortuna había dispuesto que la naturaleza transmutara a lo largo de millones de años solo para que ella pudiera experimentar en ese preciso instante de la eternidad toda la emoción de la belleza pura. Una calma infinita se extendió hasta la última célula de su cuerpo. Todas las dudas y emociones se disiparon como si solo existieran la naturaleza y ella. Y fueran una misma entidad.

La impresión duró un instante. Cuando se camina en compañía de un grupo numeroso, es imposible el silencio.

—Cuéntenos más sobre su viaje en tren, lo de que se dejó el billete en su casa —urgió Camil a Serafín.

Estaba claro que el marqués esperaba que hiciera otra vez el ridículo. Esa capacidad que tenía el notario para destrozar cualquier anécdota graciosa era prodigiosa. Lo había observado en varias ocasiones. Conseguía arrancar las carcajadas de la audiencia, con su particular habilidad para convertirlas en puro esperpento.

Las tarteras que habían trajinado toda la mañana en las mochilas ofrendaron unas viandas cuanto más apetecible tras la caminata. La bota corría de mano en mano, y más de uno lucía una mancha violácea como merecida distinción por haber alcanzado la cima del Bestracá. Carmeta y Carolina habían aguantado a buen ritmo y coronaron el pico más alto del valle con el resto de la expedición. Se sentía feliz al contemplar el paisaje que se extendía a sus pies.

—Deberíamos ir pensando en bajar —dijo un lugareño que hacía las veces de guía—. Estas nubes que se están formando no me hacen ninguna gracia.

A pesar de que algunos rezongaron y de un conato de motín, la preceptiva siesta fue revocada y se inició el descenso de inmediato. El cielo era cada vez más amenazante y pronto empezó a tronar. No solo el aguacero, que trazaba súbitas torrenteras en la ladera, constituía un peligro. Las tormentas eléctricas en la montaña podían llegar a ser muy intensas. Empezaron a caer unos goterones que anunciaban la inminencia del chubasco.

—Pongámonos a cobijo en esa *balma* —propuso el marqués.

—No creo que sea una buena idea. Esas hendiduras bajo los riscos son un refugio del demonio, atraen a los rayos —dijo el guía.

—¡Vaya tontería! Los rayos se producen por cambios de voltaje entre el cielo y el suelo —insistió Camil—. No pretenderá usted que las señoras se mojen.

—Él es el experto en el terreno, por eso lo hemos contratado ¿no? —intervino Serafín—. ¿Cuánto queda para llegar al pueblo?

—Todavía nos falta una buena hora —contestó el guía—. Pero hay una borda, una cabaña de esas que usan los pastores precisamente para resguardarse del mal tiempo. Está a poco más de un cuarto de hora.

—No voy a meterme en un habitáculo sucio y maloliente —dijo Camil.

—Señoras, ya expuse mi opinión —dijo el notario, y la miró—. Pero haré lo que Vds. consideren mejor.

La lluvia caía pertinaz. Había que tomar una decisión cuanto antes. Por algún motivo, sintió que la propuesta de Serafín era más sensata, que mojarse un poco no les haría mal. Pasar un par de horas en una borda se le antojó una aventura mucho más comedida que dejarse abrasar por un rayo. Los pocos segundos transcurridos entre la deflagración y el trueno se iban acortando, señal de que cada vez caían más cerca. Camil se negó a seguirlos, como si ceder supusiera una derrota definitiva, y se quedó en la *balma* junto a varios ricachones peripuestos.

Llegaron a la cabaña casi calados. Tuvo que agachar la cabeza para entrar en la construcción de piedra. El agua se colaba entre las rendijas de madera del techo. Buscaron un rincón seco y se acurrucaron para entrar en calor. Serafín le ofreció una manta que llevaba en su mochila y volvió a salir.

—¿Dónde va? —preguntó el guía.

—He visto unos troncos ahí fuera. Ayúdeme, haremos una hoguera.

Observó a Serafín en sus viajes para aprovisionar la leña, admirada por la resolución con que colocaba los maderos, cómo prendía algo de paja con un mechero de ruesca y la precisión con la que avivaba las llamas. No solo se mostraba resolutivo, sino que además estaba pendiente de ella en todo momento. Le enternecía ese gesto que hacía a cada poco para apartarse un rizo obstinado que se precipitaba hacia la ceja derecha. Empezó a fantasear con la idea de compartir la vida junto a él, las tardes de tertulia con amigos debatiendo sobre el origen del universo o sobre los nuevos descubrimientos científicos, los viajes para descubrir el ancho mundo, incluso se permitió imaginarse una clase de natación, con esas manos de dedos largos y elegantes sujetándole por la cintura, podía sentirlo cerca. Luego le vino a la cabeza que el notario tenía tres hijos. Aunque la mayor estuviera a punto de casarse, le quedaban todavía dos chicos que debería educar y una cosa era hacerse cargo de sus sobrinos, a los que se podía permitir el lujo de malcriar, y otra muy distinta dedicarse a la crianza de los hijos de otra.

Al cabo de un rato, el fuego crepitaba en medio de la estancia. Serafín se sentó a su lado y le dedicó una sonrisa. Estaba despeinado y algunas gotas relucían sobre su bigote. Tenía que conseguir que su padre se lo arreglara.

Les costaría un poco secarse, pero ya empezaba a entrar en calor.

No volvió a pensar en Camil hasta que llegaron unas horas más tarde a casa. Había hecho mandar una nota interesándose por ella y su sobrina. Cogió la pluma y nunca se había sentido más lúcida que cuando escribió:

Apreciado Camil,

Le agradezco el interés por mi persona. Mi sobrina y yo hemos llegado bien a casa. Espero que usted pueda también disfrutar del resto del verano con su familia.

Cordialmente,

Carmen Sabater

Confiaba en que supiera leer entre líneas.

13

Badalona, Agosto de 1898

Tenía que hacerse instalar un teléfono en casa. Desplazarse hasta la fábrica resultaba cada vez más engorroso, sobre todo con ese calor húmedo y sofocante. Menos mal que le habían hecho caso por una vez y ahí estaba esa hermosa higuera que desplegaba su aroma y su sombra para protegerlo de los rayos de sol voraces que todavía aguijoneaban cada vez que hacían su aparición entre los cumulonimbos.

Tal como se temía, la llamada a su abogado había confirmado sus temores: el bufete que representaba a Vehils había presentado ya su demanda. De momento, era una demanda privada, pero si no encontraba una solución pronto, la elevarían a la magistratura. No era solo verse en la ruina lo que temía, sino la ignominia de ser un moroso y tener que declarar la suspensión de pagos para hacer frente a sus deudas.

Había sido un atino que el notario subiera a Camprodón. Su hija no le había contado mucho desde su regreso, pero intuía que las cosas iban viento en popa. Las rentas de un notario serían suficientes para mantener la casa y el ritmo de vida que su hija se merecía. Quizá habría que dar algún empujoncito más. Serafín era un hombre formal que no querría precipitarse y, por el lado de Carmeta, no podía esperar ninguna maniobra de seducción que tantas mujeres ejecutaban con maestría para espolear a sus jinetes en la dirección que más les conviniera a ellas. No se la imaginaba ni siquiera tonteando con su enamorado, como había visto hacer a su nieta. Lo de Carolina ya se arreglaría. Jóvenes prometedores no faltaban en la ciudad y no era tan importante que tuvieran mucho patrimonio, sino la astucia y el tesón para generarlo. Su nieta podía caer en alguna de las insensateces de la juventud, pero era una chica juiciosa. Ya se encargaría él de conseguirle los contactos adecuados al joven que la pretendiera.

Oyó un golpeteo en la puerta y apareció el mayordomo que, con voz circunspecta, anunció que tenía visita.

—No esperaba a nadie —protestó—. ¿Le ha entregado alguna tarjeta?

Se incorporó maldiciendo. Algún inoportuno le obligaba a dejar la sombra protectora y volver a someterse al sofoco que reinaba en la vivienda. Subió las escaleras del porche.

—Ha dicho que usted lo recibiría —continuó el mayordomo con apuro y bajó la voz—. Es el señor marqués de Alella.

Apresuró el paso intrigado por esa visita inesperada. No era propio de Camil presentarse sin mandar una esquela. Se instaló en el porche, porque corría un poco de aire y estimó que estarían mejor que en la biblioteca. Hizo llamar a la doncella para que preparara una limonada y se preparó para recibir a su amigo.

—Pensaba que el calor te aburría, ¿qué haces de vuelta a la ciudad tan pronto?

—No siempre se puede dar satisfacción a los deseos propios —contestó el marqués.

—No, no siempre se puede —continuó —, pero dudo mucho que recuerdes la última vez que los viste contrariados.

Camil esbozó una sonrisa que más parecía una mueca. Se sirvió un vaso de limonada y se quedó pensativo, como si no supiera cómo abordar lo que iba a decir. La curiosidad se hacía sentir como un alacrán cada vez más punzante, pero se resistió a preguntar.

—Waden Waden resulta cada vez más provinciano, así que, ya puestos, pensé que en el Pirineo tendría más oportunidades de aventura —inició el marqués—, las gentes son más agrestes y los amigos más sinceros. O eso creía yo. Finalmente, me di cuenta de que la magnitud de una estrella en el firmamento la determinan tanto su tamaño, como la distancia desde la que nos llega su luz. Así que, como soy un simple industrial, he pensado que era mejor volverme a mi constelación y dejarme de conquistas inútiles.

Cada vez estaba más extrañado por la actitud de su socio. Camil era un hombre de negocios, con mucha iniciativa y una capacidad innata para descubrir nuevas formas de transformar las industrias y, aunque su pasión por la cosmología era legendaria, no era dado a soliloquios. Lo dejó desvariar un rato más. Entró Isabela para saber si querían algo más.

—Señor, ¿preparo el almuerzo para tres?

—No hará falta, muchas gracias —dijo Camil.

—Al menos me aceptarás un vermut, ¿no?

Camil sonrió y meció la cabeza en señal de aceptación. Le dio instrucción a la doncella para que trajera la bebida. Cuando ésta hubo entrado otra vez en la casa, el marqués se recostó en el sillón de mimbre y preguntó:

—¿Qué tal tu hija?

—Precisamente pensaba que almorzarías con nosotros. Así podríais charlar un rato sobre esas cosas que os interesan a vosotros.

—Me hubiera encantado, por supuesto. Aunque no creo que sea la mejor ocasión.

Se quedaron los dos en silencio. El cielo se iba oscureciendo y pronto se pondría a llover.

—Ha sido un año más caluroso de lo habitual, ¿no te parece, Isidro?

—A mi edad, el calor siempre es bienvenido.

—Las tormentas de octubre serán formidables.

Tenía razón, ese año volverían las inundaciones vernáculas. La lluvia: millones de gotas que se precipitaban contra un destino incierto. Aliviaban la canícula o te helaban hasta los huesos. Limpiaban el polvo de las calles o las convertían en torrenteras intransitables. Regaban los campos o los anegaban. En primavera traían la abundancia y en otoño propagaban la muerte.

A Mercè ni siquiera la habían podido enterrar dignamente. Ese otoño de 1853 llovió durante tres días seguidos y las calles que circulaban desde la montaña hasta el mar quedaron convertidas en torrentes y en paseos fluviales las que discurrían paralelas a la costa. La crecida del Besós se llevó el puente del ferrocarril, y el agua se desbordaba por encima del que unía ambas márgenes por carretera.

Eran los primeros días del otoño y el sol endulzaba con tibieza la alcoba. Aunque había tardado casi un día en parir al *hereu* que tanto ansiaban, Mercè amamantaba a su hijo Juan con una dulzura que a él le resultaba desconocida. Incluso hablaba a las niñas con ternura y, una noche, la oyó entonar una nana. Parecía que la felicidad conyugal, a la que todos loaban con profusión, por fin se colaba en sus vidas. Las fiebres puerperales hicieron su aparición a los ocho días.

—Os voy a conseguir un ama de cría —le dijo la comadrona—. Si continúa dándole el pecho al bebé podría contagiarle las fiebres.

La nodriza era una mujerona rechoncha y parlanchina, con una verruga en la barbilla y una hermosa sonrisa. Inspiraba confianza. Mercè le entregó al niño, su gesto delataba una tristeza infinita. A partir de ese momento, la negrura lo invadió todo y le pareció que se abandonaba a la muerte.

El jueves por la tarde empezó a delirar casi en el mismo instante en que un rayo iluminaba por unos instantes su rostro.

—Llegará la lluvia —dijo casi en un hilo de voz—. Procura que el niño quede a resguardo.

El trueno silenció su despedida y cuando la besó en la frente, sus ojos ya solo revelaban la mirada inmutable y vacía de los muertos. Lloró su propia tormenta interior. Relámpagos provocados por la sospecha de una felicidad que pudo haber sido. La soledad atronadora que se desplegaba delante de él, un viudo con tres hijos pequeños. El desgarro de añorar el abrazo de su propia madre. Si estuviera allí, lo acunaría y luego se afanaría en poner la casa en orden para el velatorio.

Llevaba más de media hora sentado al borde de la cama, mirando inmóvil los destellos que llegaban de la calle. Carmeta había subido porque empezaba a tener hambre. Solo cuando un nuevo trueno la asustó, se dio cuenta de su presencia.

—No tengas miedo, hija, también esto pasará.

La niña se acercó a él, la subió a su regazo y empezó a acariciarle el pelo. Se chupaba el pulgar y pronto se quedó dormida en sus brazos. Irradiaba serenidad y, contemplarla ajena a lo que estaba ocurriendo, consiguió devolverle las fuerzas. Lo primero era hacer llamar a su suegra y a su cuñada para que se ocuparan de las niñas y de cambiar a Mercè. Había que llamar también al sepulturero y organizar el entierro.

Su suegra llegó sola, mientras María Rosa ayudaba a su padre a cerrar la Fonda. Lo echó de la habitación para envolverla con una sábana limpia que haría las veces de mortaja. Se instalaron cuatro cirios pascuales, uno a cada lado del cabecero y otros dos a los pies de la cama. Solo habían pasado unas horas y su rostro destacaba ceniciento y afilado. El aguacero seguía cayendo ensordecedor. Ningún vecino se aventuró fuera de sus casas, solo ellos cuatro rezaron el rosario junto al capellán y luego se turnaron para velar a la difunta toda la noche.

Al día siguiente, quiso acercarse hasta el cementerio nuevo, pero la Riera de Matamoros era imposible de cruzar. El segundo día el agua bajaba con más fuerza si cabe. Viendo que no amainaba, fue a hablar con el sepulturero que vivía en una vieja casa anexa a la *sagrera*, el antiguo cementerio junto a la iglesia de Santa Maria.

—Yo trabajo bajo el sol de justicia y cuando el frío se clava en mis manos —dijo éste—, pero no podrá conseguir que el carro cruce la riera.

—¡Algo podrá hacerse, no puede continuar en casa!

—Siento de veras no poder ayudarle, Sr. Sabater.

Regresaba a casa, negándose a aceptar que su mujer estuviera de cuerpo presente otro día más. Carmeta casi había logrado colarse en la alcoba esa mañana y no podía permitir que ese fuera el último recuerdo de su madre, un cadáver en descomposición. Una idea le cruzó la mente.

—¡No consentiré que mi hija viaje en el carro de la basura!

Posiblemente esa fue la negociación más compleja que tuvo que hacer en su vida: convencer a su suegra de que no debían postergar el entierro de Mercè. También para él resultaba duro no poder despedirse de su mujer en condiciones. A pesar de su carácter adusto y de sus manías, había sido una buena esposa y se merecía un entierro adecuado. Una misa de cuerpo presente en la iglesia de Santa María a la que hubiera acudido lo más granado de la sociedad badalonesa. Algunos cánticos y luego el séquito hasta el cementerio. Aunque su economía no era boyante en esa época, se podría haber permitido una carroza con el cochero vestido con levita y dos caballos con penachos negros, algunas plañideras y, teniendo en cuenta lo mucho que Mercè colaboraba con la parroquia, estaba garantizada la presencia del rector, los dos capellanes con casulla y media docena de monaguillos ataviados con sotana blanca y crespón.

—He hablado con el mosén, señor Julio —anunció a su suegro—. Organizaremos el funeral dentro de unos días, cuando recuperemos la normalidad.

—¿No podemos esperar a que amaine? —insistió su suegra.

—Ya lo hemos hablado —intervino su suegro—. No podemos esperar más. Hay peligro de que acabemos enfermando todos. Sé que estarías dispuesta a asumir el riesgo, pero tenemos que pensar en las niñas... y en el bebé.

—Además, el mosén me ha dicho que ya le administró la extrema unción, así que el entierro aunque sea poco ortodoxo, será perfectamente cristiano.

Su suegra se santiguó, volvió a acercarse a Mercè, le acarició la cara y rompió a llorar una vez más.

A los tres días su esposa fue conducida por el basurero en su carro. Un percherón viejo y obstinado tiraba del vehículo, un paso tras otro, ajeno a la llovizna que calaba hasta el alma, insensible a los latigazos que su amo le propinaba a cada rato, cuando las ruedas quedaban atrancadas en alguno de los muchos pedruscos que el agua había llevado torrente abajo. Él iba en el pescante, no quería que una pequeña dificultad llevara a aquel hombre huraño y desconfiado a darse la vuelta. El paso por la Riera de Matamoros era el punto más difícil del camino. Aunque el agua ya no bajaba con la bravura de los días anteriores, todavía llegaba casi a la acera que en esa zona se elevaba a más de un metro sobre la calzada. El animal siguió con parsimonia tirando de su carga, un paso tras otro y consiguió cruzar, caminando con el mismo ritmo pausado hasta el cementerio del Santo Cristo.

El enterrador había hecho su trabajo y la fosa ya estaba preparada. No sabía cuál era el ritual más adecuado. Solo había obtenido la negativa del párroco a realizar un responso ante las adversas condiciones atmosféricas. Rezó un padrenuestro. Vio desaparecer el ataúd bajo el barro, mientras la tormenta menguaba y un rayo raquítico se escurría entre las nubes macilentas.

Seguían en silencio cuando la doncella apareció con una bandeja, dos vasos de cristal, una botella con el vermut y un sifón. Observó cómo vertía el líquido negro, espeso y aromático en los vasos, luego les ofreció el sifón para que cada cual se sirviera a su gusto el agua burbujeante. Al fin, Isabela dejó la bandeja sobre una mesita auxiliar y se retiró.

—¿Te preguntarás el motivo de mi visita? —dijo Camil al fin—. Es bien simple. He venido a hacerte una oferta por Hilaturas Finas.

Se quedó boquiabierto. De todos los posibles motivos de aquella entrevista, incluso la posibilidad de que le confesara por fin, el interés que él sabía que sentía por Carmeta, esa opción no se le había pasado por la cabeza.

—Voy a hacer frente a mi deuda, Camil —contestó—. Cueste lo que cueste.

—No dudo en que estás dispuesto a hacer lo que sea necesario, pero, ¿has pensado en tu familia? Sé lo mucho que te ha costado llegar hasta aquí. Siempre he admirado esa perseverancia y puedes estar bien orgulloso de que lo has conseguido por ti mismo. Estoy dispuesto a cerrar un buen trato que no solo proteja tu patrimonio, sino que te dé unas rentas suficientes. Juan se quedará de gerente de la empresa, porque necesito a alguien con cabeza para dirigir el negocio y, quizá, incluso me ayude en la fábrica de hilos.

—¿Y qué ganas tú con esto? —contestó extrañado.

—La integración vertical de los negocios, desde el hilo hasta la confección me permite conseguir mejores beneficios.

—Lo entiendo, pero, ¿por qué Hilaturas Finas? ¿Por qué ahora?

En lugar de estar interrogando al marqués, quizá hubiera sido más sensato iniciar una negociación por el precio y las condiciones de la venta. Empezaba a levantarse un aire enojoso y las copas de los árboles se agitaban con fuerza en los jardines vecinos. Su interlocutor había enmudecido ante una pregunta nimia y había algo en su actitud, la mirada baja, su ubicación casi en equilibrio sobre el extremo del sillón, una postura ligeramente encorvada, que delataba que se guardaba algo más. Pasaron un par de minutos. Camil se incorporó en el sillón, se recostó sobre el respaldo y adoptó una postura que pretendía ser desenvuelta; luego lo miró a los ojos, casi desafiante.

—¿Qué otra alternativa tienes? —hizo una pausa y suavizó su mirada—. No me gustaría que mi pupila pasara dificultades.

—Consideraré tu oferta con sumo cuidado —fue todo lo que logró articular—. Cuando vienen de un buen amigo, hay que estudiar todas las proposiciones. Sí, así lo haré.

—Te agradezco que entiendas mi sincero interés —dijo el marqués mientras se levantaba para despedirse—. Sería para mí un orgullo poder afianzar más si cabe la amistad que nos une después de tantos años.

Se estrecharon la mano y contempló cómo los andares del marqués se iban haciendo más pesados, la edad causaba estragos en todos, pero seguía manteniendo el porte de un señor que se había ganado el título por sí mismo.

Cuando hubo salido por la puerta se dio la vuelta para contemplar el jardín, ese proyecto no terminado. Al fondo estaba su higuera, lozana y firme contra las inclemencias. Luego la tierra seca de final del estío, a la espera de que se decidiera sobre su destino. Las cocheras quedaban a su derecha y pudo oír a los caballos moverse inquietos. Llevaban así desde la madrugada, según le había contado su hijo Eduardo que era un insomne irredento. Los animales eran mejores que las personas para predecir los cambios de humor de la atmósfera. Cerca de la escalinata vio un revoltijo. Se acercó y comprobó que era un nido. El vendaval lo había derribado.

Miró a su alrededor para ver de dónde podría haber caído. No parecía un nido de golondrina, así que no provenía del alerón del tejado. Los plátanos del jardín vecino quedaban algo lejos. Había que tomar una decisión, no podía dejar a los polluelos a merced de la tormenta que pugnaba por desatarse. Se agachó, como si tuviera doce años, lo tomó con sumo cuidado entre sus manos y se acercó hasta la higuera. Bajo las grandes hojas lobuladas quedarían bien resguardados. Se puso de puntillas para intentar colocar el nido en una rama que quedaba casi a su alcance. Estiró los brazos y logró depositarlo entre dos ramillas enervadas y flexibles, pero no conseguía que quedara en equilibrio. El esfuerzo lo estaba fatigando y el riesgo de que el nido cayera de nuevo era demasiado alto, así que decidió trepar al árbol. Si conseguía subirse a la primera rama, podría dejarlo a salvo.

Empezaban a caer los primeros goterones, por lo que resultaba imperioso finalizar su labor. Los pajarillos no sobrevivirían a la tormenta. Estaba medio encaramado al nudo que había quedado de una poda primitiva cuando una mano lo detuvo.

—Señor Isidro, se va a hacer daño.

El jardinero lo sujetaba para evitar que cayera. Le enseñó el nido. Él también era un amante de los pájaros, lo entendería.

—Vayamos adentro. Va a caer una buena y este nido está ya vacío.

Como solía ser frecuente en verano, grandes gotas iban oscureciendo el suelo: el anuncio de la tromba inminente. Entonces miró al nido que sujetaba todavía con firmeza. Estaba huero, seco y sin rastro de vida. La lluvia empezaba a resbalarle por la cara borrándole las lágrimas. Apenas tuvieron tiempo de alcanzar el porche. Sus largos paseos diarios por La Rambla lo mantenían en forma y pudo apretar el paso, de otro modo se habría calado sin remedio.

Se quedó un momento contemplando el aguacero, pero las gotas salpicaban con tal furia que tuvo que entrar en la casa para no mojarse. Detrás de la cristalera pudo continuar atento al espectáculo. Los charcos crecían hasta convertir el patio en una pequeña laguna. Confiaba en que los sumideros absorbieran el exceso de agua, no quería ver su jardín convertido en una marisma. Aunque sabía que pronto amainaría; en verano, el cielo pronto sellaba su armisticio.

Decidió ir a la biblioteca. Quería estar solo. Ordenar sus ideas. Al entrar, vio que el viento había abierto la ventana de par en par. Algunas hojas estaban tiradas por el suelo y la lluvia había mojado la zona más próxima a la ventana. Accionó el llamador para que la doncella limpiara el estropicio. Se acercó a recoger los papeles, esperaba que no hubiera ninguno importante.

Mientras Isabela limpiaba, se puso a ordenar los papeles en el escritorio. Entre ellos, encontró una carta con el papel amarillento por los años. Resiguió la escritura de una floritura contenida, casi monacal. Iba dirigida a él, Isidro Sabater y Casanovas, con los dos apellidos, sin ningún tratamiento. Hacía años que todos lo trataban de Señor Sabater o de Don Isidro, y solo usaba su segundo apellido en los documentos oficiales. El sobre estaba rasgado, pero no recordaba haber leído nunca una carta así. ¿De dónde habría salido?

La puerta se abrió como impulsada por otra ráfaga de viento.

—Entonces, ¿piensa vender la empresa?

Su hija debía de haberse cruzado con el marqués cuando éste se marchaba. Trató de adivinar qué opinaba ella. Estaba enfadada, aunque no entendía muy bien por qué.

—Hija, tengo que considerar todas las opciones.

Se quedaron en silencio un buen rato mientras la doncella continuaba secando el suelo y ordenando la biblioteca. Cuando quedaron los dos solos, se sentó en el sillón tras del escritorio. Su hija continuó plantada en medio de la habitación, con los brazos cruzados sobre el pecho. Vio que su hija miraba la carta que él todavía tenía entre las manos, pero ninguno de los dos dijo nada al respecto.

Al día siguiente se levantó bien temprano. Quería retomar las costumbres de cuando era más joven. Su médico de cabecera, el Doctor Vergés, tenía razón: frugalidad y disciplina, como hacían los griegos. El paseo por la playa con Eduardo había sido muy estimulante. Tenerlo a su lado de nuevo resultaba un aliciente para su mente. Ideas nuevas que no siempre, o sería más correcto decir, casi nunca podía dar como válidas tal como las formulaba. Los artistas tenían una especial habilidad para trazar caminos inesperados y eso le obligaba a emplearse a fondo para refutarlo y, aun así, no siempre quedaba convencido de haber logrado una victoria dialéctica. Intuía que, cuando su hijo le daba la razón, era más por no disgustarlo que porque se hubiera movido un milímetro de su posición inicial.

La pasión de Eduardo por las mujeres exóticas lo había llevado a una célebre confrontación con un diplomático francés que no vio con buenos ojos que su amante mulata se convirtiera en la musa de un pintor todavía poco conocido.

—Si hubiera sido Henri, por muy contrahecho que sea, no habría tenido tantos remilgos —dijo su hijo—, pero creyó que la chica se estaba enamorando y eso no lo podía permitir.

Muy a su pesar, le divertían las historias que contaba. La vida bohemia era un contraste de fríos amaneceres con noches gloriosas. Hambre en otoño y champaña la siguiente primavera. Y así, prestigio y desesperación en eterna permuta, hasta que la fama se asentaba. Si es que se lograba tal cosa, claro. Su relato era tan vibrante y apasionado que ya se veía almorzando en los Campos Elíseos o paseando por el bosque de Bolonia. De haber sido algo más joven, lo hubiera acompañado con gusto para conocer esa famosa torre que habían levantado para la exposición universal y, quizá, incluso se hubiera aventurado con él por los *cabarets* de Montmartre.

Ya en casa de nuevo, habían empezado a hablar sobre el encargo que le había hecho a su hijo para que pintara una marina en la que aparecieran los pescadores faenando con las nuevas redes de pesca.

—Necesitaré que me los presente. Si se sienten a salvo el posado será más natural —dijo Eduardo.

—Sin problema. Tonet estará encantado, sabe que están en deuda con el marqués. ¿Cuánto tiempo tardarás?

—Las medidas que me ha pedido son generosas —continuó su hijo pequeño—, calculo que en un mes puede estar terminado. Todo dependerá de la meteorología, porque hay que tomar la luz del natural. Además...

—Imposible, lo necesito para fin de mes.

—Padre, de todas las cosas imposibles que ha esperado de mí, creo que esta es la más inverosímil.

—Aunque no lo creas, siempre he tenido gran confianza en ti. Sé que no me decepcionarás. El *atelier* está preparado en la buhardilla, creo que habrá suficiente luz. Ayer mismo hice comprar suficiente tela y maderas para que montes el bastidor, también los óleos. Como estas cuestiones me resultan totalmente ajenas, encargué a Joan Parés que me hiciera llegar los que ellos estimaran más adecuados.

Su benjamín había regresado a casa y esperaba que se estableciera en la ciudad. Tenía que reconocer que su entendimiento sobre pintura quizá no era el más adecuado para dirigir una carrera artística, así que se había propuesto darle la libertad creativa que todo artista necesita para despuntar. Solo quería comprobar cuán comprometido estaba con su arte. Sabía que Camil Fabra era un admirador de la segunda oleada de pintores modernistas. Dos pájaros de un tiro, como se solía decir. Esperaba que su vástago fuera uno de esos pintores que se enfrascaban en sus obras, alargando las noches poseídos por el genio creador. Era consciente que sería difícil tener el cuadro acabado en menos de diez días, pero confiaba en que estuviera lo suficientemente avanzado como para rendirle homenaje al marqués.

Su hijo lo miró sorprendido, le dio un beso en la mejilla y todavía se le oía mientras subía el último tramo de escalones de madera hacia el desván. La tonada que silbaba le hizo pensar en un fauno bailando para conquistar a su amada. Se sentía exultante él también, iba a organizar un baile para despedir el verano. Estaba decidido.

Hacía mucho tiempo que no se celebraban verdaderas fiestas en esa casa, desde que su segunda esposa, su querida María Rosa, había fallecido. Con los años, algunos recuerdos se convertían en imágenes nítidas pero desposeídas de los aguijones que un día resultaron desgarradores. Otros, en cambio, seguían hostigando cada vez que se invocaban. La pérdida de María Rosa había sido menos siniestra, pero le seguía doliendo. Un mal feo se la había arrebatado. Ella lo aceptó con sosiego, despidiéndose de sus seres queridos y preparándolos para que pudieran vivir la vida sin ella.

—Os estaré vigilando y cuidaré de vosotros —decía—, y como os vea tristes, os tiraré de los pies por las noches, como si fuera un fantasma.

No perdió el humor hasta pocos días antes de su muerte. Había sido dolorosa, sí, pero ambos estaban preparados para afrontarla. Seguía echándola de menos y su ausencia se hacía muchas noches insoportable, pero por las mañanas creía adivinar su sonrisa entre las formas caprichosas de las nubes o su voz en el trino de los pájaros.

Había llegado la hora de que, allí donde estuviera, María Rosa pudiera disfrutar con ese baile en su honor.

En cuanto apareció su hija, le comunicó su intención de celebrar la festividad de Santa Rosa.

—Sería una buena forma de despedir el verano —dijo.

—Bien, padre —contestó ella—. Faltan solo diez días, pero se puede hacer. La mayoría de nuestros amigos están ya regresando de su veraneo.

—Perfecto. ¿Tienes tu pluma? Vamos a hacer una lista de invitados.

Se haría por todo lo grande: las principales personalidades de la ciudad, incluyendo al concejal Pere Renom y al nuevo alcalde Francesc Viñas, al editor del Eco de Badalona Francisco Planas y Casals, al liberal Palay, los industriales Fontrodona, Jaurés, Bosch, Busquets y la viuda de Poch. No podrían faltar tampoco prohombres como Evaristo Arnús o Vicente Roca y Pi. Ni, por supuesto, su amigo de toda la vida Cipriano Brugué, su consuegro el Cofrade Mayor y el arquitecto Luis Doménech y Montaner, después de los quebraderos que le había dado al pobre, lo menos que podía hacer era convidarlo. También invitaría a Francesc Ferrer y Guardia, que aunque algunos consideraban como un mero anarquista, sus ideas sobre pedagogía resultaban cuanto menos estimulantes y, por encima de todo, era el hijo de su amigo de la infancia Quimet. La lista se iba alargando.

—Solo tengo dudas acerca de Vehils.

—No sé qué dudas puede tener, padre —contestó Carmeta—. Fue muy desconsiderado la última vez que hablaron. No le dé otra oportunidad de insultarnos.

—Tienes razón. Siempre eres muy atinada en estas cosas. Tachemos a los Vehils de la lista —dijo, y le guiñó un ojo—. Y solo nos queda Camil Fabra, marqués de Alella y, por supuesto, el notario Serafín Salabert.

—No veo por qué tendría que venir el Sr. Salabert —contestó airada.

Se la quedó mirando sorprendido. Era imposible entender a las mujeres. Pensó que quizá su hija quería disimular su interés. Una vez más, tendría que ser él quien tomara las riendas por ella.

—Es un amigo de la familia —dijo—, y pensaba que alguien estimado por ti también. Últimamente habéis pasado mucho tiempo juntos.

—Me ha estado ayudando en... —se interrumpió algo nerviosa—. Además, su padre y usted son amigos desde hace muchos años. Sí, claro que tenemos que invitarlo a la fiesta. No sé en qué estaría pensando.

Cierto, ¿en qué estaría pensando su hija? Se estaba comportando como una atolondrada. Carmeta se despidió con un beso y se marchó diciendo que quería comprobar que estuviera todo preparado para al almuerzo. Le había pasado la lista y al colocar el folio en el escritorio, vio de nuevo la carta.

14

Badalona, finales de Agosto de 1898

Carmeta se tumbó en la cama. Necesitaba unos segundos para dejar la mente en blanco. Llevaba varios días con los preparativos de la fiesta, pero ese martes se había levantado al alba y no había parado hasta hacía unos minutos. Dio las últimas instrucciones al servicio y, por fin, pudo subir a su habitación para arreglarse. Estaba tranquila porque el mayordomo tenía bajo su férrea supervisión a los ocho camareros que habían contratado y, tras numerosas protestas, Eufrasia había accedido a que un par de mujeres de su máxima confianza la ayudaran en la cocina. Se iba a dar un buen baño y luego llamaría a Isabela para que la peinara y la ayudara a vestirse.

La trifulca que había tenido hacía un par de días con Rosita, que tanto insistió en ayudarla en los preparativos, al final le iba a facilitar ese pequeño capricho de niña mimada. Darse un baño y emperifollarse sin prisas, para bajar a la fiesta cuando ya los primeros invitados estuvieran llegando. Los deberes de una buena anfitriona la aburrían sobremanera. ¿No quería su hermana protagonismo? Pues que se encargara ella de saludarlos, de presentarlos unos a otros, de evitar que viejas rencillas dieran al traste con la fiesta y de asegurarse de que todos tuvieran conversación hasta que la concurrencia fuera lo suficientemente numerosa como para que se divirtiera por sí misma.

Se introdujo en el agua tibia y perfumada con sales. Cerró de nuevo los ojos, pero fue incapaz de recobrar la liviandad que había experimentado hacía solo unos minutos. Pensó en la primera ley de Newton: «Todo cuerpo persevera en su estado de reposo o movimiento uniforme y rectilíneo a no ser que sea obligado a cambiar su estado por fuerzas impresas sobre él.» Se acercaba la hora de la verdad: antes de que anocheciera estaría atada para siempre a un hombre al que admiraba, pero al que no estaba segura de ser capaz de volver a querer.

Llamaron a la puerta.

—¿Hermanita?

—No es buen momento, Eduardo —gritó.

—¿Y cuándo lo es?

Sonó un portazo y oyó los pasos de su hermano que se adentraba en la estancia.

—Ni se te ocurra entrar —al decirlo soltó un gallo.

—Ya sabes que no me ibas a impresionar, ¿verdad? No pensaba incomodarte, tranquila. He visto a muchas mujeres desnudas, y no solo a las modelos.

Al oír que la cama chirriaba, dedujo que su hermano se había sentado.

—Cuidado, no vayas a arrugarme el vestido.

—Tiene una pinta excelente —oyó que decía—, incluso puede que luzcas un poco ahí adentro. ¿A cuál de los dos esperas impresionar?

Seguía dándole vueltas al encontronazo con Camil de la semana anterior, justo antes de la tormenta. Eduardo seguía en París y ella no tuvo el valor de contárselo desde que había llegado, pero estaba segura de que él intuía algo, como siempre. Suspiró. Esperaba que Serafín tuviera la discreción suficiente de no importunarla durante la fiesta. Ya sería lo bastante duro para ella ver cómo su padre tenía que despojarse de sus sueños delante de los demás, como para que encima le restregaran también a ella que ya no sería uno de esos cometas de larga cabellera que vagan libremente por el espacio exterior.

Hacía unos días, a la vuelta de sus vacaciones en Camprodón, había salido a realizar algunos encargos. El sol se había escondido tras unos nubarrones que despuntaban su azabache tras las colinas de la Sierra de Marina, al norte, señal clara de que la tormenta llegaría pronto y descargaría su furia sobre la ciudad. Esperaba que eso limpiara la bruma pestilente que desdibujaba el cielo desde hacía unos días, la polución era la cara oculta del progreso. Los truenos se habían sucedido con algunas descargas eléctricas cuando se acercaba a su casa y la ventolera casi consigue arrebatarle el tocado. Entró en casa resoplando, con el sombrero en la mano y se topó con Camil.

Despeinada y algo confusa le preguntó por el motivo de su visita. Se lo había dejado claro, sin tapujos ni artificios: había decidido comprar la empresa de su padre para evitarle mayores apuros económicos. Dejaría a su hermano al frente; confiaba plenamente en él, por supuesto, y no quería decepcionar a Isidro. Trató de entender las implicaciones de lo que le contaba.

—Esperaba que la noticia fuera un motivo de alegría —dijo Camil con una mirada de apremio.

—Claro, por supuesto —balbució, y miró a su sombrero con la absurda idea de que le inspirara alguna salida.

—Eso significa que podremos continuar con el estudio de las estrellas. ¿Qué opinas de los sistemas binarios? —preguntó él.

—Dos soles que orbitan uno alrededor de otro —dijo ella, negándose a darse por enterada—. Es solo una teoría.

—Muy bella, por cierto —continuó el marqués mientras se acercaba—. Dos astros que se quedan atrapados, girando y girando, uno alrededor de otro, siempre a la misma distancia, unidos por la fuerza de la gravedad, expelidos por la fuerza centrípeta, sin tocarse jamás.

Camil le dirigió una larga mirada y le cogió la mano que tenía libre, la otra ocupada en sujetar con fuerza su tocado.

—Hasta que un día, un cambio de fuerzas, al principio imperceptible, nimio, empieza a desequilibrarlos y se aproximan un poco más. —Le acarició su brazo desnudo—. Luego otro poco, un acercamiento que se acelera, la rotación también se hace más y más rápida, hasta que sus masas se distorsionan en largas lenguas de fuego que van del uno al otro.

La sujetaba por la cintura y le susurraba al oído. Plantados en medio del *hall*. Ya ni oía los truenos, toda la tensión del universo estaba concentrada en ese lazo.

—El intercambio de magma solo precipita la fusión y, cuando ésta se completa, se produce un estallido visible en toda la galaxia.

La besó. Pero en lugar del fuego que él describía y que ella había experimentado en otras ocasiones, se sintió más bien como uno de esos cometas que se acercan al sol atraídos por una gravedad que no pueden controlar, pero que, en el último momento, les proporciona una nueva aceleración y se lanzan con energía renovada hacia los confines del sistema solar.

Se deshizo del abrazo con un gesto brusco. Se oía la tormenta que descargaba su furia. Él se la quedó mirando, desconcertado. Entonces apareció el mayordomo.

—Menos mal que por fin hace acto de presencia —le dijo mientras le tendía su tocado—. Un poco más y se echa a perder con el aguacero.

El mayordomo cogió el sombrero y se quedó mirando al marqués, que se dirigía hacia la puerta. Le pareció que dudaba sobre qué acción tenía que acometer primero.

—Traiga un paraguas y acompañe al marqués hasta el coche.

—Señorita Sabater, ha sido un placer compartir unos momentos de conversación con usted, siempre demasiado breves. Espero tener otra ocasión bien pronto —dijo Camil mientras se despedía

con un ligero movimiento en la cabeza y le dedicaba una sonrisa—. Mándele mis respetos a su padre.

Ella no contestó. No sabía qué decir, no tenía valor para decir
nada. Era un cometa atrapado por un sol ardiente y caprichoso,
podía notar su fuerza incluso tras la lluvia persistente.

—Espero que no te hayas quedado dormida —dijo Eduardo—. Le he dicho a Isolda que estabas en proceso de transforma-
ción en sirena, pero insiste en que tiene que vestirte.

—Me llamo Isabela, señorito —protestó la doncella—. Haría
bien en marcharse para que pueda ocuparme de la señorita.

—De acuerdo, Imelda —dijo Eduardo—, ya que no voy a
tener una hermana sirena, espero que al menos me la dejes como
una ninfa. Me consta que hay un fauno que la estará acechando
y queremos que el centauro se sienta arrastrado a salir en su defensa.

Unas horas más tarde, se incorporó a la fiesta cuando ya había
anochecido y todas las lámparas proyectaban su luz fulgurante
desde la escalinata de acceso a la mansión, pasando por el *hall*, el
salón de verano, el porche hasta llegar al jardín, donde las farolas
iluminaban a los invitados con el amarillo característico de la luz
de gas. Vio de lejos a Rosita, que disfrutaba de su papel de anfitriona, ataviada con un vestido de seda adamascada en rosa palo
y profusión de lazos y recogidos. Isidro estaba acomodado en la
glorieta, fumaba un cigarro puro y contemplaba como el humo
se elevaba por encima del copete del sombrero de su interlocutor, el concejal Renom, mientras departían sobre algún asunto
trascendente al decir de su seria expresión. Juan y María Antonia
debatían con el propietario de una fábrica de galletas y su mujer,
ataviada con un severo vestido con gola y un moño en la coro-
nilla que le daba un aspecto austero. Era cierto que empezaba a
refrescar, pero le pareció algo exagerado. Se dio cuenta entonces,
al observar a otras mujeres, que parecía que la moda iba en esa

dirección: esconder la belleza femenina. Donde hacía unos años estaba en boga que las mujeres exhibieran sus atributos con desmesura, con corsés que no las dejaban ni respirar, poliñaques que exageraban su feminidad y escotes generosos, ahora disimulaban esas cualidades entre encajes y frufrús, solo al alcance del hombre afortunado que las poseyera. Esperaba que luego no se comportaran como esas odaliscas semidesnudas en las oscuridades profundas de los palacios de oriente, escondidas de las miradas ajenas, reservadas para que su señor disfrutara de ellas, privadas de sus propias vidas. Se miró de refilón en la cristalera del jardín. Su traje de muselina malva lucía un escote discreto e incorporaba algunos de esos volantes a la moda que dotaban a su vestido de un aire lánguido. Como tocado, había elegido unas flores de la misma tela que el vestido sobre un moño trenzado bajo. Carolina la convenció de que utilizara un poco de maquillaje y se había empolvado la cara y aplicado colorete que daba aspecto de salud, tal como había leído en una supuesta revista femenina.

Había visto a Camil al fondo del jardín, junto a la higuera. Charlaba con un grupo de hombres entre los que se encontraban su hermano pequeño Eduardo y el arquitecto. Había sido fácil reconocerlo con su barba y bigote pelirrojo entreverado de canas. Lucía su sombrero de copa con elegancia y un lazo de brocado dorado, a juego con el chaleco. Los dos artistas, en cambio, destacaban con sus atuendos: Luis Doménech y Montaner con su chaleco azul tornasolado de ala de mosca y Eduardo por su boina a la francesa.

—Aunque refresca un poco, hace una noche estupenda —dijo Serafín, que se había acercado sin que ella lo advirtiera.

—Y la lluvia llegará bien pronto —contestó inquieta.

—Mientras luzcan las estrellas en el firmamento, disfrutemos —dijo sonriente, y le ofreció el brazo—. ¿Puedo ofrecerte una copa de champaña?

Cogió una copa casi al vuelo de la bandeja de plata que llevaba uno de los camareros.

—¿Qué planes tienes para cuando eso suceda? —dijo Serafín, y le ofreció la copa.

—¿Suceder qué?

—Cuando llegue la lluvia.

—Bueno, estaré encerrada en la biblioteca. Todavía tengo «El Anacronópete» por empezar y tengo que continuar con el *Commentariolus*.

—No te aburres, ya veo.

—Es duro a veces, porque tengo que ir traduciendo del latín y no sé mucho —dijo distraída—, pero aburrirme, nunca.

—¿Quizá te vendría bien algo de ayuda?

Él le cogió una mano y se la quedó mirando a los ojos. Apartó su mirada, pero no retiró la mano. Isidro estaba en la escalinata junto a Camil, pero en lugar de estar atento a la conversación, los observaba a ellos dos.

—No sé nada de astronomía —continuó el notario y sonrió—, pero domino el latín.

La miraba fijamente, como si esperara una respuesta. Le pareció que el cosmos se había detenido, pero en lugar de sentirse impulsada por la inercia que tal situación habría provocado, sentía más bien la extraña fuerza gravitatoria que una estrella lejana ejerce lenta e inexorable sobre un pequeño objeto celeste. Tenía que cortar esa conversación antes de que fuera demasiado lejos. Sería muy doloroso tener que darle una negativa a Serafín, y no quería verlo en ese aprieto.

Isidro se acercó a saludarlos. Carmeta había perdido la noción del tiempo.

—Excelente elección —dijo Serafín, y señaló su copa.

—Y mucho mejor que el francés, ¿no le parece? —dijo Isidro—. A veces nos empeñamos en satisfacer nuestra curiosidad con productos que vienen del extranjero, porque nos parecen más exóticos, pero la mayoría de las veces no tienen nada que envidiar a lo de casa.

Fina se les había unido y enseguida se incorporó Eduardo. Estuvieron un rato comentando sobre los invitados, los trajes que algunas estrenaban para la ocasión y algunos chismes que habían podido escuchar al unirse a los grupillos que se formaban aquí y allí. Isidro estaba satisfecho y se lo veía feliz, aunque estuvo poco atento a la conversación.

—Mi querido Serafín, me gustaría presentarte a Miquel Viada —interrumpió—, no puede moverse mucho porque tiene una cojera antigua, de un pequeño accidente cuando era joven, y se ha quedado en el porche. Le he ofrecido mi balancín pero él prefiere el bastón y que no se noten los años. No te importará que te lo robe un rato, ¿verdad, hija?

Dio un golpecito en la espalda al notario y desparecieron entre el gentío. Ella se quedó un momento pensativa. Juan le había contado que Isidro se había ausentado de la fábrica dos días enteros, decía que tenía otros asuntos entre manos. Se lo veía de excelente humor. Por otro lado, desde hacía días no se quejaba por la temperatura de sus gachas ni por si había corriente de aire. Al mediodía, les había advertido de que esa noche haría un anuncio importante. Hubiera creído que la venta de Hilaturas Finas sería un gran disgusto para él, ya que eran el fruto de todos sus esfuerzos y, casi siempre, era la pérdida de la ilusión lo que hundía a la gente, más que los problemas económicos que pudieran derivarse de una situación como esa. ¿Qué estaría tramando?

Al marcharse los dos hombres, suspiró aliviada.

—No pensaba yo que las badalonesas fuerais tan liberales —intervino Eduardo.

—¿Qué dices? —contestó Fina azorada.

—No disimules, que te he visto muy arrimada al actor ese, Amado.

—¡Qué tontería! —se ruborizó su hermana.

—No te inquietes —dijo Eduardo, y bajó la voz—, podría ser de nuestra sangre.

Carmeta le dio un codazo. Su hermana no sabía nada de la investigación sobre el protegido de la Sra. Comas y tampoco tenía demasiado sentido meterla en un asunto hasta que no dispusieran de más información.

—En todo caso, no te conocía yo la afición por el baile —continuó su hermano—. En París, las señoras de la alta sociedad son unas bailarinas excelentes.

—No vas a empezar a contarnos tus aventuras amorosas, ¿verdad? —intervino ella.

—Creo que vas a necesitar consejo práctico, mi querida Carmen. Cuando te decidas, ya sabes dónde estoy.

Eduardo le dio un beso en el aire y se escabulló.

—¿Qué ha querido decir? —preguntó Fina.

No tuvo tiempo de darle largas a su hermana, porque vio que se acercaba Camil. Lo último que quería era tener que aguantar sus juegos. Había visto su llegada triunfal, se apeó del carruaje y tendió la mano a su esposa que iba engalanada con una tiara haciendo gala de su condición de aristócrata y lucía las joyas más exuberantes de la fiesta. Sus modales de gran marquesa le resultaban odiosos.

Al darse la vuelta de forma precipitada, le dio un golpe en el codo a un hombre corpulento que llevaba la banda añil de alcalde.

—Lo siento —se disculpó.

—No se preocupe, señorita Sabater —le contestó el regidor secándose el vino con un pañuelo—, ya sabía yo que ustedes no eran muy amigos de los conservadores, pero no esperaba este trato.

No sabía si lo decía en broma o en serio.

—Señor Pelay, no pierda cuidado que eso se lo arreglamos en un momento —contestó, y se ofreció a llevarlo a las cocinas.

Su entrada creó no poca agitación entre el servicio. Pero era un hombre campechano y ella también actuó con naturalidad. Le pidió el sifón a Eufrasia, mojó una servilleta de algodón y frotó con cuidado para eliminar esa mancha antes de que el desastre fuera definitivo. El alcalde se tomó la situación a risa y no dejó de bromear con las cocineras. La situación había sido propicia para poder chafarse del marqués.

Acompañó al alcalde Pelay a través del salón de verano hacia el porche. Mientras se disculpaba por última vez por su torpeza, vio de reojo que su padre charlaba con el notario, hizo un intento por escurrirse hacia el interior de la casa, pero el notario la detuvo.

—Me está resultando difícil tener tu atención esta noche —dijo Serafín con una voz serena que no sonaba a súplica ni a reproche—. Es lo que pasa cuando estás interesado por la anfitriona.

—Es Rosita quien hace los honores.

—Pero a la que todos buscan a es a ti —contestó él bajando la voz.

—Es por costumbre —dijo algo incómoda por la situación.

Su mirada, entre tierna y retadora, le advertía de que no se desharía de él usando los pequeños juegos dialécticos de los que era tan amiga. Estaba imaginando una forma elegante de hacerle comprender que había llegado el momento en que sus trayectorias divergían hasta el infinito, pero no pudo evitar el cataclismo.

—Tenemos muchas cosas en común —insistió él.

—La pasión por las fieras, por ejemplo —contestó en un vano intento de desviar la conversación.

—Un excelente ejemplo —continuó él—. ¿Te has fijado que los animales van de dos en dos? Viene hasta en la Biblia.

Desvió la mirada hacia su padre. Los observaba desde una galaxia a varios parsec de distancia, de esas que servían de guía a los navegantes, pero que no ejercían ninguna influencia en sus vidas, por mucho que se empeñaran los astrólogos.

—Sé que lo habitual sería que le pidiera la mano a tu padre. Me ha dicho que esa decisión te la dejaba a ti.

Isidro siempre había tratado a la familia, como si fuera el astro que marca los ritmos de todo el sistema solar, desde el pequeño y duro Mercurio hasta el gaseoso Júpiter. Aunque había discutido con él en multitud de ocasiones, y se había revelado cuando lo que disponía para la familia no era razonable, esa repentina liberación la incomodaba. Una interrogante que en su estómago tomaba forma de náusea. ¿Por qué dejaba que una decisión de ese calibre recayera en ella?

—Si necesitas más tiempo, lo entenderé —dijo Serafín que parecía casi divertido.

—Sí, supongo.

—Mientras, podemos mantener relaciones.

—Claro, será lo mejor.

Le contestó sin pensar, quería salir de esa situación como fuera. El notario le hizo una extraña señal a Isidro con la cabeza.

Todo transcurrió en un segundo. No tuvo ni siquiera ocasión de protestar. «Mantener relaciones», aunque no tan formal como una proposición de matrimonio, era sinónimo de estar comprometidos. Le intrigó la expresión de triunfo de su progenitor mientras éste aguardaba a que se hiciera el silencio. Entonces, se dio cuenta de que Camil estaba a su lado, unos pasos más atrás y con la misma pose victoriosa que había creído adivinar en Isidro. Comprendió su estupidez: las mujeres no eran dueñas de sus propias vidas.

—Queridos amigos, cuando le pedí a mi estimado Luis que diseñara esta casa, pensaba en un espacio en el que pudiera celebrar fiestas como la de hoy. Espero que estéis todos disfrutando de la velada. Un lugar donde tuviera siempre un rincón para hospedar a los amigos que he cosechado con los años, algunos en tierras lejanas, querido Miquel. Un espacio para dar refugio a los míos cuando los avatares de la vida les obligaran a escapar de tierra hostil. Pero, por encima de todo, un lugar en el que la familia pudiera estar siempre a salvo —bebió un sorbo de champán y continuó—. Me quedé huérfano cuando era todavía niño.

Hui de la guerra y de las alimañas. Pasé frío y hambre. Tuve que labrarme mi propio camino. Progresar y prosperar, como me enseñó mi padre.

Observaba fascinada la coreografía que su padre trazaba con la botella de champán. La sujetaba con la mano derecha durante todo el discurso. La alzó para enfatizar sus palabras, apuntó con el tapón a Viada que estaba al pie de la escalinata, la utilizó para señalar a Eduardo al mencionar su huida. Su improvisada vara apuntaba ahora hacia el capellán de la parroquia de Santa María.

—Progresar y prosperar, sí —su voz se resquebrajaba—. Y también perdonar. Perdonar a aquellos que nos han ofendido, pero también pedir perdón. Y desde aquí quiero pedir perdón a mi familia...

No pudo continuar. Camil salió en su ayuda, le arrebató la botella de la mano y se la pasó a un camarero. Podría haberse quedado en segundo plano. Estaba claro que la situación iba a poder con Isidro. Siempre se mostraba con dominio de sí mismo, pero se hacía mayor y, por mucho que alardeara de que había tenido una vida difícil, nada podía ser comparable con tener que anunciar la venta de la empresa. No hacía falta que se lo restregara delante de todos sus invitados. Cogió a Serafín por el brazo, ella también necesitaba un punto de apoyo en esos momentos.

—Hace unos días llegó a mis manos una carta que mi madre me escribió hace muchos años. Durante todo este tiempo renegué de mi apellido materno, fui muy injusto con ella. Ahora sé que era una mujer generosa y seguro que me perdonará desde donde esté.

Hizo una señal al mayordomo, que se acercó y le entregó un legajo.

—No quiero que esa injusticia que cometí con ella, se extienda al resto de mi familia. Hijos míos, ha llegado la hora de que os deje trazar vuestro propio camino, como lo hice yo: también he sorteado obstáculos, transitado por desfiladeros y tomado atajos para fraguar mi destino.

Se oía un murmullo generalizado. ¿Adónde quería ir a parar?

—Por ese motivo, he decidido romper mis últimas voluntades.

Cogió unos cuantos folios y los rompió ceremonioso. Luego hizo un gesto para que el mayordomo le pasara de nuevo la botella de champán, la descorchó y, con una alegría que nunca le había visto, gritó:

—¡Disfruten de la fiesta!

¿Eso era todo? ¿Tanta ceremonia para acabar rompiendo unos papeles? Los invitados lo excusaron: pensaban que era una excentricidad propia de la edad avanzada. «Mea fuera de tiesto» oyó que alguien cuchicheaba. Su padre se mostró escurridizo el resto de la noche. Carmeta quería saber qué había pasado. Cuando por fin logró encontrar a Juan, éste la tranquilizó.

—Ha aceptado la oferta por el terreno de los Doménech en Alella, y con eso va a saldar la deuda con Vehils.

—¿Sabías tú eso? —le preguntó a Serafín.

—No te ensañes con él —intervino su hermano—. Papá nos pidió que no reveláramos nada hasta hoy.

Se sintió ninguneada. No era la primera vez que Isidro confiaba algún asunto importante a Juan, pero los temas que afectaban a toda la familia solía comentarlos con ella. Ese papel le correspondía como la mayor de los hermanos. Y encima, Serafín, que representaba que era su aliado, se lo había ocultado. Eso no lo iba a olvidar a la ligera.

—¿Quieres bailar?

Si pensaba que ella no se daba cuenta de lo que había hecho, lo tenía claro. No les iba a perdonar ni a él, ni a su hermano, que la hubieran mantenido al margen de toda esa situación.

La orquesta estuvo amenizando el baile hasta la medianoche cuando los invitados empezaron a marcharse, pero esta vez Rosita la obligó a quedarse hasta el final. Se había olvidado por completo de Camil, hasta que lo vio bailando con una señora que coqueteaba con él sin ningún remilgo.

—A los hombres hay que dejarles que se desbraven —dijo una voz femenina a su lado—, luego una recoge en casa esos frutos.

—Sra. Fabra —contestó azorada a la esposa de Camil—, ¡cuánto tiempo! Veo que el veraneo le ha sentado de maravilla. El aire puro de la montaña resulta estimulante, ¿no es cierto?

—Para algunos demasiado, diría yo —respondió sin mirarla—, aunque quizá usted lo sepa mejor. Si me permite un consejo, a los hombres hay que dejarlos un poco sueltos, resulta además un alivio cuando son de naturaleza fogosa.

En ese momento, terminó el rondó que estaba sonando y Camil se dirigió hacia ellas.

—Cuando veo a dos mujeres hermosas departiendo, siempre me pongo nervioso —se dirigió a su esposa con una sonrisa pícara, y luego la miró—: Srta. Sabater, debo felicitarla por su compromiso, ¿no es cierto?

—Vaya, sí que se lo tenía callado —contestó la Sra. Fabra—. Y ¿quién es el afortunado?

—El notario Salabert —continuó Camil hablándole a su esposa, como si fuera una conversación privada de la que Carmeta estaba excluida—, te lo he presentado al llegar.

—¿El del bigotillo atufado?

—Ese, precisamente. Un buen hombre: viudo, tres hijos, honrado, con rentas holgadas sin ser rico, poco dado al dispendio —dijo y la miró—: Me temo que sus nuevas ocupaciones como esposa y madrastra la van a apartar del estudio de la astronomía.

—Enhorabuena, Srta. Sabater —dijo la mujer de Camil—. Resulta muy admirable que acepte la responsabilidad de ocuparse de unos niños que no son suyos, espero que no se muestren demasiado díscolos.

El diálogo entre los esposos Fabra se mantuvo en un tono que ella atribuyó a muchas conversaciones nunca abordadas a las claras. Esperaba que el matrimonio no se construyera siempre sobre los silencios y los reproches mutuos. Iba a intervenir para contarles que los hijos de Serafín ya eran bastante mayores, pero entonces la orquesta inició los compases de un nuevo vals.

—¡Oh, el Vals de las Flores! Sra. Fabra, ¿me permite un baile? —Camil le guiñó un ojo y se llevó a su esposa al ruedo.

Estaba algo confusa, como si flotara en el espacio sin rumbo, propulsada solo por la inercia de un leve impulso inicial. La segunda ley de Newton en acción: «El cambio de movimiento es proporcional a la fuerza motriz impresa.»

Vio a lo lejos que su padre le hacía señas. Estaba con un hombre que lucía su sombrero de copa como si fuera un enterrador, sobre un rostro pálido y unas ojeras que denotaban un problema severo de hígado. Había dos jóvenes con ellos. Al acercarse, reconoció a Neus, la hija mayor de Serafín.

—¿Recuerdas al Sr. Mercadé? —le dijo Isidro.

—Imagino que conoce a la señorita Salabert —le dijo tras el besamanos de rigor—, y este jovencito es el Sr. Sanmartí, mi hombre de confianza.

La hija de Serafín la miraba con curiosidad. Aunque por lo general se sentía muy cómoda con las jovencitas de la edad de su sobrina, Carmeta no sabía qué decir.

—Espero que nuestro amigo Camil no haya quedado muy decepcionado —le dijo Isidro en un susurro y añadió ya en alto—. Hermosa noche, lástima que la luna oculte las estrellas.

En ese momento apareció Serafín.

—¡Menos mal que os encuentro! Llevo más de media hora con Renom, Arnús y Planas, calentándome la cabeza con lo de Cuba, sobre cuáles son las condiciones que deberíamos negociar para el armisticio.

—Que solo serán malas o peores —dijo Mercadé.

—La guerra estaba perdida de antemano —insistió el notario—, el almirante Cervera y sus suboficiales ni siquiera mandaron a los mejores acorazados a la batalla.

—¿Es cierto que solo fallecieron unos pocos soldados americanos frente a los centenares de los nuestros? —preguntó Neus.

—Un verdadero desastre. Y lo peor es que muchos creemos que al gobierno le convenía deshacerse de unas colonias que se han convertido en ingobernables —aclaró Serafín.

—Vaya, si tenía que convertirse en una tertulia política, me hubiera podido ahorrar la orquesta —interrumpió Isidro—. Lo que es yo, voy a divertirme un rato. Señorita Salabert, ¿me permite?

—Padre, ¡pero si es una polca! —dijo mientras observaba cómo se alejaba de ellos.

—Tiene razón, como siempre, mejor olvidemos los designios de nuestros gobernantes y disfrutemos del momento —dijo Serafín y le ofreció su brazo—: ¿Quieres?

No se le había olvidado el enfado y, aunque quería incorporarse a la danza y sentirse como un cuerpo celeste girando y girando a la deriva por el universo infinito, se mantuvo firme en su decisión. Pero de poco le sirvió: Serafín danzaba feliz ahora con su hija, luego con Rosita, riéndose con Fina, e incluso consiguió que María Antonia, poco dada a lo que consideraba deberes ingratos de sociedad, aceptara un rondó y se lanzara con Carolina al torbellino del vals del minuto que marcaba el fin de la fiesta. Serafín estaba eufórico al despedirse. Isidro los felicitó a los dos e invitó al notario a almorzar al día siguiente.

Cuando se reunió con su hermano pequeño, bien entrada la madrugada, se le había olvidado por completo su determinación de fisgar entre los papeles que su padre había roto delante de todos esa noche.

—Creo que voy a quedarme una buena temporada —dijo Eduardo, que se dejó caer en el balancín—, no recordaba lo resueltas que son las catalanas. No serán tan liberales como las francesas, claro, pero eso también tiene su encanto. El *seny* y la *rauxa*.

—¿Cuál es tu nuevo objetivo, entonces?

—¡Qué bien me conoces, hermanita! He visto a una morena de ojos claros cuyo marido la ha ignorado toda la noche. Hay hombres que no se merecen tal epígrafe. Así que, por fin, has decidido sentar la cabeza. Debo decir que la elección ha sido de lo más atinada. Ese marquesillo está ya muy mayor para satisfacer a una mujer como tú... que además tiene que ponerse al día.

Se levantó. No estaba de humor para aguantar las pullas de Eduardo y, aunque sabía que no podría dormir en toda la noche, estaba muy cansada.

—Vamos, no seas tan quisquillosa —Se levantó él también, y le puso la mano en el hombro—. Te propongo un plan que seguro que te va a encantar, para que veas que no soy rencoroso. Ven.

La llevó de la mano hasta la biblioteca. Apoyado al pie de la estantería que quedaba a la derecha, pudo ver un gran cuadro a medio terminar.

—¿Era éste en el que has estado trabajando los últimos días? —dijo.

Su hermano asintió, mientras se dirigía al escritorio.

—Me gusta —continuó ella—. Transmite la dureza y la determinación del oficio. El mar, al fondo, luce imponente y desafiante. ¿Qué es eso de ahí?

—Las redes —dijo su hermano, mientras rebuscaba—, no está terminado todavía. Pero le ha encantado.

—¿A quién?

—Vamos, ¿no sabes nada? —Su hermano dejó los papeles que tenía en las manos y se la quedó mirando—. Papá me encargó este cuadro y me urgió a tenerlo acabado para la fiesta de hoy. Se lo ha regalado al marqués de Alella, como desagravio por haber rechazado su ofrecimiento de compra de la empresa.

—¿Y qué ha dicho? —preguntó en un hilo de voz.

—Algo así como que «no se puede ganar en todos los frentes» y que se alegraba de que papá hubiera resuelto sus problemas financieros. Claro que eso ha sido cuando todavía pensaba que conservaba alguna opción de compra sobre tu corazón.

—No digas bobadas.

—Pues tendrías que ver qué cara ha puesto al cruzarse con Serafín y oír cómo contaba a papá que habías aceptado su proposición —protestó.

—Pero no ha sido así. Solo he aceptado...

—Vamos, Carmen, ya va siendo hora de que admitas cuáles son tus sentimientos.

Se quedó callada un momento. Newton lo había postulado en su tercera ley: «Las acciones mutuas de dos cuerpos siempre son iguales y dirigidas en sentido opuesto.» En algún lugar recóndito de sus entrañas, su corazón latía y bullía por liberarse de ese cerebro suyo y tomar las riendas de su vida, ni que fuera por unos instantes.

—Aquí no veo nada —dijo Eduardo que había retomado la búsqueda—. ¿Has visto qué hacía con los papeles tras romperlos?

—Se los ha dado al mayordomo.

—¿Qué habrá hecho con ellos? Espero que no tengamos que ir hasta las cocinas a revolver en la basura.

—No será necesario —dijo mientras se acercaba a la chimenea—. Aquí hay cenizas. Los ha quemado.

Enmudecieron. Todas sus pesquisas llevaban a un callejón sin salida. El actor se había comportado durante la fiesta como la figura pública que era: algo altivo, aunque cortés con ella y sus hermanos. Estaba claro que ni se imaginaba que pudiera estar emparentado con la familia anfitriona. Tampoco le había sacado ningún parecido con su progenitor, era alto y apuesto y, en esta ocasión, había comprobado que tenía una dentadura algo descolocada pero sin esos dientes de roedor característicos de su padre.

—Papá no le ha prestado mucha atención, a decir verdad —admitió.

—Y ha hecho un comentario jocoso sobre lo embelesada que parecía nuestra hermana mientras bailaba con él —dijo Eduardo—. De ser hermano nuestro, el comentario habría sido muy distinto.

Se le pasó por la cabeza que si Fina se enteraba, no pararía hasta organizar una sesión de espiritismo de esas a las que se había aficionado siguiendo la moda. ¡Lo último que hubiera faltado! Sería mejor olvidarse del tema. Todas las pistas llevaban a una vía muerta y seguir calentándose la cabeza con el tema no les serviría de nada.

—Se conoce que esta noche todos han disfrutado de la danza menos yo —dijo para cambiar de conversación.

—Y no será porque no lo tuvieras a mano —la regañó su hermano—. Tenías dos por elegir: a uno le dices que no y luego que sí, pero no aprovechas el tiempo. Al otro lo ignoras toda la noche. Aunque no te preocupes mucho por Camil. Es un caballero y sabe cuándo hay que retirarse de una mala partida. Ya estará al acecho de su nueva presa.

Le sorprendió lo que le decía su hermano. Porque ella ya no pensaba en el marqués. Y tenía que reconocer que frisaba de pura ansia por volver a verse con Serafín. Tantos años de tira y afloja con Camil, de sentirse como un cometa a merced de la implacable fuerza gravitatoria de una estrella fulgurante, que se dejaba querer un día y la arrastraba a los confines del sistema solar al siguiente. Sintiéndose incapaz de controlar esa fuerza. Sabía que él jugaba con ella. A veces no dejaba claro si la consideraba su pupila o su amante. En tantas ocasiones, ella había perdido ocasiones de debatir con algún afamado astrónomo para estar con él a solas un rato. Era extraño comprobar que esa fuerza se había desvanecido de repente. Esperaba poder conservar su amistad y seguir contando con su apoyo en su labor de estudio. Si no era así, ya encontraría otras vías. Se sentía ahora dueña de su destino y capaz de conseguir lo que se propusiera. Sí, intuía que Serafín la apoyaría en todo. Se conocían desde niños y sabía cómo era ella. No la hacía sentirse como un cometa captado por el campo gravitatorio de otra estrella, no. Estaba por fin al mando de su propia nave sideral y dispuesta a la conquista de nuevos mundos.

15

Badalona, Septiembre de 1898

Septiembre solía ser un mes de humor caprichoso, con días caldeados y noches frescas. El mar evacuaba el exceso de calor del verano en forma de nubarrones que se precipitaban en ciclos variables. Antaño se creía que era cosa de los dioses, pero aunque el progreso había reducido esa magia a meros procesos físicos, el cielo seguía siendo casi tan impredecible como los hombres. Solo se veía venir cuando la tormenta estaba encima. A veces pasaba de largo, otras descargaba su furia en el pueblo vecino. Las olas crecían y arañaban la arena, mientras los pescadores ponían sus barcas a salvo más allá de la vía del tren. De nada servía encomendarse a la Virgen del Carmen, el mar tenía sus designios para cada uno. Él mismo había podido comprobarlo hacía tantos años.

Ese otoño, la lluvia tardaba en aparecer y, a mediodía, el bochorno era todavía insoportable. Se había levantado temprano como de costumbre y desayunó sus gachas con afición. Nunca entendió la crítica velada de Eufrasia, esa cocinera respondona a la que le costaba reconocer que apreciaba. Las gachas había que tomarlas bien calientes, qué importaba que lloviera o que la canícula apretara, era una mera cuestión gastronómica. Perdida la fogosidad de la juventud, uno se adentraba en una nueva glaciación, así que un poco de calor nunca estaba de más.

—Aquí tiene sus flores, señor Sabater —dijo el jardinero, y le entregó cuatro rosas—. Menos mal que llovió hace diez días y los rosales han vuelto a brotar. No es fácil encontrar flores en esta época.

El cochero lo esperaba. Dejó que abriera la portezuela, pero rechazó la mano que le ofrecía para ayudarle a montar. Ese gesto se había convertido en una pequeña batalla rutinaria, a sabiendas de que dentro de muy poco tendría que darse por vencido.

El trayecto era corto y, a esas horas, solo se cruzaron con el carro del lechero que había parado en la calle Ignasi Iglesias. Una vecina sostenía una tinaja a la espera de su turno. Luego habían procedido por la calle de la Cruz y, al acercarse a la de Prim, el cochero hizo una maniobra brusca. Salió proyectado contra el asiento delantero y se golpeó la rodilla contra la banqueta. Sobre el terciopelo vio que las rosas seguían lozanas.

—¡Malditos chiquillos! —gritó el cochero—. ¿Está usted bien?

—He tenido viajes más confortables, pero sobreviviré —dijo asomado a la ventanilla, mientras se masajeaba la rodilla, dolorido.

El niño que había provocado el accidente se acercó a disculparse, cabizbajo y con el balón recuperado bajo el brazo.

—Anda, ten cuidado y no se lo cuentes a tu madre —lo tranquilizó, y se dirigió al cochero—: No lo regañe, con el susto ya ha tenido suficiente castigo.

—Pues la rueda ha quedado atrapada en esta zanja —dijo el cochero—. A ver si estos peones me ayudan a sacarla, nos va a costar lo suyo. Espero que no se estropee.

—No pase pena —lo tranquilizó—, pasear un poco no me vendrá mal. Puede regresar a casa cuando hayan terminado la maniobra.

En 1775 se clausuró la *sagrera* que había cerca de la iglesia de Santa María y el viejo cementerio se reconvirtió en zona de recreo para la escuela parroquial. El cementerio nuevo erigido con profusión de panteones y esculturas según el capricho de los nuevos ricos, se le antojaba fuera de lugar. Los muertos estaban en el cielo, o quizá como sostenían algunos, en ninguna parte. Para qué tanto fasto en homenajearles. Se acercó al panteón familiar. El mármol centelleaba bajo el sol que lucía cristalino por el mistral. El viento fragante a pino y a romero traía a su memoria paseos por el turó d'en Boscà con su querida María Rosa. Apoyó el bastón en el marco, sacó una llavecita de su chaleco y abrió la cancela que daba acceso a la cripta. Acarició el sarcófago que quedaba a la derecha, después de depositar la rosa más ufana. Notó la calidez ahí donde un rayo de sol iluminaba la superficie pulida, como si fuera la piel de su amada.

—Hasta que podamos reencontrarnos —dijo como un rezo a modo de despedida.

Luego se dio la vuelta. A la izquierda quedaban otros dos sarcófagos empotrados. Uno de ellos correspondía a su primer hijo varón, fallecido a las pocas semanas de nacer, y el otro a Mercè. Hizo trasladar su cuerpo al construir el panteón, aunque no sospechaba entonces lo poco que tardaría en ocuparlo también su segunda esposa. Pensaba muy poco en Mercè. Ocupaba un lugar estanco en su memoria: los primeros años de lucha para sacar adelante la barbería en Badalona y su negocio con la sal, frustrado en gran parte por esa actitud de esposa de *menestral* de la que Mercè hacía gala, para quien prosperar se limitaba a asegurarse el pan todos los días y el progreso era como Saturno que devoraba a sus hijos. Mercè fue incapaz de soñar ni pretender un mundo mejor, pero había sido una esposa diligente y se merecía su respeto. Colocó una rosa en el vaso de hierro forjado de su sarcófago.

Poco le quedaba a él para ocupar su plaza en ese último refugio. No sabía si había otra vida más allá como predicaba la Iglesia y, no por anhelado, le resultaba menos inverosímil un reencuentro con María Rosa en el paraíso.

Tuvo que ponerse la mano como visera para protegerse de la luz cegadora del exterior. Los plátanos lucían su verdor ajenos al otoño que se cernía sobre ellos. La calma era absoluta, no se movía ni siquiera una rama. Deambuló por las calles y avenidas del camposanto, a la búsqueda de una tumba que nunca había visitado. Imaginaba una lápida sencilla, con una humilde cruz de hierro y las iniciales PCP. Comprobó que las dos rosas que sujetaba con su izquierda estuvieran todavía frescas. Había sido un acierto, porque eran de las pocas flores que conservaban su encanto incluso al marchitarse. Nunca antes había dejado que su espíritu romántico saliera a la luz.

Cuando ya tenía los ojos enrojecidos de leer cada inscripción, encontró la que buscaba al final de una de las calles. No había iniciales en ella, sino el nombre completo tallado sobre una lápida de piedra caliza: «Paulina Casanoves y Poch 1803-1846». La imagen de su madre lo golpeó como no había esperado. La lectura de su carta hacía unos días lo había turbado, pero entonces fue capaz de contener ese caudal que en ese momento se precipitó por sus mejillas. Veía su mirada azul y podía oír esa voz aterciopelada, mientras le cantaba una tonadilla popular.

No ploris, no, manyaguet de la mare,
No ploris, no, que jo canto d'amor

Solo tenía cuarenta y tres años cuando falleció. Sentía una ternura inmensa por esa madre que imaginaba con la edad que tenía entonces su hija pequeña Fina. Allí estaba él, un pobre viejo que tantas veces había sido incapaz de reconocer lo que importaba de verdad, cegado por la búsqueda de algo más. Siempre prosperar, nunca nada fue suficiente.

—Poco tengo que reprocharle, madre. Si acaso, ese último abrazo que anhelaba el día en que la visité en el convento. Yo sí le ruego que me perdone: por no volver a visitarla, por haberme comportado como un egoísta. No puedo siquiera esgrimir mi ignorancia, al haberla juzgado. Todo eso ahora ya no importa, porque me quedan todos los momentos de felicidad bajo la higuera. —Se enjuagó las lágrimas—. Tengo una en el jardín, ¿sabe?

Tampoco entonces le pareció plausible que fueran a verse de nuevo en el cielo, por mucho que la idea pudiera aliviar esa profunda sensación de deuda que tenía con ella. Depositó una rosa justo encima de la cruz que coronaba su nombre. Al separarla de la otra, con la mano que sujetaba el bastón, se hirió con una espina. Una gota de sangre brillante brotó de su mano derecha. Ese pinchazo agudo e inesperado y el sabor salado al llevarse el pulgar a la boca, lo hicieron volver al momento presente. Le quedaba una última visita. Esa tumba sí sería fácil de localizar.

Emilio Serratosa había sido un hombre humilde hasta que sus tierras baldías y salinas fueron elegidas para construir una planta química. Se convirtió en un personaje extravagante que vestía con tejidos ricos y patrones pobres, compró una gran casa con una torre que amuebló sin criterio y celebró una boda de alcurnia con una hermosa mujer de pasado turbio. Falleció antes de poder dilapidar su repentina fortuna. Su joven viuda hizo erigir un monumento funerario a la altura de los desvaríos del difunto y se podía reconocer su inmensa cruz de Caravaca desde cualquier punto del cementerio.

Un ángel elevaba las manos para invitar a la plegaria y, a sus pies, dos inmensas tumbas sobre pedestales de inspiración clásica, cada una con tiras de laurel talladas en sus laterales y los nombres grabados en bermellón. «Celebra la vida al lado del señor» lucía en la primera. «Aprovecha el día, recuerda que eres mortal» se leía en la otra. ¡Cuán cierto! La vida se pasaba tan rápido, dejábamos tantas promesas por el camino y, sin embargo, había todos esos pequeños momentos en que la felicidad se infiltraba como un magma ardiente e infinito. Dejó la última rosa, escarlata como el color de las letras de ese pensamiento que Lidia había elegido como epitafio. Lidia había cometido muchos errores en su vida,

¡quién no! Y estaba convencido que, de haber existido, el infierno no podía ser su última morada.

Durante el trayecto de vuelta a casa, estuvo haciendo balance. Desde la muerte de su amiga, había intentado dejar sus cosas ordenadas. Había sentido una necesidad imperiosa de asegurar que todo lo que había ido construyendo a lo largo de los años quedara atado y bien atado, como se solía decir. Le había costado darse cuenta de que debía dejar a sus hijos trazar su propio camino, al igual que él había tomado sus propias decisiones, cometido más aciertos que errores, aunque fueran éstos los que más escocían y por ello se grababan en la memoria. Solo entonces fue consciente de cuán difícil resultaba aprender en carne ajena. No podía evitarles el dolor, ni dejarles el futuro asegurado. Aunque costara admitirlo, al final su legado serían unas pocas técnicas para fabricar género de punto, que pronto quedarían obsoletas, y su nombre como fundador en la placa de la entrada del banco. A pesar del dolor creciente de su rodilla, continuó a buen ritmo. Orgulloso, por primera vez en mucho tiempo, de pensar en lo que había conseguido y confiado de que su familia seguiría prosperando cuando él no estuviera, en los negocios, en la pintura o en la astronomía. Había logrado perpetuar el espíritu de los Sabater.

Llegó a su casa medio cojeando. La rodilla se estaba resintiendo por el golpetazo y, aunque el dolor era soportable, se acentuaba a cada paso. Subió la escalinata de la mansión con cierto esfuerzo.

—El señor arquitecto ha llegado hace un rato y le espera —le anunció el mayordomo mientras recogía el sombrero y el bastón.

—En el jardín, supongo —se rio para sus adentros.

Luis Doménech y Muntaner no era por entonces el famoso arquitecto que construiría el injustamente denostado Palau de la Música. Lo había conocido en casa de un industrial barcelonés y, después de mucha insistencia por parte de éste, había accedido a visitar la residencia de verano que le estaba construyendo en el

Tibidabo. Le fascinaron las formas sinuosas que el arquitecto trazaba en contraste con todas las construcciones circundantes igualadas por el gusto neoclásico en boga. Luis era un hombre que mezclaba su pasión creativa con una paciencia con los clientes que debía de ser innata o, si no, resultaba inexplicable. Después de casi seis meses de proyectar distintas soluciones para ese jardín inacabado, ahí estaba a la espera de que él diera su visto bueno a su última propuesta.

—Me parece perfecto —le dijo tras estrecharle la mano y darle una ojeada al plano—. ¿Le apetece una cerveza?

—Siempre me sorprende con algo nuevo.

—Su punto de amargor resulta refrescante —dijo, y levantó dos dedos para dar instrucción a la doncella—. Sentémonos bajo la pérgola, es mi rincón favorito... por el momento.

—Entonces, ¿no habrá más cambios? —Luis lo miraba incrédulo.

—En realidad, sí precisaré de algunos ajustes.

El arquitecto sacó su libreta y un lápiz del zurrón dispuesto a hacer correcciones sobre el plano. Le había evitado esas tediosas conversaciones que tantos clientes mantenían acerca de detalles constructivos o estéticos sobre los que no entendían. Él le dio total libertad creativa y todas las discusiones que habían mantenido eran acerca de los usos que debía darle a cada estancia, por lo que la relación fue fluida hasta que apareció la cuestión del jardín. Todos estaban empeñados en que tenía que haber una arboleda. Él había insistido en que quería parterres con flores, una pérgola donde poder desayunar en verano y tomar el sol en invierno, un espacio con herbáceas para que Eufrasia pudiera condimentar sus asados y una zona amplia para que sus nietos pequeños corrieran a sus anchas y donde esperaba celebrar alguna que otra fiesta. Los diseños sucesivos añadieron esas peticiones y la pérgola se había colocado en la ubicación que el arquitecto estimó más adecuada, buscando el máximo de horas de sol, por un lado, como elemento vertebrador de la estructura del jardín, por otro. Se plantarían glicinas en la pérgola para asegurar sombra en verano y sol en invierno. Todo eso le había parecido verborrea innecesaria, confiaba en él por completo, excepto en la cuestión del bosquecillo que no había quedado resuelta.

—Vamos a eliminar las cuadras —anunció—. Así podremos plantar esos castaños de indias por los que demuestra gran entusiasmo y todavía habrá espacio para la gruta, al estilo del palacio de Evaristo Arnús, que tanto le gusta a mi hija Carmeta.

Estaba decidido a disfrutar del poco tiempo que le quedaba, iba a comprarse uno de esos automóviles. Hacía solo un rato, mientras renqueaba de regreso del cementerio, había visto pasar dos fenomenales Benz que cruzaban la ciudad a toda velocidad. Los viandantes se detuvieron para admirarlos. El bermellón de la carrocería fulgía en competencia con el sol de otoño, y sus orgullosos propietarios conducían ellos mismos ese prodigio de la ingeniería. Quizá podía incluso aprender a manejar uno de esos bólidos. ¡Quién hubiera dicho que a esa altura todavía quedaban metas por alcanzar!

—He pensado que un automóvil sería más adecuado. Así solo necesitaría la cochera —continuó flemático—. Eliminar las cuadras no solo ahorra espacio para el jardín, sino que será mucho más higiénico.

—Un gran acierto —dijo el arquitecto—, el olor a estiércol habría hecho de la gruta un ornamento fútil al perder su función recreativa.

Estaba impaciente por ver la reacción de sus hijas a medida que vieran el progreso del nuevo jardín. No pensaba contarles nada, quería sorprenderles. Aunque se darían cuenta de los cambios e intentarían indagar cuáles eran sus intenciones.

—Le tengo por un hombre discreto.

—Por supuesto, don Isidro —contestó el arquitecto—. Imagino que querrá sorprender a sus amigos en la fiesta de inauguración.

—Tampoco hace falta que mi familia conozca los detalles.

—Cuente con ello.

Por el tono en que contestó, no pudo más que apiadarse de él. Sabía que sus hijas Rosita y Carmeta iban a usar toda su inteligencia, amén de sus habilidades femeninas, para intentar acorralar al pobre artista. No le iba a resultar fácil mantenerse firme, más conociendo su honestidad y su caballerosidad para con las damas. Pero esa ya no era su batalla. Tenía que hablar con Salvador, su cochero. Ya iba siendo más que hora de que se retirara. Le propondría que se dedicara a las tareas de mantenimiento de la casa y que su hijo se hiciera mecánico. Lo de conducir, ya se vería.

Carmeta encontró a su padre que se despedía del arquitecto. El señor Doménech la saludó apresurado. Rayando con la mala educación, ni siquiera le dedicó unas palabras. Tendría algún asunto urgente o habrían discutido una vez más con Isidro. Sin embargo, éste la saludó de excelente humor.

—He pensado que podríamos almorzar en el porche, el calor es soportable y se estará bien. ¿Qué le parece?

—Me extraña que me lo preguntes, siempre haces lo que te viene en gana —dijo Isidro, y le guiñó un ojo—. ¿Alguna novedad?

—Tengo buenas noticias, padre.

—¿Habéis fijado planes de boda, entonces?

No había caído en la cuenta de que él ignoraba su visita al convento esa mañana. No pudo reprimir un bufido.

—¡A qué viene tanta prisa! Primero tenemos que conocernos.

—Hija, ¡pero si hasta le has visto los mocos colgados de la nariz!

No quiso continuar por ese camino. Cuando su padre estaba contento, desarrollaba esa habilidad especial que muchos llaman «tocar las narices». No iba a permitir que le arruinara el día. Ella ya había tomado su decisión, pero no iba a consentir que otros marcaran el ritmo.

Esa mañana había salido temprano, se dirigió a la carnicería y encargó unos escalopines de ternera, quería asegurarse de que le servían la carne más jugosa. En el mercado se entretuvo charlando con una conocida y, cuando salía por la calle de la Piedad, se sintió impelida a ir al despacho de Serafín. Esperaba no importunarle, quería ponerle al corriente sobre su conversación del día anterior con la madre superiora de la Divina Providencia.

—El señor notario está atendiendo a un cliente —dijo el pasante.

—Dígale que lo espero en el café Cuyás.

—Discúlpeme, señorita, pero me temo que el señor notario tiene una mañana muy ocupada —insistió el pasante.

—Soy la señorita Sabater —dijo.

—Sé quién es usted —se sonrojó el ayudante—, pero jamás lo he visto tomarse un café fuera de la notaría a media mañana. Seguro que no tendrá problema en atenderla en su despacho. Yo les prepararé el café.

—En realidad, pensaba más bien en un chocolate y una ensaimada —dijo, y se marchó sin darle la oportunidad de volver a protestar.

Apenas tuvo tiempo de saludar a un par de conocidos en la entrada del café, siempre muy concurrido. Había sido el primero en instalar un teléfono público y se convirtió en punto de atracción de aquellos que tenían familiares o asuntos en localidades remotas. Se sentó en una mesa del fondo. Notó el frío mármol y se miró en el espejo para comprobar que no asomara ningún mechón por debajo del tocado. Le molestaban todos los sombreros, así que siempre andaba recolocándolos y algunos días volvía a casa medio descabellada. Estaba todo en orden.

Vio aparecer a Serafín, que le sonrió con picardía. Desde la fiesta de la semana anterior se habían visto casi a diario. Lejos de los temores iniciales, cada vez que se reencontraban notaba que la fuerza gravitatoria se hacía más fuerte.

—¡Qué idea tan estupenda! —dijo al sentarse a su lado—. No tengo más citas esta mañana y los legajos seguirán ahí cuando vuelva. ¿Has tenido éxito?

Le contó sobre la conversación con la madre superiora. Estaba muy contenta con su logro. Luego volvieron al tema de su posible medio hermano.

—Durante la fiesta tu padre no le prestó demasiada atención, incluso teniendo en cuenta que es un actor cada vez más reconocido —dijo Serafín—. Yo creo que lo invitó porque quería tener invitados de prestigio en todos los ámbitos. Está a punto de estrenar con Guimerá.

—O para dar gusto a las señoras —se rio ella—. Ya viste a mi hermana.

Tuvieron que aceptar, por fin, que sus averiguaciones no llevaban a ningún lado. Si Lidia Comas había tenido un hijo, su secreto había quedado enterrado con ella. Tenían otros temas más importantes que requerían su atención y de forma tácita ambos decidieron que no valía la pena seguir indagando. Ya no necesitaban buscarse una excusa para pasar tiempo juntos.

Les trajeron el chocolate como a ella le gustaba, bien espeso y con leche. Cuando se preparaba solo con agua resultaba muy estimulante, pero perdía en cremosidad. Su padre la criticaba a veces porque comía poco, pero la realidad era que compartía con su progenitor el gusto por los dulces.

—Tienes un poco de chocolate en el bigote —dijo, y se lo limpió con la servilleta.

Serafín le sujetó la mano, como la caída suave y firme de una piedra sobre la superficie de Mercurio. Miró sus ojos castaños. Tenía unos ojos bonitos, una mirada serena y dulce, las cejas crecían desordenadamente, en contraste con su afeitado y peinado que sabía que repasaba todos los días antes de ir a la notaría. Ya conseguiría que se lo recortara más a la moda. «No pienses en estas tonterías». Quería disfrutar de ese amor tardío, como cuando una se dejaba flotar en el mar, a la luz de todos. Cerró los ojos para sentir esa caricia que anunciaban sus gestos. Notó sus labios sobre los suyos. No sería difícil encontrar la ocasión para gozar de la intimidad con Serafín, ahora que estaban comprometidos. Un torbellino placentero y mortificante se agolpaba en sus entrañas con solo pensarlo. Quería alargar un poco esas violentas sacudidas que se experimentaban solo cuando el amor y deseo se aunaban sin contar con su inmediata satisfacción. El sol salía por el horizonte sobre la superficie de un planeta helado cuyas capas de hielo se fundían de forma inexorable y esta vez para siempre.

En el trayecto de vuelta iba por el Camino Real, distraída. Recreaba ese momento, el sol ya solo lucía para ella, naranja sobre el horizonte ardiente. «Naranjas», pensó «a ver si encuentro las primeras de la temporada». Y al ir a cruzar a la altura de Plaza de la Vila, casi la atropella un automóvil. Una señora la sujetó a tiempo. Fue un milagro que no la arrastrara con esa velocidad endemoniada que llevaba el artefacto. Iba a soltar un improperio, pero vio cómo aparecía otro vehículo idéntico al anterior. Se quedó sorprendida por lo ligeros que parecían.

Al llegar a casa, mientras se dirigía a la cocina para dejar las dichosas naranjas y pedirle a Eufrasia que las preparara con vino y azúcar, se cruzó con Eduardo. Bajaba por la escalinata con un sobretodo salpicado de óleo de múltiples colores.

—No me mires así, hermanita. Ya sé que el impresionismo está superado, pero ¡qué quieres, soy un sentimental!

Al entrar la cocinera le preguntó:

—¿Dónde quiere que Isabela ponga la mesa?

Frunció las cejas en señal de interrogación sin entender a qué se refería. Se le había olvidado por completo lo que había ido a hacer a la cocina.

—Recuerde que hoy vienen a comer su señor hermano, su señora esposa, la señorita Carolina, y traerán al chiquitín.

Tenía la cabeza en otro sitio mientras Eduardo le contaba algunas anécdotas de su paseo por la playa para tomar apuntes de los pescadores, y Eufrasia le pedía que confirmara algunos detalles sobre la comida, si quería que pusiera canela en las naranjas, si preparaba algo de arroz blanco para acompañar las carnes, a las que contestó con monosílabos.

Al salir, oyó que la cocinera le decía al jardinero que acababa de traer unas flores.

—Las enamoradas, ya se sabe, pierden la cabeza.

Pero ella no era una jovencita atolondrada. No.

—Tranquila, no te has perdido para siempre. *Malgré tout.*

—Claro que no, eso no va a pasar de ninguna de las maneras —dijo, e intentó excusarse—. Un despiste lo tiene cualquiera.

Incluso dos. Por suerte, su hermano no sabía nada del incidente del automóvil y sería mejor que no se enterara o se mofaría de ella durante todo el almuerzo. Quería dar cierta solemnidad al anuncio.

Entró en el comedor de verano para coger un jarrón, había visto al jardinero cortando rosas y pensó que unas flores alegrarían la mesa.

Juan llegó puntual a la una. Sus andares eran reposados, su voz sonaba alegre y el beso que le dio en la mejilla mostraba un afecto que no solía profesar muy a menudo.

—He decidido aprovechar los últimos días de calor y preparar la mesa del porche —anunció.

—Una idea excelente, pronto llegará la lluvia otra vez —dijo Juan.

—Pues yo fui a los baños ayer —intervino Carolina, que llevaba a Quique colgado del brazo.

—Esta juventud nunca tiene suficiente —dijo María Antonia.

—Si aguanta el buen tiempo de cara al domingo, me gustaría darme un último chapuzón —dijo ella orgullosa—. Serafín ha prometido enseñarme a nadar.

—Excelente idea, hija —dijo su padre, y le dedicó una sonrisa maliciosa—. Para eso seguro que hace falta arrimarse un poquito. ¿Y qué otros planes tenéis?

Vio de soslayo que Eduardo enarcaba una ceja en señal de advertencia. Tenía razón, no valía la pena entrar en ese juego, Isidro siempre tenía las de ganar.

—Todavía no hemos fijado una fecha, si es eso a lo que se refiere.

—Lo mejor es dejarlo para la primavera —dijo María Antonia.

—¡Sandeces! Yo me casé dos veces y las dos en invierno —intervino Isidro.

—Las bodas lucen mejor cuando llega el calor —insistió María Antonia—, además haréis algún viaje de novios, ¿verdad?

—África sería una buena opción, pero no hemos hablado del asunto, si te soy sincera.

—Exótico y lejano, ignoraba que al notario le fueran las aventuras fuertes —bromeó Eduardo—, pero al fin y al cabo te ha elegido a ti.

—¿Y en qué consisten los planes, entonces? —volvió Isidro a la carga.

—Hará construir un pequeño observatorio en la azotea, con telescopio y todo—anunció radiante.

—¿Y no ha contado con mi permiso? —preguntó su progenitor—. Desde luego, no me voy a oponer, pero creo que debería consultarme como dueño de la casa.

—¿De qué permisos hablas? En su casa podrá hacer lo que le plazca, ¿no te parece?

La miraba desolado, sin rastro de esa ironía punzante que había desplegado durante todo el día. Entonces se dio cuenta de que su padre había esperado todo el tiempo que ella se quedara en la casa familiar después de los esponsales y que Serafín se trasladara a la mansión con sus hijos adolescentes.

—Hermanita —intervino Eduardo—, me haría sumamente feliz que bautizaras como «damisela en apuros» a la primera galaxia que descubras. Siempre que contemplo el firmamento, busco esa constelación.

Admiraba esa habilidad innata que tenía su hermano para rebajar la tensión. Isidro se sonrió ante la ocurrencia y, al tiempo que Isabela servía *fricandó*, se puso a contar que había visto un par de carruajes sin caballos que cruzaban la ciudad a gran velocidad. Ella decidió no comentar nada respecto al incidente, quería evitar a toda costa que la tomaran por una boba o dar pie a algún comentario chistoso por parte de su hermano. Aguardaba el momento adecuado, si las Franciscanas habían ignorado su propuesta, peor para ellas; había conseguido su propósito y no quería más protagonismo del necesario hasta ver llegado el momento de hacer su anuncio triunfal.

La ternera guisada con setas que preparaba Eufrasia estaba exquisita, como siempre. La carne melosa, la salsa en su justo espesor y los guisantes bien frescos. Era uno de sus platos favoritos y, al estar en familia, podía rebañar el plato sin pudor. De vez en cuando, incluso le daba a probar la salsa a Quique que estaba sentado en su trona enredando con el arroz. Isidro, como era su costumbre, había pedido un cucharón adicional de salsa y se afanaba en desmenuzar el pan para que quedara bien empapado. Carmeta se sonrió al pensar que su padre sería capaz de tomar pan hasta con el champán.

—¿Hemos mejorado la morosidad? —preguntó Isidro a Juan.

Llegados los postres, se consideraba de buen tono empezar a hablar de negocios; nunca antes. Esa máxima la aplicaba Isidro a rajatabla y se la había inculcado a sus hijos desde bien pequeños. Durante la comida no se podía hablar de ningún asunto trascendente o que requiriese una decisión. Juan informó a Isidro de los avances en sus planes para reducir los impagos y protegerse frente al desastre que se avecinaba en Cuba. El resto de comensales continuaron con el postre sin intervenir en asuntos que no comprendían. María Antonia prestaba toda su atención a la comida: la pobre nunca se sentía del todo cómoda en sociedad por su procedencia humilde. Eduardo estaba absorto en algún fenómeno que quedaba fuera de su vista, podría ser un insecto o un detalle de la decoración del salón, él jamás se aburría. Miró a Carolina que escuchaba atenta los detalles sobre la marcha del negocio familiar: su curiosidad abarcaba mucho más que la botánica, aunque era demasiado joven para poder intervenir en la conversación. Carmeta estaba pendiente para ver en qué momento podría hacer gala de sus dotes negociadoras. Esperaba que los demás apreciaran esa victoria.

Isidro aceptó el ofrecimiento de trasladarse al salón de verano para tomar el café. Cuando se hubieron sentado en los sillones, encontró la ocasión idónea.

—¿Qué va a hacer la niña este año, ahora que ha acabado la elemental? —preguntó Isidro.

—Me gustaría ir a la escuela normal y ser maestra —dijo Carolina.

—O podrías ir a la Universidad y ser boticaria —dijo Carmeta exultante.

Se quedaron en silencio y notó sus miradas clavadas en ella, expectantes. Incluso Isabela se había quedado quieta en el umbral que separaba el salón de las cocinas. Como el hada madrina de un cuento de Andersen, todos pendientes de que anunciara el destino de su ahijada.

—Si es lo que deseas, cariño —dijo y le guiñó un ojo a Carolina—, puedes preparar tu ingreso en la Universidad.

—Para eso hay que cursar el bachillerato y prepararse para la prueba de acceso —dijo Juan.

—¿Se cree usted que no soy capaz, padre?

—Requiere estudiar mucho, hija —dijo María Antonia—. Además, arruina la figura y destroza la vista.

—No he dicho eso —la interrumpió Juan, y se dirigió a su hija—: Lo que pasa es que no hay colegios para señoritas donde se pueda cursar el bachillerato.

—Bueno, en realidad hay uno, aquí bien cerca —anunció Carmeta triunfante al fin.

—¿Qué líos has organizado, hermanita? —preguntó Eduardo, mientras todos la miraban sorprendidos.

—Sor Agustina del Carmen es una mujer severa, se diría incluso que obstinada. No ha sido nada fácil convencerla —continuó eufórica al hacer pública su capacidad de persuasión—. Sin embargo supe, ya en mi anterior conversación con ella, que estaba volcada en convertir a su institución en un puntal de la enseñanza femenina. Le dije que, puesto que su congregación se había consagrado a la labor de elevar el espíritu de las jovencitas como forma de servir a Dios, incorporar el bachillerato al plan de estudios solo podría recibir el aplauso del señor. Aun así, me ha costado más de media hora que diera su brazo a torcer. Pero bajo ese manto de austeridad, también hay un corazoncito y cuando le he hablado de mi querida sobrina y su pasión por los remedios, ha acabado por aceptar.

La conversación con la madre superiora no había sido tan fácil como la contaba, pero no siempre hacía falta revelar todos los detalles. Al principio, la superiora se mostraba reticente, preocupada por la deriva moral de las almas femeninas expuestas a las tentaciones de la ciencia. Así que Carmeta trajo a colación el tema de la herencia de su abuela Paulina. La superiora tuvo que reconocer que no había hecho lo suficiente para localizar a Isidro. Carmeta era consciente que ese dinero había desaparecido hacía mucho tiempo y, en todo caso, la familia no lo necesitaba. Así que, como esa cantidad se había invertido en la construcción del nuevo colegio, formalmente podría considerarse a su familia como un mecenas de la institución. La conversación había estado llena de circunloquios, de frases a medio terminar, de sobreentendidos, aunque las dos sabían de lo que estaban hablando.

—Tenga usted claro que siempre estaremos en deuda con su familia —dijo la conversación la madre superiora mientras la acompañaba a la puerta—. Espero seguir contando con su sincera amistad. Quizá le interese ayudarnos con las clases de álgebra.

—Se lo agradezco —contestó Carmeta agradecida—, aunque lo mío es la astronomía.

Su padre intervino, como siempre utilizando su ironía para poner en cuestión lo que no acababa de aceptar.

—Bueno, niña —le dijo a Carolina—, ¿qué prefieres, ser una intelectual o ese chico con el que bailabas el otro día?

Carolina se sonrojó.

—No hace falta que contestes —dijo María Antonia contrariada y sujetó a su hija por el brazo—. Carolina es una chica más que decente y no va usted a cuestionar con quién baila o deja de bailar. No te ofendas, Carmeta, apreciamos todo lo que haces por nuestra hija, pero este tema lo discutiremos en casa. Ya tendrás pronto ocasión de ocuparte del porvenir de tus propios hijastros.

Nunca hubiera imaginado que María Antonia tuviera algo más que horchata en la sangre. La tenía por una mujer apocada, siempre bajo la sombra de su hermano. Miró a Juan y éste le devolvió una sonrisa cómplice. Eso significaba que apoyaba su misma causa, aunque no iba a enmendarle la plana a su mujer delante de todos. Le pareció adivinar que incluso se divertía con esa pequeña rebeldía contra el padre. Luego comprobó que su sobrina no podía disimular su alegría mientras acariciaba a Quique, que se había quedado dormido plácidamente en su regazo. Parecía que, al fin y al cabo, sí iba a salirse con la suya. ¡Ya habría tiempo para que le agradecieran su intromisión! Entonces se despertó el bebé.

—Con tanto silencio habéis desvelado al niño —dijo Eduardo, y lo tomó en sus brazos para acunarlo—. Padre, si a usted no le importa, cuando se mude mi hermana a su domicilio conyugal, tomaré posesión de sus habitaciones. Voy a quedarme aquí una buena temporada.

Isidro no contestó, pero no hacía falta. Carmeta sintió una pequeña punzada de celos al darse cuenta de lo rápido que cedía el afecto que antes le tenía reservado a ella casi en exclusiva. Entonces pensó en Serafín y ya no le importó lo más mínimo. Le había hecho prometer que la enseñaría a nadar el próximo fin de semana, antes de que llegara la lluvia. Ya se encargaría ella de que fuera en Montgat o en El Masnou, donde no les conocían y no pudieran cuchichear cuando él la tomara por la cintura, y ella se dejara mecer por las olas, el frescor del mar apaciguando el magma que pugnaba por salir, el olor a almizcle y a salitre inundándola, caricias robadas al viento. Su hermano podía quedarse con el amor paternal y con la mansión familiar incluso; ella tenía su propio universo lleno de constelaciones, galaxias, soles y planetas ignotos por explorar.

Si te ha gustado
La esencia de la lluvia,
puedes escribir una reseña y
puntuar la novela
en Amazon y
Goodreads.

¿Te gustaría otro final?
Mándanos tu final alternativo a
lectoras@carinavernet.com.

Agradecimientos

Toda novela tiene su propia historia. Ésta nació de la pregunta «¿cómo hubiera sido mi vida si hubiera nacido hace 150 años?» que me hacía cuando mi abuelo o mi padre contaban anécdotas de familia, sobre el tatarabuelo, sobre una tía lejana y, en general, sobre los personajes e historias que habitaban la Badalona del siglo XIX. Sin embargo, fue Begoña la culpable de que volviera a escribir, mientras buscaba un taller literario para ella, y me animé a seguir un curso de escritura creativa en Fuentetaja. Finalmente, me embarqué en la aventura de convertir en novela esas historias y, aunque mi padre y yo comentamos muchas veces sobre la trama general y cómo iba encajando esas anécdotas y creando unos personajes que ya no se parecían a las personas sobre las que me había basado, falleció antes de que hubiera completado el primer borrador. En el proceso hasta llegar al manuscrito final me han ayudado: Leo y Pere en las revisiones de estilo y ortotipográfica, Vicky, Marita y Carolina como primeras lectoras. Mi madre no solo me animó durante todo el proceso, sino que ha leído la novela varias veces y ha aportado numerosas correcciones tanto tipográficas como de estilo. Laura y Joan ayudándome con el desafío que suponen las procelosas aguas del mundo editorial, hasta que finalmente tomé el rumbo

293

de la autoedición con Círculo Rojo . Y durante toda esta travesía, he contado con el aliento de mis hijos y el respaldo incondicional de Luis que han entendido las horas encerrada en la buhardilla y las conversaciones recurrentes sobre cómo avanzar una trama o crear un conflicto creíble. Luis, además, es el faro que me permite saber dónde encontrar tierra firme y un puerto seguro. A todos, muchas gracias.

www.ingramcontent.com/pod-product-compliance
Lightning Source LLC
Chambersburg PA
CBHW031337020726
47499CB00005B/1307